Giancarlo De Cataldo
Schwarz wie das Herz

Die Hauptpersonen

Valentino Bruio, Anwalt
Giovanna Alga-Croce, junge Erbin
Noè Alga-Croce, Vater von Giovanna
Rodney Vincent Wilson, Besitzer des *Sun City*
Giacomo Del Colle, Kommissar
Enrico Testi, genannt „Zaphod", Hacker, Freund von Valentino Bruio
Mario Poggi, Arzt, Verlobter von Giovanna Alga-Croce

Giancarlo De Cataldo

SCHWARZ WIE DAS HERZ

Kriminalroman

Aus dem Italienischen von Karin Fleischanderl

folio

The Devil, I safely can aver,
has neither hoof, nor tail, nor sting:
nor is he, as some sages swear,
a spirit, neither here nor there,
in nothing – yet in every thing.
He is – what we are.

Percy Bysshe Shelley, Peter Bell the Third

1.

Ein Schwarzer, der nach Wein stank, einen unverständlichen Dialekt sprach und an seinem gelben, schweißnassen T-Shirt zerrte. Der erste Klient seit einer Woche. Ich hatte jedoch überhaupt keine Lust, mich noch einmal mit einem Schwarzen auseinanderzusetzen, der nichts auf die Reihe brachte. Ich war zu müde, zu deprimiert, zu angeödet.

Ich aktivierte einen uralten Phonola-Ventilator aus dem Jahr 1962, der strategisch auf einem Stapel des Fachblatts „Foro Italiano" platziert war. Das leise Summen schaffte es nicht, einen Haufen von Wechselprotesten, die meinen Lebensunterhalt sicherten, aus dem irreversiblen Koma zu erwecken. Vorhuten von Spinnen stürmten meinen Sessel. Der Schwarze hatte den Kopf auf den Arm gelegt und schien kurz davor, einen Heulkrampf zu bekommen.

– *Al*, seufzte er schließlich, – *Call me Al* ...

– Gut, Al. Wie heißt dein Sohn? Was ist ihm deiner Meinung nach zugestoßen?

Er schüttelte den Kopf. Große Tränen glitzerten in seinen müden Augen. Er stank nach dem Dreck von tausend Niederlagen. Bitteren Niederlagen. Er stand langsam auf, mit gesenktem Kopf. Ich versuchte ihm klarzumachen, dass ich nicht viel für ihn tun konnte. In einer großen Stadt mit vier Millionen Einwohnern konnte ich seinen Sohn nicht suchen. Nicht ohne Foto. Nicht ohne die Hilfe der Polizei.

– Du glaubst mir nicht … Niemand glaubt … Verzweiflung lag in seinem Blick. Und seinem Schweigen. Hartnäckigem Schweigen.

– Aber was soll ich glauben? Wie kann ich dir helfen, wenn ich dich nicht verstehe?

Er war jedoch schon an der Tür. Dann drehte er sich um, als ob er es sich anders überlegt hätte. Er blickte mich mit mittlerweile trockenen Augen an.

– Du zu beschäftigt, keuchte er, bevor er verschwand.

Beschäftigt! Meine beruflichen Verpflichtungen! Meine Mutter wartete seit drei Wochen auf einen Besuch. Bei *Lolita* war ich dreihundert Seiten im Rückstand. Meine Essensvorräte bestanden aus zwei Dutzend Bierdosen und vier genmanipulierten Pfirsichen. Ich besaß zwei Karten für das Konzert der Sud Sound System im Mattatoio, doch ich hatte niemanden, mit dem ich hätte hingehen können, denn Vittoria war mit ihrem Freund, dem Augenarzt, in Terracina, um ein Wochenende im Zeichen von Sonne & Sex zu verbringen. Auf dem alten Lenco-Plattenspieler wiederholte David Byrne unablässig, das Paradies sei eine Bar, in der nie etwas passiert, und der zwingende Aufruf der Anwaltskammer kündigte mir an, dass ich in zehn Tagen aller Wahrscheinlichkeit nach nicht mehr Anwalt Valentino Bruio, sondern aus der Kammer ausgeschlossen und arbeitslos sein würde.

Donna Vincenza, die Portiersfrau, kam hoch, um sich zu vergewissern, dass der schwarze Mann keinen Schaden angerichtet hatte. Al. Oder wie auch immer er hieß, hätte mein letzter Klient sein können. Und ich hatte ihn gehen lassen, samt seiner Verzweiflung und einem verschwundenen Sohn, den zu suchen ich mich geweigert hatte. Ich zappte ein wenig durch die TV-Programme, mit dem einzigen Ergebnis, dass ich in einem Meer von Melancholie und Schläfrigkeit versank. Zu spät für einen harmlosen italienischen Film, zu früh für den POMO-Nachrichtendienst. Ich beendete einen weiteren sinnlosen Tag würdevoll mit einem Klassiker von Camilleri. Mein letzter Gedanke galt dem Schwarzen: Wenn er wirklich so verzweifelt war, würde er bald wieder auftauchen.

2.

Am Tag darauf hatte es sechsunddreißig Grad und das Hygrometer zeigte eine Luftfeuchtigkeit von achtundsechzig Prozent an. Um drei Uhr nachmittags stand ich am Ende der Via Appia. Vor dem Hintergrund des strahlend blauen Himmels hoben sich majestätisch die berühmten Pinien ab. Ihre strengen, edlen Formen machten die Übelkeit, die mir die gelbliche Farbe der Villen im Quarto Miglio verursachte, noch schlimmer.

Der Cappuccino in der *Bar dello Sport* war ekelhaft, genauso schmierig wie der Barmann mit der schmutzigen Schürze, der in einen stummen Streit mit einem besoffenen Gast verwickelt war. Ich machte einen Anruf von meinem alten NEC-Handy, mittlerweile eine moderne Antiquität. Der Besoffene starrte mich benommen an. In seinem ausdruckslosen Blick aus roten, wässrigen Augen hätte man sich verlieren können. Beim vierten Klingeln antwortete eine Frauenstimme.

– Man muss sie im Schlaf überwältigen, sagte ich.

– Hallo? Wer ist da? Wer spricht?

Ich drückte auf den roten Knopf und das Gespräch brach ab. Der Besoffene hob sein randvoll mit Likörwein gefülltes Glas und stimmte heiser, lallend und spuckend die Marseillaise an. Ich bezahlte auch seine Zeche und machte mich zu meiner erbärmlichen Mission auf.

Haus Nummer 40 befand sich zwischen einer niedrigen Mauer und einer Parfümerie. Auf jeder freien Fläche wünschten Lazio-Fans den Roma-Fans Tbc an den Hals und diese ihren historischen Rivalen im Gegenzug Aids. Signor Calderai hatte ein Schlafzimmer und eine komplette Einbauküche aus Resopal gekauft und dem Möbelhersteller *Plu* aus Civita Castellana ungedeckte Wechsel vorgelegt. Der Möbelhersteller war im Grunde ein anständiger Mensch. Andere wandten sich zum Zweck der Geldeintreibung nicht an einen Anwalt, sondern direkt an einen Slawentrupp, der kein Pardon kannte. Meine Gage bestand aus großzügigen fünfundzwanzig Prozent zuzüglich Spesen. Drei Monate, um den Säumigen aufzuspüren. Ein hoffnungsloser Fall. Und jetzt würde der schwüle Nachmittag mir zu der Gleichgültigkeit verhelfen, die man brauchte, um das uralte Handwerk des Mörders oder des Winkeladvokaten auszuüben. Der Telefonanruf war ein Akt der Höflichkeit gewesen. Ich schieße den Leuten nicht gern in den Rücken.

Ich klopfte an die gepanzerte Tür. Auf dem Schild stand *Büro*. Ich ging entschlossen hinein und ignorierte die kleine, müde Frau im rosa Schlafmantel. An den Wänden einer Art Wartezimmer hingen nachlässig Drucke mit Fuchsjagdmotiven. Unter einem leeren Bücherregal stand ein Sofa, mit einem Laken darauf, auf dem eine Nummer von „Novella 3000" oder vielleicht auch von „TV Sorrisi e Canzoni" lag, Spuren einer menschlichen Anwesenheit. Es war nicht einfach, Signora Calderai begreiflich zu machen, dass die hässlichen Möbel in ihrer Wohnung früher oder später bezahlt werden mussten. Sie berief sich auf die Krankheiten ihrer Kinder und einen kürzlich erfolgten Konkurs ihres Mannes, ich brachte diskret die Straftat der Unterschlagung ins Spiel, woraufhin ich ein paar Münzen kassierte und gehen durfte, gefolgt von einem Hagel an bösen Blicken.

Während ich mit dem Honda Concerto, Baujahr 1990, über die Kurven der Tangenziale Est fuhr, gefangen in einer zyanotischen Blechlawine, wuchsen meine Unzufriedenheit, meine Desillusionierung, meine Bitterkeit immer mehr an.

Ich legte mich ins Bett und fiel in einen komatösen Schlaf, aus dem ich erst erwachte, als der Sonnenuntergang den kobaltblauen Himmel überzog, der über dem Hof an der Via Casilina 333 zu sehen war. Der Prattico-Wohnblock, den ich als Mieter beehrte, bereitete sich auf die abendlichen Rituale vor.

Donna Vincenza rief ihre Kinder nach Hause, zwei künftige Serienmörder, die sicherlich gerade dabei waren, die Tore des Viertels mit blauer Farbe zu besprühen. Die Freier Vanessas, der Hure aus dem dritten Stock, schlichen diskret und verlegen an der Wand entlang. Auf hundert Fernsehschirmen, die in hundert einsamen Haushalten flimmerten, ertönten die Fragen der Quizshow *Wer wird Millionär?*

In meiner kleinen Welt herrschte Ordnung. Ich mochte den Prattico-Wohnblock, vier anonyme, achtstöckige Gebäude unter der Aufsicht Donna Vincenzas. Mein Vater hatte seine ganze Abfertigung in diese sechsundachtzig Quadratmeter Wohn- und Arbeitsraum investiert. In der Hoffnung, ich würde die Träume aufgeben und meine prekäre Finanzlage in Ordnung bringen. Seine Gefäßerkrankung hatte ihn davor bewahrt, meine brillante Karriere mitzuverfolgen, die mit einem Disziplinarverfahren vor der Anwaltskammer endete.

Meine Mutter rief an.

Bei ihr sei zwar noch nicht eingebrochen worden, doch die Räuber, ganz sicher Zigeuner und Albaner, waren auf dem Kriegspfad. Das war natürlich die Schuld der Regierung und der Richter, die nicht mehr mit harter Hand einzuschreiten verstanden.

Es gab da eine Sängerin, die sie sehr mochte, eine gewisse „La Madonna", sie erinnerte mich daran, ihr eine ihrer Platten mitzubringen, sofern ich sie vor ihrem baldigen Hinscheiden überhaupt noch einmal besuchen würde. Schließlich teilte sie mir noch mit, sie habe sich bei *Ritzino*, einem eleganten, „modernen", auf Preppies spezialisierten Laden, ein entzückendes blaues Kleid mit weißen Tupfen gekauft. Sie war vom Witwer Vignanelli, einer überaus anständigen Person, die leider viel Pech im Leben gehabt hatte, zum Abendessen eingeladen worden!
Ich flüchtete mich ins Netz. Ich fand eine ungeöffnete Mail. Ich las. Um 79,90 Euro bot die Online-Werbefirma *Plaid* eine Fahrt zum Heiligtum von Padre Pio in San Giovanni Rotondo an, samt Lunchpaket und Gratisdecke. Ich stellte mir Hunderte einsame Menschen vor, die den Sonntag im Wallfahrtsort verbrachten, liebevoll umsorgt von den E-Commerce-Assistenten. Ich stellte mir Tausende einsame Menschen vor, die nicht den Mut fanden, auf die Werbeanzeige zu antworten. Als ich mich dabei ertappte, wie ich mir alle einsamen Menschen auf dieser Welt vorstellte, wurde mir klar, dass ich unbedingt ins *Sun City* musste.

3.

Schreckliche Bluttat im Nordosten: Eine Frau und ihr zwölfjähriger Sohn erstochen. Die überlebende Tochter, einzige Zeugin, beschuldigt zwei Personen, die mit slawischem Akzent sprachen. Ein Rechtspolitiker: Slawen genetisch kriminell. Der Bürgermeister ruft zu einer Demonstration gegen illegale Einwanderer auf. Der Bischof warnt vor der Gefahr des Islam. Die Regierung kündigt ein noch härteres Durchgreifen gegen die illegale Immigration an.

– Der schwarze Mann macht Angst, seufzte ich und gab Rod die Zeitung zurück. – Ganz was Neues!

– Nicht die Schlagzeilen, du musst das Blattinnere lesen.

Alarm Nullwachstum. Nach dem Babyboom wird Italien zunehmend ein Land von Alten. Die Mieten in den historischen Zentren der Metropolen steigen stetig an. Nasdaq und Dow Jones: Chronik einer angekündigten Krise. Margherita Dalla Piazza, aufstrebende Managerin im Dienstleistungssektor, erzählt ihre Geschichte: Ich, Unternehmerin, aber vor allem Mutter. Armani eröffnet ein neues Geschäft auf der Fifth Avenue in New York. Prada triumphiert auf der Modemesse in Vancouver. Kleine Tipps einer Ausnahme-Lehrerin: Michelle Hunziker verrät, wie Sie Ihre perfekte Figur und tolle Brüste bewahren.

– Es reicht, Rod, du weißt, gewisse Dinge ertrage ich nicht!

Doch Rodney Vincent Wilson war an diesem Abend nicht in Stimmung. Sogar die Atmosphäre im *Sun City* erschien mir düster, plötzlich fremd. Ich betrachtete die schmutzigen Tische, die mehr schlecht als recht von erlöschenden Kerzen in rauchgeschwärzten Glaslaternen beleuchtet wurden. Und die wackelige Bühne, auf der sich lustlos ungelenke Tänzer und besoffene Musiker abwechselten. Und den Tresen, auf dem ein Haufen Rum- und Schnapsflaschen standen, hinter denen man vage die kleine Küche und das Hinterzimmer sehen konnte, das Reich käuflicher Liebesaffären von mehr oder weniger illegalen Einwanderern, heimatlosen Revolutionären, die es satthatten, Komplotte gegen kannibalistische Generäle und imperialistische Herrscher zu schmieden, Gymnasiasten mit Kufija, die nach einem Abstecher ins schwarze Rom fassungslos ins nächstgelegene Sozialzentrum weiterzogen, wo sie sich mithilfe von ein paar Joints in die Gedankenwelt von Subcomandante Marcos zu versetzen versuchten.

– Wenn nicht einmal du sie siehst, Valentino, sind die Jungs so gut wie unsichtbar, flüsterte Rod.

Ich folgte der imaginären Linie, die er mit seinem langen schwarzen Finger auf der Zeitung zog.

– Eröffnungsparty der *Tripla Folla*, des neuen Lokals in Trastevere … Im zahlreich erschienenen Publikum befanden sich auch die Dragqueen Platinette und der Abgeordnete Vittorio Sgarbi, die miteinander Tango tanzten …

– Weiter unten, Bruder, weiter unten, zischte er ungeduldig.

Endlich sah ich es. Einen nichtssagenden weißen Fleck inmitten eines undeutlichen, großkörnigen schwarzen Flecks. Mit makabrem Sinn für schwarzen Humor wurde in Form von zwanzig Zeilen über den ungeklärten Tod des zweiunddreißigjährigen südafrikanischen Bürgers Ray Anawaspoto berichtet, dessen Leiche kurz vor Morgengrauen in der Via Goito, in der Nähe der Stazione Termini gefunden worden war, einem „Viertel, das trotz der lobenswerten Bemühungen der Stadtverwaltung nach wie vor ein Freihafen der illegalen Einwanderung ist". Todesursache: eine Schusswunde. Ich überflog die knappen Nachrichten: Die Ermittler sprachen von einer Abrechnung innerhalb der afrikanischen Community, die, wie allseits bekannt, vom Drogenhandel lebte. Auf einer Seite weiter im Blattinneren gab ein Journalist einen giftigen Kommentar ab, der sich in zwei grundlegenden Sätzen zusammenfassen ließ: „Nigger, es reicht. Bringt euch zu Hause um!" Dabei war diese Zeitung früher einmal das halboffizielle Organ des aufgeklärten Bürgertums gewesen. Entweder hatte das Bürgertum sich verändert oder jemand hatte das Licht der Aufklärung ausgeknipst.

– Tut mir leid, Rod ...

– Das ist nicht der Erste und er wird auch nicht der Letzte sein, Valentino.

– Kanntest du ihn?

– Mann, jeder Schwarze in dieser großen Kloake landet früher oder später im *Sun City*. Wahrscheinlich hast auch du ihn des Öfteren gesehen.

– Ich erinnere mich nicht, Bruder.

– Weil es hier dunkel ist.

– Erzähl mir von ihm.

– Sie nannten ihn Al ... ein x-beliebiger Name ... Er war an einem Ort zur Welt gekommen, wo es schwierig ist, ein Mensch zu bleiben. Er kam, um hier sein Glück zu versuchen, wie alle ...

– Dealte er?

– Ich glaube nicht, keine Ahnung. Er hatte seinen Job verloren, hatte jedoch noch immer Geld. Er trank. Er war traurig ...

Er trank und heulte. Eines Abends musste ich ihn rausschmeißen, so besoffen war er. Armer Al. Er hat immer wieder einen Namen gerufen, er war wie besessen davon ...
– Was für einen Namen?
– Barney, sagte Rod mit einer vagen Geste. – Ein Kind. Barney. Ich nehme an, sein Sohn. Einmal hat er mir ein Foto gezeigt. Ein Baby mit krausen Haaren und großen lachenden Augen ... wirklich ein wunderhübsches schwarzes Baby, Val. Du hättest das Foto sehen sollen. Es stammte aus der Zeit, als sie in Ladispoli wohnten ... einem Ort voller Palmen und Wind. Wie Nairobi ...
– Beschreib ihn mir.
– Unauffällig. Groß, dünn, in letzter Zeit trug er immer ein dreckiges gelbes T-Shirt. Aber er war kein schlechter Junge.
Der Name. Nenn mich Al, hatte er gesagt ... Er war es. Meine Güte, er war es wirklich! Wenn ich nicht so faul, so fertig gewesen wäre ... Er war ausgerechnet zu mir gekommen, man hatte ihm im *Sun City* von mir erzählt. Gestammelte Sätze, er war betrunken, konnte kaum Italienisch ... Für mich war er bloß einer der vielen unsichtbaren Schwarzen gewesen ... einer, den man umbringen wollte.
– Eine hässliche Geschichte, begann Rod von Neuem. – Heute hatten wir eine Durchsuchung ... Dein Freund Castello war dabei ...
– Was haben sie gesucht?
Er lächelte bitter.
– Alles und nichts. Ein toter Schwarzer ist bloß ein weiteres Ärgernis.
Ich senkte den Blick. War meine Gleichgültigkeit gegenüber Al so viel besser gewesen?

– Was seid ihr doch für seltsame Leute, Bruder! Es kommen jede Menge armer Italiener hierher und dennoch führt ihr noch Sklaven ein. Das Foto in der Zeitung tat mir weh. Ein weißer Fleck inmitten eines größeren schwarzen Flecks war alles, was von einem schwierigen Leben am anderen Ende der Welt übrig blieb.
– Tut mir leid, Rod. Du weißt, wie ich denke.
Rod zündete sich einen Joint an.
– Denken? Denken reicht nicht, Mann, man muss was tun! Wir können nicht zulassen, dass sie uns wie Hunde abknallen.
Er war erregt, zornig. Der süßliche Geruch des Grases verursachte mir Niesreiz.
– Nachdem dein Freund Castello gegangen war, gab es hier ein Treffen. Die Jungs sind verzweifelt. Sie wollen bewaffnete Patrouillen bilden. Nachts herumlaufen. Sich verteidigen …
– Hört sich wie Schwachsinn an.
Rod entspannte sich. Seine Augen leuchteten zufrieden. – Ja, sicher, Schwachsinn. Doch die Brüder sind nervös. Die Brüder fragen sich: Wenn ein Weißer umgebracht wird, setzen die Bullen Himmel und Hölle in Bewegung, doch warum wird der Fall in zwei Tagen zu den Akten gelegt, wenn einer von uns umgebracht wird?
– Das stimmt so nicht, Rod, ich …
– Spiel mir gegenüber nicht den weißen Anwalt, Valentino. Wie auch immer, es ist mir gelungen, die Wogen zu glätten. Unter einer Bedingung …
– Und zwar?
– Du.
– Ich?
– Du. Du wirst den Mordfall untersuchen. Abrechnung. Drogen. Für Rauschgift sind Nigerianer und Nordafrikaner zuständig.

Unsere Community ist sauber. Al war sauber. Dafür lege ich meine Hand ins Feuer, Bruder. Al war der harmloseste Schwarze auf der Welt. Mit einer gültigen Aufenthaltsgenehmigung. Geh zur Polizei. Tritt ihnen in den Arsch. Du bist ein Weißer. Du bist einer von ihnen. Finde Als Mörder. Du bist ein Weißer, doch du bist auch einer von uns!

Ich legte eine Hand auf seinen muskulösen schwarzen Arm.

– Rod, flüsterte ich, unfähig, ihm ins Gesicht zu sehen. – Er ist zu mir gekommen und ich habe ihn weggeschickt ...

– Du?

– Ja, ich. Ich bin ein müder Weißer, Rodney. Ich stehe kurz davor, meine Zulassung zu verlieren. Ich bin pleite, ich bin ein totaler Versager. Nicht mehr und nicht weniger.

Rod rüttelte mich wütend.

– Blödsinn! Das ist bloß ein Grund mehr zuzusagen. Denk an Al ... Er hat dir vertraut ... Alle glauben an dich. Die Brüder haben Geld gesammelt. Dreitausend Euro für die ersten Spesen. Du bekommst alles, was du brauchst: Männer, Hilfe ... Du wirst nicht allein sein, du musst dich um nichts kümmern.

– Ich kann es nicht machen, Rod.

– Aber warum nicht, in Gottes Namen?

Warum nicht? Eine ergreifende Kora-Melodie hing in der Luft, mein Herz war schwer wie Stein. Ich erinnerte mich an die vielen Abende, die ich an den schmutzigen kleinen Tischen in dem Kellerlokal auf der Piazza Vittorio verbracht hatte. Mitten unter ihnen, unter Menschen wie Al, die ich nicht verstand, die ich nie ganz würde verstehen können. Inmitten ihrer heiseren, warmen Stimmen, dem *Zighini* und dem Mangosaft, einem nach Kreuzkümmel schmeckenden Afrika, meiner Kanzlei, in der sich Glanz und Elend der römischen Peripherien mischten. Doch dieser Geruch war nicht mein Geruch. Sie forderten mich auf, einer von ihnen zu werden ... Einer von ihnen! Rodney Vincent Winston, ein ehemaliger südafrikanischer Freiheitskämpfer, bot mir einen Fall an, mit dem ich mich identifizieren konnte. Doch ich wollte keinen Fall. Schon der Klang des Wortes bereitete mir Unbehagen. Rod war wie in Trance, regungslos, mit kaum wahrnehmbarem Wimpernschlag, der darauf schließen ließ, dass er unter dem dichten, krausen Haarschopf noch am Leben war. Ich war ihnen etwas schuldig. Saleh stellte seufzend die Kora ab. Maryia erwachte träge aus ihrem tiefen Schlummer. Tequif verlangte lautstark ein Bier.

Da waren sie, die Fremden, die die Albträume meines reichen und gedankenlosen Landes bevölkerten. Da waren sie, die Schwarzen, die stinken und Krankheiten übertragen. Die Schwarzen, die nicht bereit sind für die Demokratie. Die Schwarzen, die nur dazu gut sind, zu singen, zu tanzen und zu trommeln. Die Schwarzen, die uns die Frauen und die Arbeit wegnehmen. Die Schwarzen, die schnell laufen und gut beim Zuschlagen sind, die Rhythmusgefühl haben, die ficken wie Gott, weil sie einen großen Schwanz haben. Die Schwarzen, denen man alles beibringen muss, weil sie allein nicht über die Runden kommen ...

– Rodney, du schwarzer Bastard, du hast gewonnen!

Mitten in der Nacht kam ich halb betrunken nach Hause. Im Hof des Prattico-Wohnblocks traf ich Vanessa, die von einem nächtlichen Einsatz zurückkam. Ihren Tränensäcken nach zu schließen war es kein erfreulicher gewesen. Ich versuchte sie zu trösten und sagte, dass das Leben früher oder später für jeden die große Chance bereithielte.

– Meinen Sie, Anwalt? Ich habe bereits eine große Chance. Man hat mir eine Rolle in *Angels of Pleasure* angeboten ... Was soll ich tun? Zusagen?

Besser bleiben lassen. Um Schlaf zu finden, las ich den Leitartikel der Zeitung des einst aufgeklärten Bürgertums. Der Verfasser, der vor den neuen Eigentümern seine 68er-Vergangenheit in Parka und Clarks rechtfertigen musste, vertrat die Thesen der Historiker, die meinten, Auschwitz stellte die letzte Bastion des arischen Abendlandes gegen die Invasion der Kosaken dar.

Ich war froh, dass ich mich nicht für meine Gegenwart schämen musste.

4.

Dann wurde es Sonntag. Der Tag des Herrn der Hausarbeit. Pünktlich um acht wurde die Tür von einer Irren aufgerissen, die mit Besen, Eimern, Wischmopps, Flaschen, Schürzen und einem unvermeidlichen elektrischen Staubsauger bewaffnet war, der ein unerträgliches Summen von sich gab. Donna Vincenza schmiss mich aus dem Bett und schickte mich ungeachtet meiner Nacktheit ins Bad.

– Und lassen Sie sich eine halbe Stunde lang ja nicht blicken! Sie wissen, ich dulde keine Fußabdrücke auf dem frisch gewischten Boden!

Binnen einer Stunde veränderte meine Kanzlei radikal ihr Aussehen. Der Schreibtisch glänzte, der PC wirkte tatsächlich wie ein brandneues Technologieprodukt und nicht wie das Überbleibsel eines Abverkaufs, die juristischen Fachzeitschriften und die Romane waren so eingeordnet, dass man sie mithilfe einer rationalen Suche nie wieder würde finden können. In jeder Ecke des Raumes lag ein kompaktes graues Staubhäufchen.

– Sterminator!, verkündete die Swiffer-Vestalin stolz, – die endgültige Lösung für das Problem von Hausmilben und Insekten!

Ich versuchte ihr zu erklären, dass ich weniger an der Vernichtung der Gattung der Spinnentiere interessiert war denn an einem würdevollen Waffenstillstand, der in ein friedliches Zusammenleben mündete.

– Versuchen wir eine Eskalation zu vermeiden, Vincenza. Lernen wir, den Feind zu respektieren …

Die Portiersfrau setzte sich auf das rote Kunstledersofa, das ich gemeinsam mit Rod vom Flohmarkt in Porta Portese auf dem Rücken nach Hause geschleppt hatte.

– Bei Ihnen ist Hopfen und Malz verloren, Anwalt. Das habe ich auch Nina gesagt. Hopfen und Malz.

– Wie geht es Nina?

– Sie ist traurig. Sie müssten nur ein Wort sagen …

– Ich habe ein Wort gesagt: Nein!

– Sie sind herzlos.

– Genau.

– Sie werden einsam sterben!

Vincenza hatte kein Verständnis für meinen Singlestatus. Oder für meinen Zustand als „lediger junger Herr", wie sie sagte. Die Tatsache, dass sie mich ein paarmal am Morgen in Gesellschaft von Zufallsbekanntschaften überrascht hatte, hatte sie in dem Glauben bestärkt, dass ich ganz normale Vorlieben hatte. Sie duldete zwar Schmutz, Unordnung, Extravaganz und nächtlichen Lärm, doch nicht meine hartnäckige Weigerung, zu heiraten und Kinder zu bekommen, eine Familie zu gründen.

– Und was sollen wir Frauen dann tun?

Im Durchschnitt bot sie mir eine bis zwei Anwärterinnen pro Monat an. Nina war ihr bislang letzter Schützling. Sie hatte Schulabschluss und war eine hervorragende Köchin, denn „Ehemänner gewinnt man im Bett, und man hält sie bei Tisch": Was wollte ich mehr?

– Liebe vielleicht, Vincenza? Die große Liebe?

– Die Liebe, die Liebe! Sie bekommen schon graue Haare und denken noch immer an die Liebe.

Ich zog mich sorgfältig an, band mir eine der wenigen Krawatten um, die keine Brandlöcher hatten. Ich machte mich schön für die Polizisten, die tröstliche Bilder lieben, um das instinktive Misstrauen zu lindern, das sie gegenüber der ganzen Menschheit empfinden.

– Bevor Sie gehen, Anwalt ...

Mit einer resignierten Grimasse ließ ich mich auf die Couch fallen.

– Was hat sie diesmal ausgefressen?

Wir alle, vom Master of Ballantrae bis zu Donald Duck, haben einen Erzfeind. Donna Vincenzas Erzfeind hieß Carmen. Platinblond gefärbtes Haar, eins sechzig groß, fünfundsiebzig Kilo an den falschen Stellen, schmuddeliges kleines Pizzalokal im Herzen des historischen Pigneto-Viertels, das früher einmal von Messerstechern bevölkert gewesen war und jetzt ein Vorzeigeprojekt der Stadtverschönerung aus der Ära von Bürgermeister Rutelli war. Wenn es nach Vincenza gegangen wäre, wäre Carmen öffentlich hingerichtet worden. In der akuten Phase des Konflikts hatte ich mich darauf beschränkt, mir wohlwollend und verständnisvoll die Berichte über die ruchlosen Taten der Pizzabäckerin anzuhören und Vorladungen in Aussicht zu stellen, die ich wohlweislich nicht abschickte. Ich hatte auch versucht, Vincenza klarzumachen, dass die Todesstrafe moralisch nicht vertretbar ist. Doch sie war sturer als ein Wähler von Vater und Sohn Bush.

– Ich habe es gesehen, Anwalt, ich schwöre! Sie löst die Etiketten von der abgelaufenen Mayonnaise ab und klebt die von frischem Joghurt drauf. Und streckt Ferrarelle-Flaschen mit Leitungswasser!

– Und wo landet das Ferrarelle-Wasser?
– Im Putzmittel natürlich!
– Ungeheuerlich!

Unempfänglich für Ironie, schüttelte Vincenza ihr schönes weißes Haupt, das vom Zahn der Zeit und dem Leid einer frühen Witwenschaft gezeichnet war.

– Aber wie stehen wir in den Augen Europas da?

Ich riss die Augen auf.

– Was bitte hat Carmen mit Europa zu tun?
– Sehr viel, sehr viel, Anwalt! Stellen Sie sich vor, es kommen Deutsche, gehen zu dieser Schmuddeltante, die ihnen verdorbene Milch und schmutziges Wasser verkauft: Wie stehen wir da? Jetzt, wo Italien eine neue Regierung hat, müssen wir uns Sorgen um das Image unseres Landes machen. Das hat sogar Bruno Vespa gesagt.

Ich zuckte resigniert mit den Schultern ... Wenn es sogar Bruno Vespa gesagt hatte! Bevor ich ging, legte ich eine Schweigeminute im Gedenken an das erste Opfer von Sterminator ein. Meine letzte, kostbare Cohiba, das Relikt eines beschwingten Abends am Kuba-Stand beim Festival der *Rifondazione Comunista*. Vincenza hatte sie in ihrem Hygienewahn entschlossen und endgültig in Gift ertränkt.

Sonntags bieten die verkehrsfreien Straßen Roms ein verstörendes Schauspiel an Schönheit und Entspanntheit. Ich entschloss mich zu einem Spontanbesuch bei meiner Mutter, hoffte halbherzig, zum Mittagessen eingeladen zu werden, selbst wenn ich mir dafür den Bericht über ihr Rendezvous mit dem Witwer anhören musste. Doch sie war nicht zu Hause. An der Tür klebte ein Zettel: „Bin mit dem Ragioniere in den Wallfahrtsort von Padre Pio gefahren. Du hättest auch mitfahren können, du Heide.

Er wird mir die Platte von Madonna bringen, er ist nicht so gleichgültig wie du. Küsse, Mama."

Als ich die Treppe zur Polizeiwache hochging, wusste ich immer noch nicht, ob ich darüber lachen oder weinen sollte. Junge Beamte im Disco-Outfit machten sexistische Witze; flinke Polizistinnen im Minirock trafen am Telefon Vorkehrungen für das Sonntagsessen. Nichts erinnerte an das klassische Bild einer Polizeiwache. Kein Dreck, keine Spinnweben und auch kein ranziger Geruch. Insgesamt ein sonniges, gepflegtes Lokal mit vielen Pflanzen, sehr kultiviert.

Alles schien im Zeichen von „Die Polizei, dein Freund und Helfer" zu stehen. Alles, mit Ausnahme meines alten Freundes, Kommissar Pellegrino Castello, alias Rino, das Bleihändchen.

Sie hatten ihn in eine Rumpelkammer verbannt, die fast zur Gänze von einem Schreibtisch eingenommen wurde, der mit Fett und Flüssigkeiten ungewisser Herkunft verschmiert war. Hinter ihm prangte ein Farbfoto, auf dem Zinédine Zidane zu sehen war, wie er 1998 als Weltfußballer des Jahres die Chevron-Trophy entgegennimmt; an einem Fleischerhaken hing eine Jacke, die im Achselbereich eine dreifache Schweißschicht aufwies, umrahmt von einem Carabinieri-Kalender, der mit Hymnen auf Juventus übersät war, und einem alten Blutfleck, der sich aus irgendeinem Grund nicht entfernen ließ.

Dieser Fleck war der Beweis für einen gescheiterten Versöhnungsversuch zwischen Castello und seiner Ex-Frau. Ich war ihr zu Hilfe geeilt, es war mir sogar gelungen, sie noch lebend seinen Händen zu entreißen. Das hat er mir nie verziehen.

Bei seinem nahezu pathetischen Versuch, das Bild eines alten Straßenpolizisten abzugeben, war er im Grunde ein Mann mit wenigen und schlichten Gedanken. In seinen fünfundzwanzig

Berufsjahren, pflegte er immer wieder zu sagen, sei er weder einem Unschuldigen noch einem ehrlichen Menschen begegnet. Als Verbrecher wird man geboren, das ist eine Sache der Vererbung, sagte er, allein die Absicht reicht, auch wenn man keine Straftat begeht. Der Unterhalt eines verurteilten Straftäters kostet den Staat pro Tag mehr als das halbe Gehalt eines alten Ordnungshüters: Mit ein paar Euro, dem Preis einer guten Kugel, könnte man das Problem an der Wurzel lösen. Und so weiter und so fort. Ich setzte mich mit einem entwaffnenden Lächeln hin und zündete mir eine Toscano an. Ich wusste, er hasste den Geruch von Zigarren. Ich wiederum hasste seine Zigaretten, also waren wir quitt. Früher oder später würde er explodieren, doch im Augenblick brachte sein stumpfes, gelbliches Gesicht nur einen leisen Widerwillen zum Ausdruck. Offensichtlich hatte man ihm einen Haufen Dreck vor die Füße gekippt. Der Dreck war ich.

– Wie geht es dir, Rino?

Er rülpste, wie es sich für einen richtigen Mann gehörte, und schleuderte mit einer wütenden Geste eine noch ungeöffnete Kopie der italienischen Verfassung auf den Boden.

– Na ja, andere machen das mit mehr Stil, sagte ich. – Doch das Ergebnis ist dasselbe …

– Es heißt, wir sollen lernen, was da drinsteht, brummte er verärgert.

– Sag mir, wann ihr anfangt, dann schenke ich dir eine schöne Schürze.

Rino beschränkte sich auf ein schiefes Grinsen und tat, als wäre er unwiderstehlich von einem Lichtstrahl angezogen, der durch die Fensterläden drang und in dem Staub tanzte. Am liebsten hätte er mich gegen die Wand geschleudert, doch er konnte sich beherrschen. Entweder hatte er seine Selbstkontrolle optimiert oder man hatte ihm befohlen, keine Schwierigkeiten zu machen. Oder er hatte einfach genug von dem ewig gleichen alten Rollenspiel.

– Bist du für den Schwarzen zuständig, der in der Via Goito umgebracht wurde?

– No comment.

– Komm schon, Rino, ich bin ja kein Journalist. Ich versuche bloß etwas über den Fall herauszufinden.

Seine Augen leuchteten hinterhältig.

– Fall? Von was für einem Fall sprichst du denn? Es gibt keinen Fall. Wahrscheinlich eine Abrechnung unter Heroindealern ... oder eine schiefgelaufene Erpressung. Oder der Typ hat die falsche Frau gefickt. Vielleicht hat er sich auch umgebracht. Ja. Selbstmord. Warum nicht? Du bist wirklich am Ende, Bruio. Kümmerst du dich jetzt um schwarze Ausländer?

– Hatte er eine Adresse hier in Rom?

– Ermittlungsgeheimnis.

– Komm schon, Rino, mein Klient hat mich beauftragt ...

– Klient? Du hast noch Klienten? Da musst du dich aber beeilen, denn in gut zehn Tagen ...

Die Gerüchte verbreiten sich schnell! Sogar Castello wusste, dass ich bald neue Visitenkarten drucken lassen sollte. Ex-Anwalt Bruio, würde ich draufschreiben müssen. Zum Glück habe ich nie Visitenkarten besessen. Aber egal, die Sache war ernst. Sehr ernst sogar. Eine Verleumdung des berühmten Strafverteidigers Ponce del Canavè stand im Raum. Eines mächtigen, gefürchteten, verehrten Kollegen. Gegen ihn hatte ich keine Chance. Nicht um alles Geld der Welt würden die Mumien der Anwaltskammer ihm widersprechen. Außerdem war ich mit meinen Beiträgen für den Anwaltsfonds um ein paar Jahre im Rückstand. Castello würde mir also keinen Gefallen tun. Als ich aufstand, entschloss ich mich zu einer kleinen Revanche.

– Weißt du, wen ich gestern getroffen habe? Deine Frau.

Sein Blick wurde misstrauisch.

– Sie hat mir Grüße ausgerichtet, sagte ich unerschrocken. – In aller Freundschaft. Ach übrigens ... Ein junger Mann war bei ihr ... ein freundlicher, wohlerzogener junger Mann, einer von der Sorte, die ihre Hände im Zaum halten können. Ein Quantensprung, nicht wahr?

Das war zu viel für Rino. Das wilde Tier, das seit seiner Geburt in ihm lebte, brach durch. Er schnellte hoch, seine Hände griffen nach meinem Hals. Ich wich gerade so viel aus, dass er in seiner Wut die Zigarre erwischte. Er zerbröselte sie und verbrannte sich an der Glut. Er brüllte immer lauter.

– Du Arschloch! Du bist nur gekommen, um mich zu provozieren, stimmts? Wenn du die dreckige Hure noch einmal siehst, kannst du ihr sagen, sie soll abhauen ...

Die Tür hinter mir wurde sanft geöffnet. Castello verstummte, versuchte vergeblich, sich zu fassen, ließ sich, wirre Rechtfertigungen stammelnd, auf den Stuhl fallen.

Ich drehte mich langsam um. Der große, elegant gekleidete junge Mann, dessen Blässe unnatürlich wirkte, stellte sich als Kommissar Giacomo Del Colle vor und bat mich, ihm in sein Büro zu folgen. Unsicherer Gang, trauriges Lächeln: ein typischer Beamter der neuen Generation, der gerade die Akademie für öffentliche Verwaltung abgeschlossen hatte, wo man ihm die Kultur der Rechtspflege und des Rechtsstaates beigebracht hatte. Alles, was Castello aus tiefstem Herzen hasste. Vielleicht hatte ausgerechnet er ihn aufgefordert, sich die Verfassung zu Gemüte zu führen. Ich hingegen war neutral: Von Polizisten erwartete ich mir nur Ärger. Ich sollte bald feststellen, dass ich mich geirrt hatte.

Sein Büro war luftig, nüchtern, sonnig. Pflanzen, ein paar Ausgaben des „Manifesto" und des „Corriere della Sera"; auf einem Lederfauteuil lag nachlässig Dürrenmatts *Das Versprechen*.

– Ein gutes Buch, sagte ich.

Del Colle nickte. Ich näherte mich dem gerahmten Foto auf dem Schreibtisch.

– Girolami?, fragte ich und betrachtete den Mann, der darauf zu sehen war. – Das Ungeheuer von der Autostrada del Sole? Der Serienmörder, der Prostituierte umgebracht hat? Haben Sie ihn geschnappt?

Er lächelte zufrieden.

– Das war eine meiner ersten Festnahmen. Wir haben ihn angehalten, weil er so langsam fuhr. Er fuhr mit seinem Lkw auf dem Pannenstreifen, im Zickzack, wie ein Betrunkener oder jemand im Sekundenschlaf. Wir haben ihn gefragt, ob er Hilfe brauche. Höflich, schweigsam, keine Vorstrafen. Dann bekam er plötzlich Panik. Wer weiß, vielleicht wollte er wirklich geschnappt werden. Im Flüsterton gestand er sein letztes Verbrechen: Dort, sagte er, auf der Aurelia, Kilometer 15. Und er hörte gar nicht mehr auf. Er sprach über Bice, Anna, Lorella. Er bezichtigte sich Verbrechen, die noch gar nicht entdeckt worden waren. Wir wollten einem Lkw-Fahrer helfen, der in Not war, und haben wer weiß wie viele Leben gerettet. Dabei hatte ich an diesem Vormittag nicht einmal Dienst. Wir wären noch immer dabei, sein psychologisches Profil zu entwerfen. Oder …

– Oder was?

Er zeigte mit einer vagen Geste auf das Buch.

– Oder die Carabinieri stoßen eines Nachts bei einer Straßensperre auf einen merkwürdigen Mann. Eine Routinekontrolle, aber der Typ wird misstrauisch. Er hat Angst. Steigt aufs Gas. Versucht die Straßensperre zu durchbrechen. Ein Carabiniere schießt. Der Mann fällt tot um. Es kommt zu einer Kontroverse über den missbräuchlichen Gebrauch von Waffen bei der Polizei. Allerdings werden dann keine Huren mehr umgebracht. Doch das fällt niemandem auf.

– Oder, fügte ich hinzu und spann seinen Gedanken weiter, – nach einem Monat oder einem Jahr findet jemand, eine Putzfrau, in einem armseligen Haushalt ein Tagebuch, in dem der Mörder alle seine Taten akribisch aufgelistet hat ...

– Oder, fügte er mit scheuem und etwas bitterem Lächeln hinzu, – der Fall bleibt ungelöst. Wie fünfundachtzig Prozent der Fälle.

Kurz sahen wir uns schweigend an. Dann runzelte der Kommissar die Stirn.

– Was haben Sie zu ihm gesagt, dass er so ausgerastet ist?

– Wer, Castello? Der rastet doch immer aus.

– Im Ernst. Worum ging es?

– Um Immigranten. Ich habe den insgeheimen Verdacht, dass er sie nicht mag.

Del Colle zuckte mit den Schultern.

– Irgendein Problem mit Aufenthaltsgenehmigungen, Anwalt ...?

– Bruio. Valentino Bruio. Nein, keine Aufenthaltsgenehmigungen. Mord. Ich habe einen Klienten, der den Tod von Ray Anawaspoto aufklären möchte.

– Ein Familienangehöriger?

– In gewisser Weise.

Del Colle verließ den Raum und kam umgehend mit einer dünnen Akte mit rosafarbenem Deckel zurück.

– Wer ist also dieser Klient?

– Ich glaube, Sie würden es nicht verstehen, wenn ich es Ihnen sagte …

– Geben Sie mir eine Chance, verdammt noch mal!

Ich seufzte. Vielleicht würde dieser merkwürdige Polizist sogar verstehen.

– Rom ist voller Ausländer. Billige Arbeitskräfte und Handlanger von Kriminellen. Flüchtlinge. Heimatlose. Opfer des Hungers und der Illusionen, die wir noch immer von der Höhe unseres wunderbaren Systems dem Rest der Welt verkaufen. Leute aus dem Osten, Chinesen, Schwarze … Die Schwarzen fallen am meisten auf, Kommissar. Natürlich aufgrund der Hautfarbe. Sie sind auch am meisten exponiert. Und werden am meisten gehasst. Wir leben in einem rassistischen Land.

– Übertreiben Sie mal nicht, Anwalt Bruio. Nicht alle …

– Ach, klar. Nicht alle haben den Mut, es zuzugeben. Wir Italiener sagen: „Natürlich bin ich kein Rassist, aber wehe, ich erwische meine Tochter mit einem Schwarzen …" Wenn ein Nicht-EU-Bürger einen Italiener niederfährt, würden wir ihn am liebsten lynchen, aber wenn ein Italiener …

– Ich warte noch immer auf den Namen Ihres Mandanten.

– Die Schwarzen, Kommissar. Sie sind meine Mandanten. Rays schwarze Freunde. Menschen, die nur Respekt und Würde verlangen. Sie haben ein Recht zu erfahren, wer den Mann getötet hat. Und warum.

Del Colle schnaufte ungeduldig, aber nach wie vor freundlich.

– Sind Sie fertig? Ich fürchte, der Umgang mit Castello hat Ihr Bild der Polizei irreparabel beschädigt. Und möglicherweise, ich sagte, möglicherweise, haben Sie sogar recht. Doch was mich anbelangt, ist Mord noch immer Mord. Egal, ob das Opfer weiß, gelb oder schwarz ist, das ist mir egal.

Ja, dieser merkwürdige Polizist verstand. Mit seiner sanften Ironie ließ er mich dastehen wie einen alten vertrottelten Bolschewiken. Und was noch schlimmer war, ich glaubte ihm. Ich suchte Zuflucht bei einer Toscano. Auf leeren Magen zu rauchen ist die beste Methode, einen Kater zu bekommen, ohne vorher einen guten Jahrgangswhisky getrunken zu haben. Doch in diesem Augenblick stellte ich mich gewissermaßen selbst auf die Probe. Wir leben auch von solchen kleinen Kraftproben.

– Gut, unterbrach mich Del Colle. – Dieser ... Ray Anawaspoto hatte einen sechsjährigen Sohn namens Barney, er arbeitete als Gärtner bei einer reichen Familie, den Alga-Croce. Wenn Sie wollen, kann ich Ihnen die Adresse aus der Akte kopieren. Ich habe mich gestern mit Signora Alga-Croce, ihrem Vater und noch einem Schwarzen, der dort arbeitet, unterhalten, einer Art Mann für alles, Chauffeur, Butler ... so was in der Art. Das Kind, Barney, ist offenbar zu seiner Mutter zurückgekehrt, und der Vater ... ich meine, der Tote ... konnte sich nicht damit abfinden. Er begann zu trinken und sie mussten ihn entlassen. Vielleicht ist er aber auch von selbst gegangen, egal. Möglicherweise ist er auf die schiefe Bahn geraten. Wollen Sie mich um noch etwas bitten?

– Ja. Ich bitte um Entschuldigung.

Der Kommissar reichte mir lächelnd die Hand. Der Mann gefiel mir. Eindeutig. Auf der Piazza Navona wurde mir infolge des Tabaks übel. Ich schloss mich einer Gruppe Touristen in kurzen Hosen an, die zwischen Brunnen und Kirchen hin und her liefen und die fetten römischen Tauben in Aufruhr versetzten. Eine riesige Katze hatte einen Vogel erwischt und erledigte ihn mit ein paar Hieben. Zwei noble Damen waren sich nicht einig, wie sie die Szene beurteilen sollten: Die Große und Dünne wünschte der Katze, Zeus' Blitze mögen sie treffen, die Kleine und Rundliche hätte ihr am liebsten einen Orden verliehen, weil sie dazu beitrug, Rom von den geflügelten Ratten, die Krankheiten verbreiteten, zu befreien.

Ich hörte andächtig einem strengen englischen Guide zu. Der Typ aus dem hohen Norden wusste alles über den verspielten Bernini und seine Rivalität mit dem melancholischen Borromini. Ich, der ich immer inmitten der wunderbaren barocken Kirchen gelebt hatte, verwechselte die beiden nach wie vor. Typische Familien mit Hund und Kind radelten im Zickzack zwischen Möchtegern-Schauspielern und gelangweilten Karikaturisten.

Zwei mit Gitarre und Saxofon bewaffnete Straßenmusikanten ruinierten den neuesten Hit von Antonello Venditti. Alle genossen unschuldig die Sonnenstrahlen.

Die fröhlichen Gesichter, die gleichbleibenden Gesten, das Interesse aneinander ... das alles bereitete mir schreckliches Unbehagen. Ich fühlte mich ausgeschlossen. Allein und ausgeschlossen. Ich hätte gern im *Tor di Nona* zu Mittag gegessen, doch die alteingesessene Trattoria, in der es früher einmal großzügige Bucatini-Portionen und Hühnerkeulen in üppiger Soße gegeben hatte, war einem schrecklichen McDonald's gewichen und rundherum gab es, so weit das Auge reichte, nur eine Wüste aus Pubs, Crêperien, Salatbars. Die einzige Ausnahme war ein Imbiss, der sich ganz allgemein auf Speisen aus dem globalen Süden spezialisiert hatte: Am Tresen saß ein fetter Pakistani, die Kassiererin war eine Asiatin und das Angebot reichte von Speisen aus Marokko bis Thailand. Ich stopfte mich mit Couscous, Falafel und Tandoori-Hühnchen voll und pfiff auf den globalisierten Einheitsbrei.

5.

Nach einem Mittagsschläfchen, bei dem ich schwitzend von Palmen und unberührten Stränden träumte, schleppte ich mich ins *Sun City*. Rod war nicht da. Doch Michael, der Jamaikaner, wusste, wo ich ihn finden konnte. Ich stieg in seinen alten, unglaublich rostigen Volvo-Kombi, dessen Karosserie von gelblichen Flecken übersät war. Wenn Michael vom ersten in den zweiten und dann in den vierten Gang hinaufschaltete, kam man sich vor wie bei einem Raketentest der NASA. Aus einem zusammengebastelten Gerät, das von bunten Drähten zusammengehalten wurde und bei jedem Ruckeln auseinanderzubrechen drohte, drang die heisere, unverwechselbare Stimme Bob Marleys. Der Prophet sang seinen hoffnungsvollen Song *Three Little Birds: Don't worry about a thing, 'cause every little thing gonna be alright ...*

– Stück für Stück wiederhergestellt, sagte der Jamaikaner stolz und tätschelte das Armaturenbrett.

Vor fünfzehn Jahren war Michael in London ein junger Literaturstudent gewesen. Während des glorreichen Gettoaufstands in Brixton hatte er ein paarmal Mist gebaut und jetzt schlug er sich als illegaler Taxifahrer für Nicht-EU-Bürger durch. Er hatte zwei Ziele in seinem Leben: die Staatsbürgerschaft und einen regulären Taxiführerschein. Wir kannten uns schon eine Ewigkeit und ich hatte ihm noch nicht klarmachen können, dass er zuerst einmal einen normalen Führerschein machen musste. Doch er fuhr gut.

– Anwalt, wie kommt es, dass alle weißen Frauen davonlaufen, wenn ich in eine Disco gehe, aber Lenny K. in die Arme fallen?

– Der Typ ist ein Star, Mann.

– Ja, aber er ist schwarz.

– Er kann es sich leisten.

Während es allmählich dunkel wurde, fuhren wir von den belebten Straßen ab und drangen in die Peripherie vor. Wir passierten Quarticciolo, Alessandrino, Viale Palmiro Togliatti (warum war der Name des Kommunisten eigentlich noch nicht ersetzt worden?), Tor Tre Teste. Allmählich wurden die Läden immer weniger und gaben den Blick auf die Landschaft frei, hin und wieder kam ein Autobus daher getuckert. Zum Glück nicht die sprichwörtliche Vorstadtödnis. Nur eine beängstigende Menschenleere. Schließlich bog Michael auf die Via dei Ruderi di Casa Calda ein und wir blieben vor einem niedrigen, noch unfertigen Gebäude stehen. Dahinter, wo der Asphalt immer mehr ausdünnte und man in weiter Ferne, hinter dem Sonnenuntergang, undeutlich die geballten Massen der Einkaufszentren sah, befanden sich Rasenflächen in regelmäßigen, wie von einem ordentlichen Landschaftsarchitekten geplanten Entfernungen.

– Dort drinnen. Erster Stock, sagte Michael. – Bei den Nigerianern.

– Gehen wir hinein?

– Auf keinen Fall, Mann, das sind böse Leute.

Ich ging allein hinein, eher vorsichtig. Das Tor war ein Torbogen ohne Tür, der Lift funktionierte nicht, die einzige Lampe an der Decke verbreitete ein tristes Licht. Im ersten Stock gab es nur eine einzige Tür. Ich klopfte. Es öffnete ein sehr großer Schwarzer, der eine kurze weiße Pfeife rauchte.

– Rod, sagte ich entschlossen.

Er würdigte mich kaum eines Blicks und zeigte wortlos hinter sich. Auf dem Gang musste ich achtgeben, nicht über vier oder fünf schlafende Schwarze zu stolpern, die in bunte Decken gewickelt waren und sich von dem Lärm ganz hinten in der Wohnung nicht stören ließen. In einem kleinen Salon sah ich zehn, vielleicht zwölf weitere. Sie saßen rauchend im Kreis. Rod stand und hielt eine leidenschaftliche Rede. An den Wänden standen drei Feldbetten, und darauf lagen ein halbes Dutzend Schlafsäcke und ein paar Decken. Das Fenster, das auf die antiken Ruinen blickte, hatte keine Fensterscheiben. Rod bemerkte mich und zwinkerte mir zu. Einer der Schwarzen stand auf und warf eine Zigarette auf den Boden. Er sagte etwas in barschem Tonfall, der keinen Widerspruch duldete. Rod antwortete heftig. Auch die anderen standen auf und verließen laut brüllend das Zimmer. Der Typ, der mir die Tür geöffnet hatte, putzte sorgfältig seine Pfeife, blies hinein und schaute durch das scheibenlose Fenster in die Nacht hinaus.

– Gehen wir, befahl Rod. Seine Stimme verriet, dass er erschöpft und verärgert war.

Als wir im Auto saßen, erklärte er mir, die Verhandlung sei schiefgelaufen.

– Welche Verhandlung?

– Mädchen. Die Nigerianer wollten drei oder vier vor dem *Sun City* aufstellen. Ich habe ihnen erklärt, dass das nicht geht.

– Üble Sache.

– Ich habe ihnen gesagt, dass ich ihnen die Fresse einschlage, wenn ich eines der Mädchen vor dem *Sun City* stehen sehe. Ich habe ihnen gesagt, dass es mir nicht gefällt, wie sie ihre Frauen behandeln. Du weißt ja, wie es bei den Nigerianern läuft, oder? Sie bezahlen den Mädchen die Reise und dann schicken sie sie mit einer Packung Kondome und einem Handy, das nur Anrufe entgegennehmen kann, auf den Strich. Und wenn sie nicht mitspielen, drohen sie ihnen zuerst mit einem Voodoo-Zauber, und wenn sie noch immer nicht gehorchen, landen sie mit einer einen Meter heraushängenden Zunge in einem Graben. Dabei sind es Schwarze wie ich, Valentino. Schwarz und mafiös.

– Dann wird es Ärger geben.

– Glaube ich nicht. Sie sind noch nicht stark genug. Sie haben eingewilligt, die Mädchen woanders zu postieren. Um Ärger zu vermeiden, sagt ihr Boss. Wenn sie jedoch stärker werden, werden sie eines Abends kommen und mir die Bude abfackeln ... Hin und wieder denke ich, die ganze Mühe war umsonst, mein Freund. Lauter vergebliche Mühe.

Wie lange bemühte sich Rod nun schon, die Einwanderung der Schwarzen in geordnete Bahnen zu lenken? Seit Jahren? Einer Ewigkeit? Seit wann schlug er sich mit Misstrauen, Stammesfehden, unversöhnlichen Interessen herum? Es war ein Wunder, dass sie ihn nicht schon kaltgemacht hatten.

Michael fuhr sehr vorsichtig und starrte schweigend auf die dunkle Straße vor sich. Das Radio war aus. Ich erzählte von meiner Begegnung mit Kommissar Del Colle und fragte Rod, ob er es sich zutraute, ein paar Worte mit dem schwarzen Chauffeur der Familie Alga-Croce zu wechseln. Mit einer vagen Geste, weder ja noch nein, fragte mich der Südafrikaner, ob ich dem Polizisten vertraute.

– Er scheint anständig zu sein, antwortete ich, – geben wir ihm eine Chance.

– Ja, aber vergiss nicht, dass er ein Polizist ist. Und weiß!

Während der restlichen Fahrt schwiegen wir düster und schauten durch die Windschutzscheibe, auf der Aufkleber mit dem Slogan *Free Joint* klebten, in die Nacht hinaus.

6.

Rod verschanzte sich schnell hinter dem Tresen des *Sun City* und hantierte mit den Schnapsflaschen. Schatten von Afrikanern wanderten von Tisch zu Tisch, eine unablässige und sinnlose Bewegung. Einige tauschten dunkle Blicke. Spieler, die gerade ihr Geld verloren hatten, rezitierten halblaut die Gewinn- und Verlustrechnung und investierten die letzten Reste ihres Wochenlohns, die nicht im Delirium des Wettbüros draufgegangen waren, in einen Mangosaft mit Rum. Saxofon, Kora und Conga fügten sich zu einem trostlosen Hintergrundsound. Die Tristesse des zu Ende gehenden Sonntags hatte mich angesteckt, und als Saleh mich aufforderte, meine Groucho-Marx-Imitation zum Besten zu geben, sagte ich zu ihm, er solle sich verpissen. Rod hatte mehr als einen Grund, von seinen Leuten enttäuscht zu sein. Allerdings ein paar Gründe weniger als ich, die Nase vom weißen Mann voll zu haben. Ich ging zum Tresen und legte ihm eine Hand auf die Schulter. Rod drehte sich langsam um und reichte mir einen Alexander. Der weiße Cocktail mit dem schwarzen Streifen auf der Oberfläche war sein Friedensangebot.

Ich wollte gerade das Glas nehmen, als in den Augen meines Freundes ungläubiges Staunen aufleuchtete und der Alexander schnell dorthin wanderte, wo sich die Quelle des intensiven und aggressiven Parfüms befand, das mich in der Nase kitzelte. Eine lange bronzefarbene Hand mit Ringen an den Fingern griff nach dem Glas und eine tiefe Stimme mit amerikanischem Akzent sagte: – Auf eure Gesundheit!

Mein Blick glitt von der bronzefarbenen Hand über die mit Schmuck behängten Arme, über den glatten Hals wie von einer schwarzen Modigliani-Figur bis zu den vollen Lippen, der Nase, die so edel wie klassischer Jazz war, und zwei Augen, die sich auf ironische Weise bewusst waren, dass sie wie der Mond Macht über die Hälfte der Menschheit hatten.

– Hi! I'm Cheryl.

Die Erscheinung der aufreizenden, ein Meter achtzig großen schwarzen Schönheit hielt zuerst abrupt die Zeit an und katapultierte sie dann mit Lichtgeschwindigkeit hinter die Traumgrenze. Das *Sun City* erwachte aus seiner Lethargie. Zwei athletische Rastafari machten sich daran, ihre alten Gitarren zu stimmen. In dem Stimmengewirr, das von der Stimmgabel des Begehrens zum Schwingen gebracht wurde, richteten sich lüsterne Blicke auf Cheryls perfekten Körper, ihre stolzen Gesichtszüge, die kurzen glatten Haare, diesem weichen Rasen mit Tau aus Gel. Erregte Rufe nach Schnaps und Songs, man verlangte Musik aus den Tiefen der Seele und dem schwarzen Herzen der Nacht, yeah!

Das Mädchen ging in die Mitte der Bühne. Das Schweigen wurde dicht, erwartungsvoll.

– Kennst du sie, Rod?

– Noch nie gesehen, aber sie ist der Inbegriff des Lebens. Ich bin schon high, Mann!

Die Stimme erhob sich zuerst gedämpft, fast schüchtern, und entfaltete sich dann heiser zu abwechselnd dumpfem und wildem Schluchzen.

– Oh Gott, Val. Sie ist … großartig!

Ich trat einen geordneten Rückzug an und überließ Rod seinem gewaltigen virtuellen Orgasmus. Ich flüchtete in die enge Küche des *Sun City*, versuchte meinen gerechtfertigten Neid auf dieses wunderbare schwarze Idyll in den Griff zu bekommen. Im Küchendampf, der mir fast den Atem raubte, bereitete ich Spaghetti mit kalabrischem Peperoncino zu. Ab und zu blickte ich verstohlen in den Saal. Rod sabberte, Cheryl stand in der Mitte der Bühne und beherrschte mit königlicher Gleichgültigkeit das vor Pheromonen triefende Serail.

Dann saßen wir zu dritt am Tisch. Rod sprühte vor Energie. Cheryl warf beunruhigende Blicke. Ich verschlang meine klebrige Pasta und spülte sie mit einem Brunello hinunter, der ohnehin kein besseres Ende gefunden hätte. Und das Mädchen sprach mit melodischer Stimme. Sie erzählte vom Vater in Kansas City und von ihrer Mutter, einer äthiopischen Prinzessin. Sie sänge zum Spaß. Sie sagte, sie müsse nicht arbeiten. Das Publikum forderte sie lautstark zu einer Zugabe auf und sie stieg wieder auf die Bühne. Zu den Klängen von *Sylvie,* dem von Harry Belafonte unsterblich gemachten Sträflingslied, packte mich Rod hart am Arm.

– Hau ab. Ich sperre zu und fliege ins Paradies.

Ach, mein schwarzer Freund. Mein stolzer afrikanischer Freund, seine Schönheit, sein starker Hals, seine muskulösen Schultern, sein düsteres Lächeln, die melancholischen Augen, die hin und wieder zu strahlen begannen … Keine Chance, da mitzuhalten. Mit meinen mindestens fünfzehn Kilo Übergewicht (die alle in der Taille saßen), der Zigarre, deren Gestank von allen verabscheut wurde, und meiner etwas abgehangenen Eleganz war es eigentlich ein Wunder, dass ich keine Jungfrau mehr war. Ich stürzte den letzten Schluck Brunello hinunter und bereitete mich auf die Freuden des Prattico-Wohnblocks vor. Die Musik verstummte. Beifall ertönte.

Ich trat auf Cheryl zu, während sie lächelnd und erschöpft von der Bühne runterkam.

– Du bist toll. Ich gehe.

Ihr wunderschöner Mund verzog sich zu einer enttäuschten Grimasse.

– So früh? Trinken wir doch noch etwas. Ich bitte dich, Rodney, kümmere dich darum. Ich habe Lust auf was Starkes.

In den Augen des Südafrikaners blitzte kurz Panik auf. Er stand bedächtig auf, blickte uns einen Augenblick lang, der mir unendlich erschien, an und verschwand.

– Gehen wir. Jetzt, flüsterte mir Cheryl zu und nahm mich bei der Hand. – Willst du?

– Um Himmels willen, stotterte ich, – aber Rod ... ich ...

– Ach, sagte sie mit einem verächtlichen Lächeln. – Rod hat hier so viele Freunde.

Ich folgte ihr verdutzt und verabschiedete mich stumm von den anderen, überließ die Schwarzen, die plötzlich wieder melancholisch geworden waren, ihren Fantasien.

7.

Durch Cheryls Mansardenfenster drang das Brüllen zweier konkurrierender Gruppen von jungen Männern, die aus unterschiedlichen Weinbars kommend auf die Statue Giordano Brunos losstürmten, bereit, wer weiß aus welchen Gründen von *territorial pissings*, den Gegner zu zerfleischen. Man hörte schon das Heulen einer Sirene. Jemand stieß einen heiseren Schrei aus. Die Ordnung war schnell wiederhergestellt.

Wir hatten kein Wort mehr gewechselt. Sie bewegte sich lächelnd durch die beiden anonymen Zimmer, in denen nur ein großes rundes Bett mit schwarzem Laken einen Stilakzent setzte: eine Verheißung duftender Verderbnis. Ich zündete mir eine Toscano an. Cheryl legte eine CD von Bono ein und setzte sich mit ihrem sensationellen Hinterteil auf das Sofa, auf dem ein grellbuntes Tuch lag.

– Was hat dich an einen Ort wie das *Sun City* geführt?, fragte ich sie und warf das abgebrannte Streichholz auf die Straße.

– Setz dich neben mich, Valentino. Ich mag Zigarrenrauch. Ich habe einen Freund, der auch Toscanos raucht. Er sagt, ich bin die Einzige, die sie aushält.

Ich blieb neben dem Fenster stehen. Cheryl betätigte den Dimmer einer schlanken Halogenlampe. Die Musik und das bernsteinfarbene Licht waren wie die Einladung zu etwas Schönem. Doch irgendetwas stimmte nicht. Irgendetwas jenseits der

Schönheit und der Verführung versetzte meine Sinne in Alarmbereitschaft und hinderte mich daran, mich gehen zu lassen. Ich fragte sie noch mal nach dem *Sun City*. Sie schien sich über meine Hartnäckigkeit zu wundern.

– Nichts Besonderes, Val. Darf ich dich Val nennen? Ist es denn so merkwürdig, dass ein schwarzes Mädchen den Wunsch hat, einen Abend mit seinen Leuten zu verbringen?

– Cheryl, eine wie dich hat man im *Sun City* noch nie gesehen ...

– Warum? – Sie lachte kurz auf. – Was für Leute kommen denn ins *Sun City?*

Ich erklärte ihr, dass das Lokal ursprünglich *Nelson Mandela* hätte heißen sollen. Rod hatte sich ein Schild mit einem vor Gewalt triefenden Bild gewünscht, einem Schwarzen, der die Ketten zerbrach und von einer Horde Kapuzenträgern mit bedrohlichen Fackeln verfolgt wurde.

– Na und?

– Die Gemeinde hat die Geschichte von Mandela, dem Ass des American Football, nicht geschluckt, also einigten wir uns auf *Sun City,* denn für die Schwarzen war das das hassenswerteste Symbol der Apartheid ...

– Schnee von gestern, sagte sie seufzend und unterdrückte ein Gähnen. – Südafrika ist jetzt eine Demokratie, oder?

– Rod ist da anderer Meinung, aber der Name ist geblieben. Das *Sun City* ist eine Anlaufstelle für viele Immigranten.

Sie streckte sich, träge und sinnlich.

– Auch du passt nicht ins *Sun City.*

– Pah, ich fühle mich dort wohl ... Ich bin Anwalt. Ich kümmere mich um ihre Anliegen. Wenn man schwarz und arm ist, ist das italienische Gesetz eine Herausforderung.

– Und was haben sie im Augenblick für Anliegen?
Ich erzählte ihr die Geschichte von Al und meinem Mandat. So ließ ich sie wie nebenbei wissen, dass auch ich einen Sinn im Leben hatte. Cheryl schüttelte den Kopf.
– Warum soll es nicht so gewesen sein, wie die Polizei sagt?
Die Frage verwirrte mich. Ich sagte zu ihr, dass ich Rod vertraute. Er wusste über vieles Bescheid. Wenn Rod sagte, dass Al sauber war, dann glaubte ich ihm, dass Al sauber war. Sie warf mir einen schelmischen und zugleich zärtlichen Blick zu.
– Dein Freund Rod ist einfach eingebildet. Alle sollen ihm zu Füßen liegen, weil er schwarz ist und gut aussieht. Er weiß alles über alle. Er kennt alle Schwarzen in Rom, doch mich kannte er nicht.
Ich bemühte mich nach wie vor, mich ihrem Charme zu entziehen. Aber es kostete mich unsägliche Mühe.
– Hast du ein schlechtes Gewissen wegen Rod? Valentino, du hast wohl den Verstand verloren!
Ich schaute wieder auf die Straße. Das Kopfsteinpflaster des Campo de' Fiori glitzerte vor Feuchtigkeit. Die Nacht war freundlich, die Nacht war feindlich. Misstrauen und Begehren lieferten sich in mir einen erbitterten Kampf. Cheryls Stimme umhüllte mich, warm und schmeichelnd.
– Ist dir eigentlich klar, wie viele Dinge wir zu wissen glauben und doch falsch liegen? Viele Dinge, die wir nicht sehen, sind einfach da, offensichtlich, man muss sie nur ergreifen ... Was weißt du wirklich über die Schwarzen, Valentino? Weißt du, wie viele schwarze Arschlöcher in dieser Stadt herumlaufen? Wie viele Diebe, Dealer und Zuhälter? ... Gewisse Regeln kennen keine Hautfarbe, mein Lieber. Rod ist zwar schwarz wie ich, aber ich will dich! Und zwar jetzt!

Ich drehte mich um. Ich verlor mich in ihren Augen. Es war ein atemberaubender Kuss. Ein Schwindel laugte mich aus und ließ mich erschöpft zurück. Aber es war nur ein kleines, unbedeutendes Aufleuchten. Ich löste mich, wobei ich ihre langen Finger streichelte.

– Ich vertraue meinen Freunden, Cheryl. Sie helfen mir weiterzumachen.

– Vergiss sie, Valentino.

Der Bann war gebrochen. Ich sah eine attraktive Frau, die jedoch ganz anders war als ich und meine Welt. Ich war noch nicht bereit für einen Verrat, von mir aus konnte der Hahn krähen, so viel er wollte. Ich würde nichts und niemanden verleugnen. Cheryl wich mit einem enttäuschten Lächeln zurück.

– Es hat nicht geklappt, oder?

Wir verabschiedeten uns mit einem bittersüßen Lächeln und tauschten Telefonnummern aus. Am Largo Argentina stiegen die letzten enttäuschten Nachtschwärmer in die schläfrigen Taxis.

8.

In der Bar, die einen ganzen Flügel im Souterrain des Gerichtsgebäudes einnahm, bot mir Anwalt Mauro Arnese mitten in einem Gespräch über Rennpferde, seinem einzigen Lebensinhalt, an, ihn bei einem unwichtigen Fall zu vertreten: Als Zugabe erhielt ich einen abgestandenen Kaffee und eine Lektion in gesundem Menschenverstand.

– Entschuldige dich bei Ponce del Canavè, sagte er seufzend und nippte an seinem Martini, der um drei viertel zehn den stärksten Mann umgehauen hätte. – Geh vor ihm in die Knie. Ich habe mit ihm gesprochen. Er wartet nur auf eine Geste von dir. Er wird es mit Humor nehmen und einsehen, dass es sich nur um ein verdammtes Missverständnis gehandelt hat.

– Was heißt hier Missverständnis!, schnauzte ich wütend. – Nie und nimmer werde ich diesen Schurken um Entschuldigung bitten. Ganz Rom kennt seine Methoden ...

– Und billigt sie! Er verdient Millionen und du kriegst keinen Fuß auf den Boden.

– Ihr Anwälte sprecht immer nur von Geld.

– Ach, nebenbei gesagt, es ist eine Wette auf den Ausgang deines Streits abgeschlossen worden. Es steht sechzehn zu eins ...

– An deiner Stelle würde ich nicht wetten. Verlorene Liebesmüh. Ich bin mir sicher, dass ich suspendiert werde.

Das schöne silbergraue Haupt des altliberalen Anwalts Arnese begann zu schwanken, vielleicht aus Neugier oder vielleicht, weil er meiner Ahnungslosigkeit einen diskreten Tribut zollen wollte.
– Suspendiert? Schön wärs!, murmelte er. – Einer sagt, dir wird die Zulassung auf immer entzogen, die anderen sechzehn sagen, du wirst nur suspendiert. Hör auf mich, sonst wirst du noch als illegaler Anwalt enden.

Ich wollte weder auf ihn noch auf sonst wen hören. Wenn ich arbeitslos würde, dann hatte eben das Leben eine Entscheidung für mich getroffen, das wäre kein großer Schaden. Irgendwo hatte ich einmal gehört, dass die Unentschlossenen von den Launen des Zufalls profitieren.

Widerwillig bahnte ich mir einen Weg durch den beängstigenden Haufen vorgeblich Unschuldiger, echter Kerkermeister, angeblicher Sündenböcke, vermeintlicher Professionisten und Folterknechte, die als Fürsten des Gerichts verkleidet waren, und erreichte den Saal, wo die Vorverhandlungen stattfanden. Der Ermittlungsrichter war beschäftigt. Während ich wartete, bis ich an der Reihe war, kam Kollege Camilli auf mich zu. Ein widerlicher Mistkerl, stets elegant wie ein Autoverkäufer, der sich mit seiner unerschöpflichen Potenz brüstete.

– Bruio! Genau dich habe ich gesucht. Lies das mal ...

Ich nahm den Zettel, auf den jemand mit unsicherer Schrift ein einziges Wort geschrieben hatte: „Terguabi".

– Wer hat dir das gegeben?

– Ein afrikanisches Mädchen. Hör mal, du ... du verstehst doch ihre Sprache, oder?

– Welche Sprache? Allein in Nigeria gibt es dreihundert ...

– Okay, aber was zum Teufel bedeutet Terguabi? Für mich klingt das arabisch.

– Es ist nicht Arabisch. Es bedeutet, dass du lieber hintenrum verkehrst.

Er sah mich fassungslos an.

– Eine Beleidigung?

– Wie mans nimmt ...

In diesem Augenblick ging die Tür des Gerichtssaals auf und ich lief schnell hinein, während mir das Arschloch wütend nachblickte. Der Ermittlungsrichter war überglücklich, mir einen langen Aufschub zu gewähren. Der Rest des Vormittags verging mit Tramezzini und Geplauder über Rechtspflege. Im Schatten der Merkurstatue, des Gottes der Diebe, die ausgerechnet im Inneren des Justizpalastes steht, traf ich Kollegen, die gegen Richter und Staatsanwälte wetterten und ausschließlich der Zunft der Juristen die Schuld am Niedergang der Justiz gaben. Nichts Neues. Doch in einem waren sich alle, Richter und Anwälte, einig: Entweder gab ich bei Ponce del Canavè klein bei oder ich war erledigt. Doch ich dachte an Jaimilia und ihren kleinen Buben, der auf dem Altar der Scheinheiligkeit geopfert worden war, und hielt stand. Als ich schließlich das Gerichtsgebäude verließ, waren meine Chancen auf dreißig zu eins gesunken. Auf meinem Weg zum Prattico-Wohnblock machte ich einen kurzen Stopp bei Carmen. Ich erwischte sie, wie sie mit schuldbewusster Miene versuchte, ein bereits frankiertes Kuvert in einer Lade verschwinden zu lassen.

– Was verstecken Sie?, donnerte ich, um mir einen kleinen Vorteil zu verschaffen.

Schließlich entlockte ich ihr das Geständnis, dass der Brief an die *Venus im Pelz* adressiert war. Das war ein brandneues TV-Format, bei dem dralle Hausfrauen und grau gewordene Hengste mit schlaffen Muskeln im üblichen Titten-Glitzer-Ambiente aufgefordert wurden, sich der Reihe nach a) extravagant zu kleiden, b) auf extravagante Weise zu entkleiden, c) im Zustand der Beinahe-Nacktheit eine extravagante erotische Fantasie preiszugeben. Am Ende der Sendung wählt eine prominente Jury die beiden Sieger aus, einen Mann und eine Frau, die nicht nur eine Stange Geld, sondern auch einen einwöchigen Aufenthalt in einem berühmten Ferienort erhalten. Die Sieger müssen in regelmäßigen Abständen im TV-Studio erscheinen und erklären, ob sie mit ihrem jeweiligen Partner gevögelt haben oder nicht. Einzige Voraussetzung: Man musste älter als fünfundvierzig sein und der Partner oder Ehepartner des Teilnehmers musste eine Erklärung unterzeichnen, dass er die Regeln der Show akzeptierte. Vor allem den offiziell verbotenen Sex.

– Dann alles Gute, Carmen.

– Sie sagen ... ich könnte ...

– Sie werden alle Herzen brechen, glauben Sie mir.

Sie nahm es als Kompliment und überreichte mir ein Glas ganz frischer Mayonnaise und drei Dosen Thunfisch, die ich Donna Vincenza bringen sollte, samt ihrer Entschuldigung für das unangenehme Missverständnis vom letzten Samstag.

– Also stimmt es, dass Sie die Karten zinken, rief ich und zeigte mit dem Finger auf sie.

Carmen lehnte sich über den Tresen.

– Die arme Vincenza, sie spinnt. Seit ihr Mann gestorben ist, ist sie nicht mehr dieselbe.

Ich referierte der Portiersfrau wortwörtlich, was Carmen gesagt hatte, und um zu verhindern, dass sie Selbstjustiz übte, nahm ich ihre Einladung zum Mittagessen an. Die Kinder waren am Meer, also teilten wir brüderlich gebratene Paprika, Parmigiana di

gobbi, Ragout und einen süßen Nusslikör, der meine angegriffene Leber zusätzlich belastete.
Danach erhielt ich Post von Zaphod, meinem Informatik-Guru.

Von: zaphod@uburoi.com
An: bruio@tin.it
Betreff: (FWD) Semana de la amistad

Lieber Freund,
das Leben ist ein Kettenbrief, womit ich meine, dass immer neue Kettenbriefe auftauchen und die alten kein Ende nehmen ...
　Dieser Kettenbrief ist uralt, er trieft vor altmodischer Dritte-Welt-Romantik, und wahrscheinlich hast du ihn auch schon von jemand anderem bekommen, doch heute nervt mich der „Schlaf der Vernunft, etc." Ich bitte um Verzeihung. ... Es ist das Alter.
　Alessia lässt dich grüßen.
　Zaphod.

Wenn wir die Weltbevölkerung auf ein Dorf mit 100 Personen reduzierten und dabei das Verhältnis der Völker zueinander beibehielten, würde sich das Dorf folgendermaßen zusammensetzen:

57 Asiaten
21 Europäer
14 Amerikaner (Nord-, Mittel- und Südamerika)
8 Afrikaner
52 Frauen
48 Männer
70 People of Colour
30 Weiße
70 Nichtchristen

30 Christen
89 Heterosexuelle
11 Homosexuelle
6 Personen besäßen 59 Prozent des gesamten Reichtums, sie alle wären Amerikaner
80 würden in unbewohnbaren Häusern leben
70 wären Analphabeten
50 wären unterernährt
1 läge im Sterben
1 würde gerade geboren
1 besäße einen Computer
1 (ja, nur 1) hätte einen Universitätsabschluss

Wenn man die Welt aus dieser Perspektive betrachtet, wird deutlich, wie notwendig Akzeptanz, Verständnis und Bildung sind. Daran solltest du denken.

Wenn du heute Morgen gesund und nicht krank aufgewacht bist, hast du mehr Glück als Millionen Menschen, die die nächste Woche nicht mehr erleben werden. Wenn du nie einen Krieg, die Einsamkeit im Gefängnis, den Schmerz der Folter, quälenden Hunger erlebt hast, geht es dir besser als 5 Milliarden Erdbewohnern. Wenn du in die Kirche gehen kannst, ohne Angst haben zu müssen, bedroht, eingesperrt, gefoltert oder umgebracht zu werden, hast du mehr Glück als 3 Milliarden Menschen auf dieser Welt. Wenn du Essen im Kühlschrank hast, Kleidung, ein Dach über dem Kopf und ein Bett, bist du reicher als 75 Prozent der Erdbewohner. Wenn du Geld auf der Bank, im Portemonnaie und irgendwo ein wenig Kleingeld hast, gehörst du zu den 8 Prozent Wohlhabenden auf dieser Welt. Wenn deine Eltern noch am Leben und verheiratet sind, bist du eine wahre Ausnahme. Betrachte diese Nachricht, sofern du sie erhalten hast, als doppelten Segen, denn erstens hat jemand an dich gedacht, und zweitens gehörst du nicht zu den 2 Milliarden Menschen, die nicht lesen können.

Irgendjemand hat einmal gesagt: „Arbeite, als ob du kein Geld brauchtest. Liebe, als ob dich noch nie jemand enttäuscht hätte. Tanze, als ob dir niemand zuschaute. Singe, als ob dir niemand zuhörte. Lebe, als ob das Paradies auf Erden wäre."
Wir feiern gerade die internationale Woche der Freundschaft.
Leite diese Mail an alle weiter, die du für deine Freunde hältst.
Leite diese Mail weiter und mache jemandem eine Freude.
Wenn du es nicht weiterleitest, passiert auch nichts. Wenn du es allerdings weiterleitest, wird jemand beim Lesen lächeln.
Wenn du Freunde hast, behalte sie in deinem Herzen und hab keine Angst, deine Zuneigung zu zeigen, denn deine Freunde denken an dich und haben dich gern.

Viele Grüße an alle.

PS: Valentino, das ist ganz offensichtlich ein *Hoax*, ein Scherz.

Das Problem mit Zaphod war, dass man nie wusste, wo der Scherz aufhörte und wo der Ernst begann. Der gute alte Zaphod! Ein Scherz, gewiss, aber mit Hintersinn. Ich überlegte mir gerade eine witzige Antwort, als Rod mich auf dem Handy anrief.
– Ich habe mit dem Chauffeur gesprochen. Er heißt Latif. Er ist aus dem Sudan. Der Mann gefällt mir nicht, Valentino. Al war nicht sein Freund.
– Woher willst du das wissen?
– Absolut empathielos. Er hat mir nie in die Augen geschaut. Und er verbirgt etwas.
– Wie bist du an ihn herangekommen?
Rod lachte.
– Ich sagte, ich würde Geld für die Community sammeln.
– Und er?

– Ach er, er sagte, die Community sei ihm egal. Angeblich geht er bald nach Amerika.
– Gute Reise. Habt ihr euch über Al unterhalten?
– Ihm zufolge wurde er entlassen, weil er soff. So ein Quatsch. Die Geschichte stinkt!
– Hast du das Kind erwähnt?
– Da hat er mir nicht geantwortet.
– Ich werde der Sache nachgehen.
– Nun, Kumpel, dann mach dich bereit, den Garten Eden zu betreten.

Cheryl erwähnte er nicht. Rod war ein eleganter Verlierer. Ich hatte auch kein Interesse, das Thema noch einmal aufs Tapet zu bringen. Wenn Rod erfahren hätte, wie ich bei seiner Nahezu-Eroberung versagt hatte, hätte er mich mindestens an einem Fleischerhaken aufgehängt.

9.

Um halb sechs schritt ich über die Schwelle des Gartens Eden. Die Villa Alga-Croce, der letzte bekannte Aufenthaltsort eines Schwarzen, der Al genannt wurde. Ich wusste nicht, was ich tun, wo ich anfangen sollte. Das schmiedeeiserne Tor stand sperrangelweit offen, es gab weder Wachpersonal noch eine Videogegensprechanlage. Überall herrschte unnatürliche Stille. Zuerst wurde ich von betörendem Blumenduft überwältigt. Riesige Rosen, die zur Unzeit blühten, herrliche Hibiskusblüten, Wunderblumen, bereit, sich im Mondlicht zu öffnen: ein bunter Teppich, auf dem ich nicht meinen unwürdigen Fußabdruck hinterlassen wollte, und hier und da Stämme jahrhundertealter Bäume, auf deren Blätter die Sonnenstrahlen fielen, die sich zwischen den Zweigen brachen. In regelmäßigen Abständen plätscherten sanfte Brunnen, und große Krähen, geschwätzige Amseln und freche Spatzen flatterten über den Kies, der die sauberen, geometrischen Wege säumte.

Ich ließ mich auf einer Steinbank nieder und dachte an meinen Vater und seine weisen Ratschläge. Verbringe Zeit mit den Reichen. Lerne von ihnen, wie man seinen Weg geht. Die Macht wird niemals vom Angesicht der Erde getilgt werden. Respektiere die, die haben, und du wirst auch haben. In den Wind gesprochene Worte.

Links vom Tor befand sich eine Eingangshalle, und man sah eine Treppe, die ins obere Stockwerk führte. Etwas abseits befand sich ein Schuppen, davor ein Kinderfahrrad mit Stützrädern und einem Plüsch-Pandabären auf dem Sattel. Alles war ruhig, gelassen, heiter. Alles war weit entfernt von dem Tumult dieses grausamen Sommers, in dem Al den Tod gefunden hatte. Ich stand auf und machte mich auf den Weg zum Ausgang. Ich würde auf der Straße auf Latif warten. Ich zündete mir eine Zigarre an und steckte das Streichholz in die Tasche. Ich stand schon fast vor dem Tor des Gartens Eden, als ein dünnes Stimmchen mich ansprach.

– Hände hoch! Dreh dich langsam um, damit ich dich identifizieren kann!

Die Zigarre fiel mir aus dem Mund. Ich bückte mich, um sie aufzuheben, und das dünne Stimmchen drohte, mich von hinten zu erschießen. Ich hob die Hände und drehte mich vorsichtig um.

Ein rothaariger Junge, ungefähr einen Meter dreißig groß, sehr dünn, in Jeans und einem gelben Lacoste-Shirt, richtete ein Spielzeuggewehr mit langem Lauf auf mich.

– Wie heißt du noch mal?, fragte er misstrauisch.

– Ich habe meinen Namen noch gar nicht gesagt, antwortete ich, mit nach wie vor erhobenen Händen.

– Sag ihn ...

– Mein Name ist Valentino ...

– Nein, dein Name ist nicht Valentino! Du bist Kingpin, der böse Fettwanst.

– Jetzt übertreib mal nicht ...

– Ja, du bist Kingpin und ich, Peter Parker alias Spider-Man, werde dich aufhalten. Nimm das, Fettsack!

Er machte ein zischendes Geräusch. Ich drehte mich im Kreis und ließ mich theatralisch auf den Kies fallen.
Der Kleine lachte belustigt ...
– Du kannst aufstehen, das ist nur ein Spiel. Spider-Man tötet niemals.
Ich rappelte mich hoch und lächelte freundlich. Dann plötzlich entwaffnete ich ihn und feuerte meinerseits.
– Traue niemals einem fetten Menschen, dummes Insekt, stieß ich finster hervor.
Dann lachte ich ebenfalls, und schließlich schüttelten wir einander die Hände: eine Parodie einer formellen Vorstellung, bei der das Kind sehr hochmütig dreinschaute.
– Rechtsanwalt Valentino Bruio.
– Nicky Alga-Croce. Das ist der Name meiner Mutter. Großvater Noè sagt, ich darf nur den verwenden.
Er zog mich zu einem Brunnen und zeigte mir stolz ein Dutzend tropischer Fische, die ungeheuer anmutig in wunderbar klarem Wasser schwammen.
– Schau dir den blauen an. Er heißt Bisasam nach meinem Lieblings-Pokémon.
– Ach ja? Mir gefällt der gelbe. Du wirst es nicht glauben, aber er ähnelt meinem Onkel Mimmo. Schau ihn dir gut an: Sieht er mit seiner Kartoffelnase und den runden Augen nicht aus wie ein pensionierter Buchhalter?
Er starrte mich verblüfft an.
– Was meinst du mit pensionierter Buchhalter?
– Ach, egal ...
– Bist du ein Freund von Mama?, fragte er und entfernte sich vom Brunnen.
– Eigentlich ...

– Bist du ein Räuber? Willst du mich entführen?

Die Aussicht schien ihn zu begeistern.

– Was redest du? Ich bin Anwalt!

– Schade!

Nicky schnaufte enttäuscht. Er erzählte mir, dass im Jahr davor sechs seiner Schulkameraden gestohlen worden waren. – Bestohlen, korrigierte ich ihn.

– Das ist dasselbe. Einen haben sie fast entführt …

– Das war wohl ein Schock!

– Aber nein. In der Schule haben alle darüber gelacht. Aber ich denke, wenn sie ihn wirklich entführt hätten … so viele Monate ohne seine Mama …

– Magst du deine Mama?

Er hielt inne und starrte mich misstrauisch an.

– Sicher. Alle Kinder mögen ihre Mama.

– Und nach der Mama?

– Großvater Noè.

– Und nach Großvater Noè?

In seinen Augen blitzte kurz Traurigkeit auf.

– Ich hatte einen Freund …

– Und jetzt?

Er zuckte mit den Schulten, ohne zu antworten.

– Ist er weggefahren?, beharrte ich.

Nicky nickte. Ich beschloss, meine erste Karte auszuspielen.

– War er schwarz?

Das Kind lächelte.

– Woher weißt du das?

– Ach, ich habe viele schwarze Freunde.

– Wie schön! Dann hast du auch Gazellen und Löwen gesehen. Barney hat mir immer von Löwen erzählt, und auch von

Krokodilen und Affen. Was meinst du, wer ist stärker, der Tiger oder der Elefant?

Ich dachte nach, bevor ich antwortete.

– Der Elefant. Der Tiger ist vielleicht bösartiger, doch wenn der Elefant will, zerquetscht er ihn. Sie sind jedoch keine Feinde.

– Warum nicht?

– Nun, der Tiger frisst nur Fleisch und der Elefant nur Gemüse.

– Ich weiß. – Er strahlte. – Der Tiger ist ein fleischfressendes Tier. Der Elefant ist Pflanzenfresser ... allerdings ...

Auf einmal war er wieder traurig.

– Was ist los, Nicky?

– Ich habe Elefanten und auch Affen im Zoo gesehen. Sie leben im Gefängnis, deshalb sind sie so traurig. Und da waren auch verletzte Vögel. Es gibt Menschen, die reißen Vögeln einfach so, zum Spaß, die Flügel aus. Das sind böse Menschen. Sobald ich groß bin, schreibe ich mich beim WWF ein und bringe alle um, die Vögeln die Flügel ausreißen!

– Wer sind Sie? Was machen Sie mit meinem Sohn in meinem Garten?

Eine weibliche Stimme. Tief, heiser, sinnlich, aber auch empört. Ich drehte mich um, und diesmal musste ich die Hände wirklich heben. Eine Dame in Jeans und weißem T-Shirt, eine Dame, die sehr gereizt dreinschaute, richtete eine Pistole auf mein Brustbein. Eine kleine, aber echte.

– Mama, erklärte Nicky geduldig. – Du darfst ihn nicht erschießen. Er ist bereits tot. Ich habe ihn erledigt.

Ich erklärte ihr den Grund meines Eindringens. Ich erwähnte Ray Anawaspoto. Ich sagte, ich hätte nicht die Absicht gehabt, unbefugt einzudringen, doch der Garten sei so schön und ich hätte mich darin verirrt, und so hatte ich, anders als es meine Pflicht gewesen wäre, nicht die Eigentümer gesucht, sondern ...

– Mit einem Wort, tut mir leid. Aber lassen Sie mich sagen, Ihr Sohn ist wirklich das netteste Kind auf der Welt.

Ich zeigte ihr meinen Anwaltsausweis. Sie betrachtete das Foto und verglich es kurz mit meinem Gesicht.

– Der Schnurrbart stand Ihnen gut.

Sie hatte sich beruhigt. Sie steckte die Waffe weg und reichte mir die Hand. Nicky zwinkerte mir zu und ging zum Tor, um weiterzuspielen.

– Giovanna Alga-Croce. Entschuldigen Sie den unfreundlichen Empfang.

– Kein Problem. Wenn man so viel zu verteidigen hat, wird man unweigerlich argwöhnisch.

Sie lächelte. Eine schöne, große, dreißigjährige Frau mit einem seltsam glatten Hals, Schmollmund, dunklen Augen, der Blick abwechselnd abgründig, finster, strahlend. Doch in ihrem Lächeln lag eine tiefe Traurigkeit.

– Mein Vater sagt, der Garten der Alga-Croce muss für die Öffentlichkeit zugänglich sein. Alle sollen sehen, wie reich wir sind. Er ist überzeugt, dass Reichtum ein Geschenk ist ...

– Das halte ich nicht für eine besonders originelle Idee.

– Hin und wieder wird er jedoch zum Fluch.

– Sagen Sie mir Bescheid, wenn Sie ihn loswerden wollen.

– Glauben Sie, das hätte ich nicht schon versucht? Es gab mal eine Zeit vor nicht allzu vielen Jahren ... in der ich mir nichts so sehnlich wünschte, wie dieses Haus und seine Bewohner in die Luft zu sprengen. Ich fühlte mich eingesperrt, ich hasste diesen Garten, die antiken Möbel, Papas Freunde ... und auch jetzt noch, manchmal ...

– Ich habe einen Klienten, der Sprengstoffexperte ist. Ich kann ihn Ihnen vorstellen.
– Um Himmels willen! – Sie lachte. – Ich hasse Gewalt.
– Sie haben sich also kampflos ergeben?
– Aber was reden Sie! – Sie zuckte zusammen, tat, als wäre sie empört. – Ich habe gemacht, was alle Töchter aus gutem Hause machen.
– Und zwar?
– Zuerst habe ich zu viel gegessen, dann habe ich aufgehört zu essen ...
– Und dann?
– Dann hat mir Daddy eine sehr teure Therapie beim weltbesten Experten für Teenagerprobleme spendiert und das verlorene Schaf ist in den Stall zurückgekehrt. Wie erwartet.

Wir setzten uns auf eine Bank. Nicky beobachtete die Bewegungen einer Eidechse, ohne sie zu belästigen. Respekt für Tiere ist immer ein gutes Zeichen. Obwohl er Millionär war, würde er als Erwachsener kein Serienkiller werden. Giovannas Parfüm war berauschend. Ihre Nähe irritierte mich. Die Frau gefiel mir, und wie sie mir gefiel! Und auf undeutliche, irrationale Weise spürte ich, dass auch ich ihr gefiel. Um Missverständnisse zu vermeiden, nahm ich eine unvorteilhafte Haltung mit verschränkten Armen ein.

– Wissen Sie, was eine Psychologin aus einer Frauenzeitschrift sagen würde, Herr Anwalt? – Ihre Stimme klang echt belustigt. – Dass Sie in der Defensive sind. Doch nicht ich habe Sie aufgesucht ... Los, ich beiße ja nicht!

Aufs Neue überraschte sie mich. Ich hatte mir eine frigide Göttin erwartet, dabei hatte ich es mit einer geistreichen und freundlichen jungen Frau zu tun.

Es fiel mir nicht schwer, mich ihr zu öffnen. Ich erzählte ihr ausführlich von dem Auftrag, den ich erhalten hatte. Ich sagte ihr, Als Freunde erwarteten von mir, dass ich seinen Mörder fand. Giovanna strich sich durch das weiche, gepflegte Haar.

– Die Polizei war schon hier. Zu zweit. Ein blasser junger Mann ... ein durchaus interessanter Typ, eine Art junger Daniel Auteuil, sehr höflich, etwas unbeholfen, und ein anderer ...

– Ein übergriffiger Hinterwäldler, der den Teppich schmutzig gemacht hat und das Kind in Angst und Schrecken versetzt hat, weil er es in die Backe kneifen wollte.

– Ja, aber das hat nicht funktioniert. Nicky hat den Hinterwäldler in Angst und Schrecken versetzt. Er hat ihm einen Böller vor die Füße geworfen.

– Nicky!, schrie ich.

Der Junge drehte sich zu mir um.

– Nicky, du bist großartig.

– Ich weiß, antwortete er selbstbewusst, aber erfreut.

Giovanna sagte, Barney sei in einem Internat angemeldet worden.

– Hier konnten wir ihn nicht behalten. Papa wird die Kosten übernehmen.

– Ein Internat! Wie großzügig!

– Er ist ein sehr begabtes Kind. Es ist nur fair, dass er eine gute Ausbildung bekommt.

– Weiß er vom Tod seines Vaters?

– Papa hat es ihm gesagt, ich hätte es nicht über mich gebracht.

Die Einsamkeit des schwarzen Kindes senkte sich wie ein Schatten auf uns. Würde er mir je verzeihen können? Wenn ich nicht so gleichgültig gewesen wäre ...

– Der arme Ray, seufzte Giovanna. – Seit er sein Kind nicht mehr bei sich hatte, war er nicht mehr derselbe. Er heulte, trank, vernachlässigte die Arbeit ...
– Hat er ihn denn nie besucht? Ich meine Barney.
Sie warf mir einen überraschten Blick zu.
– Doch, ich glaube schon. Hier war zwar viel zu tun, doch .... Nun, ich wollte sagen, dass er sich sehr verändert hat. Er ist finster und verschlossen geworden. Böse.
– Man hat ihm die Lebensfreude genommen. Dann haben Sie ihn entlassen.
Sie sah mich hart und verärgert an.
– Ich bin reich, das ist vielleicht eine Schuld. Aber ich bin kein Unmensch. Und das ist, wenn Sie gestatten, mein Verdienst. Vielleicht hätte Papa sich überreden lassen, Barney wieder zu uns zu nehmen. Nicky mochte ihn sehr gern. Aber ich habe Ray nicht entlassen, Herr Anwalt. Er ist gegangen. Über Nacht. Wortlos. Hat sich in Luft aufgelöst. Wir haben nichts mehr von ihm gehört. Bis die Polizisten gekommen sind, uns zu verhören.

Die Sache schien ihr aufrichtig leidzutun. Zum zweiten Mal, seit ich mich auf diese Geschichte eingelassen hatte, musste ich mich bei jemandem entschuldigen, der mir sympathisch war und den ich in gewisser Weise beleidigt hatte. Ich erkundigte mich nach Latif.

– Er und Al konnten sich nicht leiden.
– Ich müsste mit ihm sprechen.
– Heute ist sein freier Tag, Herr Bruio. Sie können jederzeit wiederkommen ...

Das war natürlich eine Floskel, doch sie hatte mir dabei in die Augen geblickt. In ihrem Blick war ein seltsames Glitzern. Wie ein leises Bedauern. Mein Herz begann zu klopfen. Sie

wiedersehen? Warum eigentlich nicht? Sie wollte es ja ... eine schöne, sehr schöne Frau, vielleicht die schönste Frau, der ich je begegnet war. Plötzlich war Latif nur ein Vorwand. Sie wiedersehen?
– Haben Sie es jemals wirklich versucht? Mit aller Kraft?, fragte ich sie heftig.
– Was?
– Haben Sie jemals wirklich versucht auszubrechen?
Giovanna bewegte die Hände, als ob sie etwas Unsichtbares fassen wollte. Ich spürte subkutan ihre unterdrückte Unruhe. Ich wusste nicht, warum, aber ich spürte, dass sie mir nah war. Nah und verbunden.
– Blicken Sie sich um ... Was hätte das gebracht?
Was für ein seltsames, aufregendes Gefühl! Als ob ich eine vor Jahren aus den Augen verlorene Freundin wiedergefunden hätte. Als ob alles so wäre wie früher: dieselben kleinen und großen Fehler, derselbe Charme ... Ich wurde nicht müde, den Blick über ihre schmalen Knöchel schweifen zu lassen, über die Wölbung des Busens, die zarten Konturen ihrer Augen mit dem tiefgründigen Blick ...
– Ist etwas nicht in Ordnung, Herr Anwalt?
– Es war mir ein Vergnügen, Signora, murmelte ich und befreite mich nur mit Mühe aus dem Bann.
Giovanna lächelte leicht. Kurz beobachteten wir die schräg einfallenden Sonnenstrahlen im Laub. Nicky war vom Brunnen zurückgekommen und sah uns mit komplizenhaftem Blick an.
– Ich habe unser Gespräch sehr genossen, sagte ich.
– Ich begleite Sie hinaus.
Am Tor streifte sie ganz leicht meine Hand. Ein zufälliger Hautkontakt, doch die weiche, elektrische Berührung war ein Schock von der Art, der dein Leben verändern kann.

– Morgen geben wir eine kleine Party. Kommen Sie, Anwalt?
– Ich glaube, ich würde nicht hierher passen. Sie haben es ja selbst gesagt, blicken Sie sich um ...
– Geben Sie mir einen Korb? Das wird Nicky leidtun. Ich glaube, ihr seid einander sehr sympathisch.

Nicky hatte uns wohl gehört. Er packte mich am Revers meines Sakkos und bedrohte mich spielerisch mit seinem Spielzeuggewehr.

– Wenn du nicht versprichst wiederzukommen, lasse ich dich nicht gehen! Los, komm schon! Ich stelle dir meinen Großvater vor.

– Wir erwarten Sie also, Herr Anwalt.

Ich ging, ohne zu antworten. Hinter einer Säule, in sicherer Entfernung von dem verzauberten Garten, zündete ich mir eine Toscano an. Nicky schlenderte langsam ins Haus. Giovanna zögerte noch, blieb kurz unter den Bäumen stehen. Ein verirrter Sonnenstrahl brachte ihre Haare zum Leuchten. Sie streichelte einen Hibiskus. Jene Pflanze, deren Knospen nur einen Tag lang aufbrechen und blühen, um sich bei Sonnenuntergang auf das Sterben vorzubereiten. Mit dem fiebrigen Bewusstsein von jemandem, der alles von sich gegeben hat, was zu geben sich lohnte. Die Götter, die diesen Garten Eden bevölkerten, waren jung und schön, doch woher kam die große Traurigkeit, die Sehnsucht? Nicky litt an Einsamkeit. Fehlte ihm sein schwarzer Freund? Und Giovanna? Fühlte auch sie sich allein oder wünschte ich mir aufgrund meiner perversen Fantasie, sie sei einsam?

Ich begehrte mit aller Kraft diese Frau, dieses Kind. Doch ich wusste sehr gut, dass ich nie eine Frau an mich würde binden können. Nie ein Kind.

Am Boden zerstört kehrte ich in den Prattico-Wohnblock zurück. Gerade rechtzeitig, um Vittorias Anruf entgegenzunehmen. Sie bliebe die ganze Woche in Terracina. Der Augenarzt hatte sich als Reinfall erwiesen, doch stattdessen hatte sie eine sehr nette Mediaset-„Führungskraft" kennengelernt.

– Führungskraft? Was führt er? Mit welcher Kraft?

– Du Idiot! Er ist Produzent. Er hat versprochen, eine Arbeit für mich zu finden.

– Du hast bereits eine Arbeit.

– Was für ein Scherz. Sekretärin eines Anwalts, der mir seit Monaten keinen Lohn bezahlt. Weißt du, dass ich dich verklagen könnte?

– Na ja, auch du kommst deinen Verpflichtungen nicht gerade mit Feuereifer nach ...

– Was für Verpflichtungen? Seit einer Ewigkeit haben wir keinen Klienten gesehen.

– Jetzt habe ich aber einen.

– Ja, einen mittellosen Nicht-EU-Bürger.

Ein Stöhnen und Kichern drang aus dem Hörer. Ich hörte deutlich ein paar Schlüsselwörter: Schauspielerin, Film. Arme Vittoria. Aufgrund ihres Alters, ihres Umfangs, ihrer Ambitionen war es fünf vor zwölf für sie, doch es war auch meine Schuld, wenn sie sich auf eine Situation à la *California Suite* einließ. Ich überließ sie ihrer potenten Führungskraft und versuchte meine Begierde unter einer kalten Dusche abzutöten. Ich wollte würdevoll vor meine alte Dame hintreten.

10.

– Nun ja, sagte meine Mutter in schelmischem Ton, – als ich gesehen habe, wie du mit Eis von Pica und einer Flasche Wein gerade rechtzeitig zum Abendessen aufgetaucht bist, habe ich mich gefragt, ob man bei dir vielleicht eine unheilbare Krankheit diagnostiziert hat.

– Aber Mama, ich ..., versuchte ich zu erklären, doch mit einer Geste erstickte sie meinen zarten Protest im Keim.

– Unterbrich mich nicht! Wochenlanges Schweigen und plötzlich stehst du da. Ich habe dir zugesehen, wie du einen Teller Nudeln und dann noch einen verschlungen hast. Dann Kotelett mit Soße. Frittierten Mozzarella. Eingelegte Melanzani. Pfirsiche in Weinsoße. Eis. Obstkuchen. Und ich habe begriffen, dass du bis zum Hals in Schwierigkeiten steckst. Gesteh: Entweder bist du völlig pleite oder die Polizei sucht dich.

– Mama!, rief ich mit Nachdruck aus. – Der einzige Grund, warum ich hier bin, ist die unwiderstehliche Anziehungskraft deiner Orecchiette!

Sie schmolz dahin. Meine Mutter stammt aus Apulien. Als ich noch zu Hause wohnte, gab es jeden Sonntag einen regelrechten Krieg zwischen ihr und meinem Vater, einem Römer seit mindestens vierzehn Generationen. Mama bereitete eine unglaubliche Menge Orecchiette zu. Ich schaute ihr mit offenem Mund zu, wie sie Lukrez und Bembo beiseitelegte und Wasser und Mehl knetete, drückte, den Teig in kleine Portionen unterteilte und mit einer schnellen Bewegung von Daumen und Zeigefinger zahlreiche kleine Öhrchen erzeugte, die bald in einer dicken Soße schwimmen würden, unter einem Berg von Käse …

Papa verschwand an jedem Feiertag pünktlich um elf Uhr und tauchte zur Essenszeit mit einem Topf Rigatoni con ja pajata und Großmutter Elides legendärem Ochsenschwanz wieder auf. Dann besang Mama den Duft der Orecchiette und zitierte Platon. Da die Seele sich gerne erinnert, sei mein Vater, der sich nicht gerne erinnerte, seelenlos. Sie lehnte die fette römische Küche kategorisch ab und rief uns in Erinnerung, dass Rom noch ein rustikales Hirtendorf gewesen war, als Magna Grecia schon eine blühende, auf Handel beruhende Kultur geschaffen hatte. Ohne den Blick von den Rigatoni zu heben, lobte mein Vater den republikanischen Imperialismus und schimpfte auf den Kaiser, der sich schuldig gemacht hatte, auch Nichtrömern das Bürgerrecht zu verleihen.

Ich, der Sohn der Mesalliance, genoss das Beste aus beiden Welten. Und übte mich unbewusst im Aufrechterhalten der Werte der weltlichen Toleranz.

– Heuchler!, rief meine Mutter schließlich aus. – Du bist verliebt!

– Wie kommst du darauf?

– Valentino Bruio, mach mir nichts vor. Das Schicksal unserer Familie ist es, den eigenen Gefühlen zum Opfer zu fallen.

Ich warf ihr einen neugierigen Blick zu.

– Ist was passiert?

– Der Buchhalter, diese Schlange … hat behauptet, Witwer zu sein, dabei lebt er getrennt. Was soll die andere, das arme Ding, machen? Sie kann ja nicht auf alles verzichten.

Ich schluckte schnell den letzten Bissen Kuchen hinunter und umarmte sie. Meine Mutter ist vielleicht ein bisschen neben der Spur, doch nach zweiundvierzig Jahren Unterricht am Gymnasium ist sie imstande, schamlos den kalten Stolz der Lateinprofessorin zur Schau zu stellen. Sie entzog sich mir und plötzlich tauchte auf wundersame Weise eine alte Whiskyflasche auf.

– Du darfst sogar eine deiner stinkenden Zigarren rauchen, mein Sohn, aber nur unter einer Bedingung: Her mit der Geschichte!

Sie goss mir ein winziges Schlückchen ein, in dem lobenswerten Bemühen, den Rest meiner Leber vor der unvermeidlichen Zirrhose zu schützen, und machte sich bereit zuzuhören. Ich erzählte ihr die Fakten losgelöst von den Meinungen, doch als ich Giovanna erwähnte, runzelte sie die Stirn.

– Halte dich von dieser Frau fern. Sie ist gefährlich. Doch ich fürchte, du hast schon den Kopf verloren.

– Ganz und gar nicht!

– Es ist offensichtlich, dass du über beide Ohren verliebt bist. Doch denk daran, mein Sohn, dass es auf dieser Welt keine Frau für dich gibt. Du bist ein Gefühls-Attila. Du würdest jede Frau, die es mit dir versucht, zerstören. Man muss ja nur sehen, wie du deine arme Mutter behandelst.

– Aber auch dein angeblicher Witwer …, erwiderte ich verärgert.

– Das ist etwas ganz anderes. Das ist nur eine Frage der Form. In einem gewissen Alter muss man dem Schein Tribut zollen. Er hätte bloß nicht lügen dürfen. Doch zu …

Ich atmete den Duft des Whiskys ein. Die alte Litanei …

Keine Mutter eines Einzelkindes wäre je imstande, die Fremde zu tolerieren, die ihr den Sohn wegnimmt. Ich war ja erst fünfunddreißig Jahre alt!

– Du verliebst dich zehn, Hunderte Male am Tag, Valentino. Und bringst die Sache nie zu Ende. Du bist kein ernsthafter Mensch.

– Ich bin ein moderner Mensch, Mama. Weißt du nicht, dass meine Generation sich ständig neu erfindet?

Aber warum musste ich mich immer verteidigen?

– Alle Frauen, von denen du dir etwas erwartest, sind Flittchen, sagte sie zynisch lachend. – Sekretärinnen mit gefärbten Haaren oder Fräuleins mit einem Mund wie ein Hühnerarsch, die dir nie eine zweite Chance geben. Und die da hat bereits ein Kind am Hals. Nein, die passt überhaupt nicht.

Ich schlief in meinem Teenager-Zimmer. Mitten in der Nacht wachte ich auf, weil ich einen Riesensteifen hatte. Das Regal mit den Büchern, in denen ich an langen Sommernachmittagen geschmökert hatte, war noch immer da. Und da war auch noch immer die Kuhle, die ich zwischen den Salgari-Heften angelegt hatte. Im Bann der Erinnerung steckte ich die Hand hinein. Tatsächlich holte ich ein altes, verstaubtes und zerknittertes Heftchen heraus.

Wie ein einsames Raubtier hatte ich damals um drei Uhr, wenn alle Siesta hielten, meine Höhle verlassen, um mich bei abgelegenen Bücherständen mit schweinischem Material einzudecken. Das war gewiss in vielerlei Hinsicht verwerflich, doch sosehr ich Pornografie auch verurteile, so sehr erregt sie mich als Intellektuellen dennoch.

Ich las das vergilbte Datum. Die Schönheit, die sich in den vielen Jahren verändert haben musste, pulsierte noch immer. Was war ich doch gelaufen, mit wild klopfendem Herzen, um immer kompliziertere Verstecke zu finden. Heimliche Seufzer, Lüste, verträumte Blicke …

Die damals noch junge Schauspielerin zeigte vor der gnadenlosen Kamera, dass sie schon von einer geheimnisvollen Krankheit gezeichnet war. Pickel auf der seidigen Haut. Haben diese kleinen Makel mein Begehren angestachelt? Was ist aus dir geworden, fragte ich mich. Wo ist deine damalige Frische? Hast du auch anderen Unbekannten, die in einem Meer erbärmlicher, verletzter Lust versanken, Momente der Erregung geschenkt? Was hat es bedeutet, sich um 9,50 Euro an einem Bücherstand am Stadtrand zu verkaufen?

Doch während ich die Zeitschrift durchblätterte, kam ich mir vor, als würde ich an einem uralten Ritual teilnehmen, als wäre ich Adept einer namenlosen Sekte. Giovanna überlagerte jedes Gesicht, jeden Dehnungsstreifen. Ich stellte mir ihre Brüste vor. Ich wusste nicht, ob ich über mich lächeln oder vor Scham erröten sollte. Doch die Erregung flaute bald ab. Ich zerfetzte das Pornoheft und schlief augenblicklich ein, merkwürdigerweise befriedigt.

11.

Mit dem verträumten und vernebelten Ausdruck von jemandem, der gerade eine Nacht erlebt hat, die er ganz schnell vergessen möchte, streckte mir Kommissar Del Colle müde die Hand hin und ließ sich mit leidendem Gesichtsausdruck auf den Stuhl fallen.

– Ach, die Nackenschmerzen! Als ich noch auf der Straße gearbeitet habe, hatte ich nicht so oft Nackenschmerzen. Das muss eine Art Berufskrankheit von Bürohengsten sein ... Was meinen Sie, Anwalt: Was bedeutet es, wenn ein Staatsanwalt eine Akte nimmt, ein z. d. A. und eine Protokollnummer draufschreibt, dann aufsteht, einen Schrank öffnet, die Akte ablegt und den Polizisten unter dem Vorwand verabschiedet, aufgrund eines sehr komplizierten Steuerbetrugsfalles schrecklich beschäftigt zu sein?

Ich lächelte wissend.

– Sagen wir, die Akte wird ein halbes Jahr unter Tonnen von Staub ruhen. Man wird sie nur ausgraben, um sie zu archivieren. Der Tod Ray Anawaspotos ist dann allen egal.

Er nickte, sichtbar angewidert.

– Ihr Freund ... Rodney Winston ... sollte etwas sparsamer mit dem Rum umgehen. Ich weiß nicht, ob ich mich je erholen werde ... Ich bin ja fast abstinent, wissen Sie!

– Sie waren im *Sun City*!

– Genau. Ich habe mich hingesetzt und gesagt: Entschuldige, Bruder ... Dann habe ich mir eine zweistündige Tirade über die Wahrheits- und Versöhnungskommission in Südafrika anhören müssen.
– Rod sagt, sie war eine Farce. Man hätte alle weißen Folterknechte ins Gefängnis werfen sollen.
– Eine etwas radikale Haltung ... Soviel ich verstanden habe, haben Weiße und Schwarze sich an einen Tisch gesetzt und beschlossen, dass es keine Rachefeldzüge geben würde. Sehr vernünftig, finden Sie nicht?
– Ich bin Ihrer Meinung. Doch Rod hat seine Gründe, Kommissar. Zweien seiner Brüder hat man das *Necklace* angelegt.
– *Necklace*?
– Das Halsband, wenn Ihnen das lieber ist. Man nehme einen Schwarzen und lege ihm einen in Benzin getränkten Autoreifen um den Hals. Dann zünde man ihn an. Etwas ganz Normales bei den Todesschwadronen ...
– Ich verstehe, seufzte er. – Trotz allem, im *Sun City* ist nicht alles legal.
– Doch!, rief ich mit gespielter Empörung aus. – Alle haben eine gültige Lizenz.
– Vielleicht für den Verkauf von Tabak und Salz. Doch soviel ich weiß, ist der Verkauf von Cannabisderivaten in diesem Land bis heute verboten.
– Haben Sie ihm denn nicht gesagt ...
– Dass ich Polizist bin? Natürlich nicht. In Mailand habe ich schmerzvoll erfahren, dass man einem Mädchen oder einem Freund niemals sagen darf, dass man Bulle ist.
– Ich möchte nicht indiskret sein, aber was haben Sie ihm gesagt?

– Dass ich Schauspieler bin ... oder Angestellter.

Ich lachte und unterdrückte den Wunsch, mir eine Toscano anzuzünden. Ich fragte ihn, ob sie über Al gesprochen hatten.

– Wer ist Al?

– Anawaspoto. Der Tote. Er nannte sich so.

– Nein, wir haben uns über Jazz unterhalten. Ihr Freund besitzt ja wahre Raritäten. Aufnahmen von Archie Shepp aus der Zeit des Free Jazz und sogar eine Original-LP von Eric Dolphy, aufgenommen im *Five Spot* im Jahr 1964, seinem Todesjahr. Dolphy war großartig. Sinnlichkeit und Gewalt ...

– Sie sind ein merkwürdiger Polizist.

– Wir sind nicht alle gleich. Eine Frage des Temperaments, glaube ich. Polizist zu sein ist ein harter Beruf. Man läuft leicht aus dem Ruder. Der eine betäubt sich mit Sportzeitungen, der andere geht zu Huren, um etwas Liebe zu bekommen, und wiederum ein anderer macht weiter, ohne sich umzublicken, doch eines Tages fragt er sich plötzlich: Was mache ich hier?

– Mit einem Wort, unterbrach ich ihn, – der Fall Anawaspoto ist abgeschlossen.

Er lächelte. Aufgrund des feinen Staubs, der durch das Fenster drang, fiel das Atmen schwer. Rom war wie immer eine gelungene Imitation des Nahen Ostens.

– Ja, offiziell ist der Fall abgeschlossen. Doch meine Neugier ist noch nicht befriedigt.

– Zum Beispiel?

– Der Sohn von Al. Ich würde gerne wissen, wo er gelandet ist.

Ich erzählte ihm von meiner Begegnung mit Giovanna. Als ich ihm sagte, das Kind sei im Internat, verzog er sarkastisch den Mund.

– Mhhmmm. So etwas Ähnliches habe ich bei Faulkner gelesen ... Der weiße Plantagenbesitzer, der sich um das kleine schwarze Waisenkind kümmert ... Oder vielleicht war das in *Onkel Toms Hütte?*

Ich zuckte mit den Schultern. Del Colle hatte nicht unrecht.

Auch mich hatte die Geschichte irritiert. Doch Giovanna Alga-Croce hatte auf mich aufrichtig gewirkt. Außerdem sah sie so unheimlich gut aus ...

– Ich werde versuchen, mit Latif zu sprechen, sagte ich. – Ich glaube, er und Al waren keine Freunde.

– Wenn Sie etwas erfahren, können wir uns vielleicht bei einem Glas Rum unterhalten, Sie, Ihr Freund und ich.

– Vielleicht im *Sun City*.

– Vielleicht ... Ach, guter Gott, mein Kopf. Aber sind Sie sicher, dass Ihr Freund ... nur Salz und Tabak, oder?

– Ich werde der Sache nachgehen, beruhigte ich ihn.

Als wir uns die Hand reichten, fragte mich der Kommissar, ob diese Geschichte mit der Anwaltskammer stimmte.

– Wer hat Ihnen davon erzählt? Castello, nicht wahr?

– Es wäre unangenehm, wenn sie Sie rausschmissen. Doch ich könnte Ihnen dabei helfen, eine Lizenz als Privatdetektiv zu bekommen.

Es war wirklich ein Wunder, dass ich an diesem Tag nicht im Krankenhaus landete, nachdem mich Vincenzas Söhne niedergerannt hatten, die mit einer großen, bösartigen Katze im Hof des Prattico-Wohnblocks Corrida spielten. Ich bekam beinahe den Stockhieb ab, der für ihren Jüngsten bestimmt war, als er der Katze einen Spieß in den Rücken rammen wollte. Vincenza erging sich in Tausenden Entschuldigungen und reichte mir ein Glas eingelegter Tomaten.

– Anwalt, Sie waren großartig. Diese Hu... Carmen ist mit eingezogenem Schwanz angekrochen gekommen. Einen Monat lang gratis Mayonnaise und Milch. Es müsste mehr Männer wie Sie geben.

Bis um vier Uhr nachmittags sonnte ich mich im Gedanken an meine Einzigartigkeit. Die Welt um mich war von elitärem Jubel erfüllt: der außergewöhnliche Anwalt Bruio, live für Sie als Homestory: mit Jacuzzi, Ferrari und einem Haufen Markenartikeln. Warum nicht? Dann fiel meine Stimmung in den Keller. Giovannas Bild ohrfeigte die bewährte Immunabwehr meiner Hormone.

Mit dem Honda fuhr ich ins Zentrum, wo meine Moral bald auf eine harte Probe gestellt wurde. Der Erlös aus dem für Signor Plu aus Civita Castellana eingetriebenen Geld musste herhalten, um mir einen anständigen Anzug für die Party zu kaufen, die an diesem Abend stattfinden sollte. Mehrmals wurde ich von fröhlichen japanischen Reisegesellschaften abgedrängt, die sich über meine Ratlosigkeit lustig machten. Mehrmals wurde ich, als ich mir die Nase an einem Glasfenster plattdrückte, hinter dem Prêt-à-porter-Anzüge für durchtrainierte Körper hingen, von den Blicken argwöhnischer Verkäuferinnen überrascht, die sich über den Betrüger wunderten, der sich offenbar als scheinbar mittelloser Anwalt mit bescheidenem Äußeren tarnte. Vor glitzernden Läden stehend schwor ich mir mehrmals, auf die geliebten Kohlenhydrate zu verzichten und mich dem Kult des Bodybuildings hinzugeben. Den absoluten Tiefpunkt erreichte ich, als ich versteinert an der Tür einer Boutique stand, die aussah wie die Zentrale der Banca d'Italia, mit bärtigen Securitys davor, die Pistolen

Kaliber 38 trugen, und ich mich dabei ertappte, dass ich die edle Gestalt des Anwalts Maurizio Ponce del Canavè und alles, wofür er stand, beneidete. Ich wollte ein anderes Leben.

Ich wollte irgendwo neu beginnen. Ich war bereit zuzugeben, dass die Anwaltskammer zehntausend Gründe hatte, mich aus dem Register zu löschen. Als ich schließlich eine Auslage betrachtete, in der Kleiderpuppen einen Mord nachstellten – eine anorektische weiße Puppe tötete ein bronzene –, kam ich wieder zu mir.

Es war nur ein vorübergehender Wahn gewesen. Ein Wahn, der den Namen Giovanna Alga-Croce trug. Sie hatte unsere flüchtige Begegnung wahrscheinlich schon vergessen. Ich würde ihr ein Kärtchen mit zwei Zeilen schicken, in denen ich mich entschuldigte. Ich konnte einen Teddybären für Nicky beilegen. Mögen Kinder überhaupt noch Stofftiere? Hätte ich ihm nicht lieber ein Ungeheuer mit sechs Köpfen schenken sollen, das ätzende Kotze spie? Auf jeden Fall würde ich mir Latif allein vornehmen. Kurz und gut, ich war nicht bereit, im Rachen der Wohlanständigkeit zu landen. Noch nicht. Ein Mann muss wissen, wann der Augenblick gekommen ist, *es reicht* zu sagen. Und wenn das Spiel hart wird, beginnen die Harten zu spielen.

Wild entschlossen, das Spiel „Rückgewinnung der Werte eines ganzen Lebens" in Angriff zu nehmen, trat ich kämpferisch den Rückzug zu meinem Honda an. Darauf saß gemütlich Rodney Winston. Ein Schock. Noch nie hatte ich ihn so elegant gesehen. Eine Mischung aus Koksdealer und Mapplethorpe-Model. Ein offenes und belustigtes Grinsen auf dem schönen schwarzen Gesicht.

– Du brauchst einen Freund, Val. Einen echten Freund. Und ich bin dein Freund. Du suchst einen Anzug? Da ist er! – Und er zeigte auf den wunderbaren Anzug, den er trug.

– Aber wie zum Teufel …

Rod zeigte gebieterisch auf die große weite Welt um ihn.

– Weiß vielleicht das Beutetier im Urwald, dass der Jäger hinter ihm ist?

– Du hast in deinem ganzen Leben keinen Urwald gesehen. Wenn du auch nur einen Schritt hinein gemacht hättest, hätte dich die erste Wildkatze zerfleischt. Du bist ein urbaner Schwarzer, der studiert hat und dem Erstbesten Gras verkauft, ohne sich davor zu informieren, ob er nicht vielleicht ein Polizist ist.

Er lächelte. Mit falscher Bescheidenheit.

– Und du bist kein Menschenjäger. Du bist ein etwas verpeilter Anwalt, der noch nie an einer eleganten Party im Haus von reichen Leuten teilgenommen hat. Du warst nicht einmal der Butler von reichen Leuten. Hör auf meinen Rat und lass uns die Kleider tauschen …

Macumba? Voodoo? Als Rod mein Sakko anzog, machte er nur eine Bemerkung: – Stinkt nach Zigarre.

Nachdem er angewidert Tabakkrümel abgewischt und Kippen aus den Taschen geleert hatte, reichte er mir ein Päckchen sehr edler, teurer Cohiba Lanceros.

– Wenn du schon dem Laster des Rauchens frönst, solltest du wenigstens was Gutes rauchen.

Da sprach wer von Lastern! In der nervösen Ruhe auf der Via Casilina erfreute ich mich an einem blauen Blazer aus feinster Wolle, an einer Hose mit Bügelfalte und Stulpen, an einem Hemd aus feiner Seide, an karmesinroten Socken, an einer weißen Bermuda mit einem winzigen Schweinchen genau auf der Höhe der Kronjuwelen, an Schuhen mit Lochmuster und einer Krawatte von Marinella. Auf der Schwelle zum Hof fiel Donna Vincenza der Besen aus der Hand.

– Um Himmels willen, Anwalt, haben Sie eine Bank ausgeraubt?

– Alles nur vorgetäuscht, Vincenza, keine Angst! In nicht einmal einer Stunde werden Eiskleckse das Hemd verunzieren, in den Achseln werden riesige Schweißflecken auftauchen und jemand wird mich diskret fragen, bei welchem Tapezierer ich arbeiten lasse.

– Sicher, sicher, aber wenigstens das Preisschild sollten Sie abnehmen.

12.

Im Salon mit den großen Fresken stellte mir Giovanna mit leicht geneigtem Kopf einen Senator, einen Manager, ein Topmodel, einen TV-Regisseur, einen palermitanischen Fürsten, den Präsidenten der Apothekerkammer, einen General und einen Botschafter vor. Ich verbeugte mich mit belämmertem Blick nach rechts und nach links, mit dem Glas in der rechten Hand und der linken in der Hosentasche.

– Und jetzt entschuldigen Sie mich, ich muss mich den anderen Gästen widmen ...

Sie glitt leichtfüßig davon, und ich lächelte noch immer, während ich sie gierig mit den Blicken verschlang. Ihre nackten Schultern glänzten und ihre wunderbaren kupferfarbenen Haare umspielten den langen weißen Hals und das Rot der vollen Lippen. Ich lächelte. Ein belämmerter Beobachter, ein Fremder unter Fremden, ein Politkommissar der Partei der Aufständischen, der ganz zufällig in einer Zelle von luxussüchtigen Konterrevolutionären gelandet war.

Ich zog mich auf einen roten Sessel, vor eine Marmorsäule zurück. Mein Glas war leer, doch die Kellner bemühten sich, meinem Blick auszuweichen. Dank ihrer professionellen Einschätzung hatten sie mich wohl zu Recht auf die Liste der unbedeutenden Gäste gesetzt. Ein Inder in Sari und mit Turban

fragte mich in einem förmlichen Oxford-Englisch, ob die Idee des Internationalen Währungsfonds, einer Schule in Kerala Subventionen zu gewähren, wert war, verfolgt zu werden.
– I think, it's a terrific idea, antwortete ich.
Der Inder verbeugte sich zum Zeichen der Zustimmung und fragte mich, ob ich die außenpolitische Haltung seines Landes den verhassten Pakistani gegenüber richtig fände. Vielleicht war er der Geist Peter Sellers', und vielleicht waren wir alle zufällig wie durch Zauber in einer Kopie von *Der Partyschreck* gelandet. Ich brach den Bann, indem ich eine Entschuldigung stammelte, und streifte auf der Suche nach Latif oder nach einer ruhigen Ecke oder beidem durch die Salons. Da stand ein sehr unbequemes Chester-Sofa, dessen einziger Vorteil darin bestand, dass im Augenblick niemand darauf saß. Ich betrachtete die Einrichtung: Das wohlüberlegte elegante Gleichgewicht zwischen Francis Bacon und Gemälden aus dem 18. Jahrhundert wurde von wirren postmodernen Reminiszenzen unterbrochen, die sich keck auf dreifarbigen Marmorplatten und lächerlichen Säulen breitmachten. Kleine Geschmacksverirrungen, die, wie ich mir sagte, gewiss nicht auf dem Mist meiner Giovanna gewachsen waren. Im Grunde passte auch sie nicht zu dieser schrecklichen, mondänen Gesellschaft, durfte nicht dazu passen … „Meine Giovanna? Noch immer? Hörst du endlich damit auf, Valentino?"

Und dann tauchte Giovanna auf, wie von meinem Begehren heraufbeschworen. Auf ihren hohen Wangenknochen lag eine Spur von Anspannung. Neben ihr ein livrierter Schwarzer. Latif. Sie unterhielten sich. Der Schwarze ging kopfschüttelnd weg. Giovanna bemerkte mich. Sie lächelte mir zu. Sie kam auf mich zu. Bei jedem Schritt wurde sie von einer juwelenbehängten Megäre oder einem Idioten im Markenanzug aufgehalten, sie überschütteten sie mit schleimigen Komplimenten, erkundigten sich nach diesem oder jenem Familienmitglied, genossen jedenfalls das unverdiente Privileg, in ihren berauschenden Duft einzutauchen.

Doch ich las ihren Blick. Ihr Blick besagte, dass sie nur mich suchte. Ein Funke war übergesprungen. Der kleine, aber beständige, unbezwingbare Funke eines Feuers, das Zeit und Raum durcheinanderwirbeln, jeden Unterschied zum Verschwinden bringen konnte ... Ich war drauf und dran, ihre lange Hand zu ergreifen, als eine sonore männliche Stimme ihren Namen aussprach und sie instinktiv, nahezu ängstlich zusammenzuckte und sich resigniert umdrehte.

Er war nicht sehr groß. Elegant. Sehr gepflegter grau melierter Bart, wenige graue Fäden in den Haaren. Ungefähr fünfzig Jahre alt, aufrechte Haltung, ein stolzer Herrscher. Das Lächeln eines unwiderstehlichen Verführers. Eine der liebenswerten Kanaillen, die von den Italienern immer wieder angebetet werden, obwohl sie wissen, dass die freundliche Maske irgendwann fallen und unerbittliche Härte an ihre Stelle treten wird. Wenn er an ihnen vorbeiging, flüsterten die Gäste förmliche, anerkennende Worte, und er erwiderte sie, indem er in alle Richtungen wissende und kühne Blicke versprühte. Er packte Giovanna um die Mitte und küsste sie auf die Stirn. Ich hasste ihn. Ich wünschte ihm einen langsamen, grausamen Tod.

– Anwalt Bruio, flüsterte Giovanna. – Darf ich Ihnen Professor Mario Poggi, den berühmten Arzt, vorstellen ... ach, und natürlich auch Oberst Petrovic.

Dieser war hinter dem berühmten Arzt aufgetaucht. Ein untersetzter, kräftiger Typ, ungefähr vierzig Jahre alt, sehr blond, fast ein Albino, mit hartem Gesichtsausdruck und kurz angebunden, wie jemand, der die schwierigsten Situationen schnell lösen muss: eine baltische Version von Harvey Keitel in *Pulp Fiction*: Ich bin *Winston Wolf, ich löse Probleme*. Ich streifte nur kurz die Hand, die mir Poggi mit irritierender Vertrautheit hinhielt. Petrovic und ich musterten uns nur ein paar Sekunden. Er hatte mich auf den ersten Blick eingeschätzt und beschlossen, dass ich ihn nicht interessierte. Das Desinteresse war zur Gänze meinerseits.

– Das ist eine wichtige Party, Anwalt, sagte Poggi freundlich.

Petrovic nickte, das sadistische Grinsen, das seinen Kiefer entstellte, sollte wohl ein Lächeln sein.

– Natürlich, hob Poggi wieder an, – weiß unser Anwalt Bescheid.

Giovanna warf mir einen verzweifelten Blick zu.

– Sag bloß nicht ... Poggi strotzte vor Vitalität. – Wir müssen ... Komm, Liebling!

Er hatte sie unfreundlich an der Hand gepackt. Ein vorlautes Kind, das sein Lieblingsspielzeug an sich reißt. Er zog sie in die Mitte des Salons. Das Stimmengewirr verstummte augenblicklich. Der Professor plusterte sich auf wie ein Truthahn.

– Meine Damen und Herren, liebe Freunde ... das ist der schönste Abend meines Lebens. Ich habe die Ehre, Ihnen offiziell meine Verlobung mit Giovanna Alga-Croce bekannt zu geben.

– Ein Hoch auf das Brautpaar!

– Hoch, hoch!

Korken knallten. Und genau in diesem Augenblick wurde mir völlig klar, wie sehr mir Giovanna unter die Haut ging. Rasch hintereinander fielen mir mehrere Ausstiegsszenarien ein: direkter Angriff, Herzinfarkt, würdevoller Rückzug. Doch mein Magen zog sich immer mehr zusammen, ein bitterer Geschmack stieg mir hoch, und wenn ich den Teufel oder seinen Gehilfen, den

Dämon Azazello, bei der Hand gehabt hätte, hätte ich ihnen im Tausch für ein Maschinengewehr meine Seele verkauft.

– Was für ein guter Treffer!, sagte Oberst Petrovic grinsend.

Die Spannung wurde unerträglich. Ich versuchte Giovannas Blick einzufangen, doch sie schaute weg. Das war eindeutig. Oder war das nur eine weitere Fata Morgana meines eingefleischten Masochismus? Ich verzog mich hinter eine Säule, durchquerte einen Salon, dann noch einen. Das Stimmengewirr wurde leiser. Ich suchte einen Fluchtweg. Am liebsten hätte ich gekotzt. Eine Wand versperrte mir den Weg. Ich drehte mich um, um zurückzugehen. Ein Schwarzer in Chauffeursuniform sah mich spöttisch und argwöhnisch an. Latif.

– Kann ich Ihnen helfen, Sir?

– Ich suche die Toilette. Sie sind Latif, nicht wahr?

– Woher wissen Sie das?

Sein Italienisch war flüssig, ohne Akzent. Der Ton argwöhnisch.

– Ein Freund hat mir von Ihnen erzählt.

– Was für ein Freund?

– Ein Schwarzer.

– Ich habe keine schwarzen Freunde.

– Warum nicht, sind Sie Rassist?

Er lächelte. Ein uraltes und unergründliches Lächeln, wie sein dunkler, abwesender Blick.

– Ich habe keine Freunde. Weder schwarze noch weiße. Die Toilette ist im oberen Stockwerk, Sir.

Er zeigte auf eine Treppe, die mir nicht aufgefallen war. Und verschwand. Schweigend, unergründlich. Ich fand mich in einem luxuriösen Boudoir wieder, das aus einem Roman D'Annunzios zu stammen schien, und wo nur die Klomuschel an eine Toilette erinnerte. Fünf Minuten kühles, wohltuendes fließendes Wasser hatten mich erfrischt und ich machte mich wieder auf den Weg. Ich hatte Latif gesehen. Giovanna war verschwunden. Ich wollte nicht auf die Party zurück. Ich hatte keine Lust, noch einmal dem Verlobten und seinem Handlanger zu begegnen. Ich wollte raus aus der ganzen Geschichte. Ich fühlte mich leer, uralt. Mein Ausflug auf unbekanntes Terrain hatte mir nur Bitterkeit eingebracht. Ich wollte zurück in meine Welt. Selbst wenn ich über das Dach fliehen musste.

13.

Es gab ein zweites Stockwerk und dann auch noch ein drittes. Gänge und wieder Gänge. Eine offene Tür. Ich ging hinein. Das Zimmer war leer, doch jemand hatte darin einen Altar errichtet, und auf dem Altar stand das lebensgroße Porträt eines Adeligen in Kleidern aus dem 16. Jahrhundert, der an der Degenglocke eines riesengroßen Schwerts lehnte. Er hatte eingefallene Wangen und tiefe Augenringe, als ob er mit einem Fuß bereits im Grab stünde. Sein geheimnisvolles Lächeln offenbarte eine tiefe Bösartigkeit. Ich trat neugierig näher. Zwischen Staub und Spinnweben entdeckte ich eine winzige Inschrift an der Spitze der Klinge.

NULLA MAIESTAS SINE TURPITUDINE

– Genau, bestätigte eine Stimme hinter mir. – Keine Größe ohne Schändlichkeit.

Ich schnellte herum, wollte mich schon für mein Eindringen entschuldigen. Doch der Alte mit den schneeweißen Haaren, der eine Hausjacke trug, lächelte mich an und forderte mich auf, ihm zu folgen. Er führte mich in ein großes Arbeitszimmer mit beeindruckenden Buchregalen aus Nussholz und forderte mich auf, auf einem roten Ledersessel Platz zu nehmen. Er setzte sich an einen riesigen Schreibtisch.

– Auf dem Porträt, das Sie so interessiert betrachtet haben, ist Fredo di Costamara, der erste Fürst von Turgonia, zu sehen. Es stammt aus dem Jahr 1571. Fredo kam gerade von der Schlacht von Lepanto zurück. Scharfer Geist. In Lepanto hatte er sich als Krieger des Heiligen Grabs, als Verteidiger der von den Ungläubigen bedrohten Christenheit, doch auch als Waffenlieferant des Großen Sultans hervorgetan, der seine eigenen Interessen verfolgte. Der Satz auf der Schwertspitze kostete den Maler, Maestro Agostino, das Leben. Der Künstler war von Fredos Ehefrau, Donna Elvira, beauftragt worden, das Porträt zu malen. Der Fürst war schon schwer krank ... eine Art lebender Toter. Aufgrund seiner Krankheit malte ihn Agostino am Schwert lehnend, er war nicht mehr imstande, aufrecht zu stehen ...

– Und er starb?

– Wie alle anderen auch. Doch zuerst genoss er noch die Hinrichtung des unvorsichtigen Malers. *Poena cullei.* Der arme Teufel wurde mit ein paar wilden Tieren in einen Sack gesperrt, die ihn zerfleischten ... Und jetzt kommen wir zu uns. Ich bin Noè Alga-Croce. Dürfte ich erfahren, was Sie in meinem Haus zu suchen haben?

– Giovanna hat mich eingeladen.

– Und warum?

– Wir haben herausgefunden, dass wir alte Freunde sind.

– Das reicht nicht.

– Es stimmt aber.

– Giovanna macht nie etwas ohne einen bestimmten Zweck. Darin kommt sie ganz nach ihrem Vater. Aber nur darin. Ansonsten ist sie eine Frau ...

– Ja, schnaufte ich düster. – Eine Frau.

Der Alte schaute mich mit durchdringendem Blick an.

– Was sind Sie von Beruf?
– Anwalt.
– Allein in Rom gibt es neuntausend von Ihrer Sorte. Genauere Angaben bitte: Strafrecht, Steuerrecht, Börsengeschäfte, Firmenzusammenlegungen und -auflösungen, fremdfinanzierte Übernahmen, Insider Trading ...?
– Unter die Räder gekommene Schwarze.
– Ein Altlinker! Oder schlimmer ... ein Idealist? Ein Anständiger?

Ich wusste nicht, was ich antworten sollte. Wenn ich ihm meine Weltsicht auch nur andeutungsweise darzulegen versucht hätte, wäre ich mir wie ein unverbesserlicher Trottel vorgekommen.

– Ich werde Ihnen sagen, was ich von Anständigkeit halte, fuhr der Alte fort. – Vierzig Jahre lang habe ich in der Hochfinanz gearbeitet, und ich hatte nie das Glück, einen anständigen Menschen zu treffen. Ach, viele sagen, sie seien anständig, und vielleicht sind sie eine Zeit lang auch überzeugt, es wirklich zu sein. Doch es ist nur eine Frage der Zeit ... der Zeit und der Vorlieben. Der eine würde eine Torheit für eine Tänzerin begehen, der andere für einen noch unbehaarten Jüngling. Ich habe Intelligenzbestien gesehen, die sich am Spieltisch ruiniert oder sich für einen elenden Sitz im Parlament verkauft haben. Was mich anbelangt .... Ich wäre bereit, die ganze Menschheit für eine gute Zigarre in den Orkus zu schicken.

– Dann, sagte ich, und holte eine der teuren Zigarren aus der Tasche, die Rod mir geschenkt hatte, – nehmen Sie die hier. Es ist eine kubanische.

Nach den ersten Zügen machte sich auf seinem Gesicht ein ekstatisches Staunen breit.

– Eine Lancero ... nicht übel. Obwohl mir persönlich Robustos lieber sind. Ich finde ihren Geschmack ... männlicher. Wovon sprachen wir gerade? Ach ja, die Anständigkeit. Schauen Sie, die Kubaner bezeichnen ihre Zigarren als *puros,* als rein. Das ist die einzige Reinheit, die sich ein alter, desillusionierter Mann wie ich vorstellen kann. Doch man verbietet sie mir, verstehen Sie? Sehen Sie das kleine Kästchen dort? Es ist verschlossen. Verriegelt. Giovanna hat den Schlüssel. Ich habe sie angefleht, beschworen ... doch umsonst. Meine Tochter ist unnachgiebig. Die Welt heute ist gesundheitsbewusst, hat pathologische Angst vor Krankheiten, ist besessen ... ja, besessen von Reinheit und Anständigkeit. Die Jugendlichen sind die Schlimmsten. Sie glauben, den Tod mit Paranoia besiegen zu können. Wissen Sie, was da drinnen ist?

– Ich kann es mir nicht im Entferntesten vorstellen, stotterte ich, im Bann dieses merkwürdigen und faszinierenden Menschen.

Der Alte machte einen tiefen Zug.

– Whisky. Eine Flasche Speyside Honey, die Angus McGregor 1936 persönlich für mich destilliert hat. Eine treue Freundin, die mich in den schwierigsten Augenblicken meines Lebens begleitet hat, das – das können Sie mir glauben – eines Romans würdig wäre. Götterspeise. Ambrosia ... Das kann man nur verstehen, wenn man jenseits von Gut und Böse ist.

Mein alter Klient „Manolesta" Leopardo fiel mir ein. Immer wenn es mir gelungen war, seine Strafe vor dem Appellationsgericht herunterzusetzen, revanchierte er sich, indem er mir einen neuen Trick beibrachte. Vielleicht war das, was ich jetzt vorhatte, nicht sehr anständig, doch es gibt Augenblicke, in denen die Sympathie stärker ist als Anständigkeit.

– Haben Sie ein Papiermesser?, fragte ich in verschwörerischem Tonfall.

Der Alte warf mir ein spitzes Ding mit Goldgriff zu. Ich näherte mich dem kostbaren Schrein. Schloss ohne Beschläge. Harte Scharniere. Es war nur eine Frage des Hebels. Ich steckte die Klinge in einen winzigen Spalt. Ich drehte in beide Richtungen. Ich drückte fest. Als das Schloss aufsprang, hörte ich gleichzeitig eine anerkennende Bemerkung des alten Alga-Croce. Ich zeigte ihm die Flasche ohne Etikett.

– Whisky, Herr Anwalt, flüsterte der Alte. – Auf Gälisch *uisce*, Wasser ... *uisce beatha*, Lebenswasser ... Bedienen Sie sich. Sie halten das Leben in Ihren Händen.

Davor holte ich behutsam eine Cohiba aus der Tasche und zündete sie mir an. Ich schenkte mir einen Fingerbreit Alkohol ein. Ich kostete ihn. Ich konnte die Enttäuschung nicht verbergen. Ein Blend, und noch dazu etwas ausgeraucht. Wie Chivas, wenn nicht gar schlimmer. Ich hätte nicht mehr als das Gehalt von zwei Jahren dafür gegeben.

– Und?

Alga-Croce blickte mich leicht belustigt an.

– Ich maße mir nicht an, es in Geschmacksfragen mit Ihnen aufzunehmen, 1936 liegt lange zurück, aber dieser Whisky scheint ...

Er lächelte, sichtbar zufrieden. Er hatte junge Augen.

– Er schmeckt wie ein anständiger Chivas ...

– Ich danke Ihnen, Anwalt. Und ich gratuliere Ihnen. Die Freunde meiner Tochter hätten sich darin überboten, den edlen Tropfen zu loben. Doch glauben Sie, ich hätte einen Whisky, den Angus McGregor im lange zurückliegenden Jahr 1936 für mich abgefüllt hätte, so lange aufgehoben? Wo ich mir doch jederzeit eine Kugel hätte einfangen, an einem Krebs, bei einem Unfall sterben, das Steak einer verrückten Kuh hätte essen können ... mit einem Wort, wie ein Trottel hätte sterben können, ohne im richtigen Augenblick einen Tropfen getrunken zu haben? Ich bitte Sie. Aber nehmen Sie es mir nicht krumm. Man verbietet es mir wirklich. Allerdings weiß ich sehr gut, dass der Schlüssel unter dem Regal, in dieser Lade liegt.

Ich lachte herzlich. Der Alte stimmte ein. Wir hatten eine Atmosphäre unerklärlicher, echter Komplizenschaft geschaffen. Genauso unerklärlich setzte Alga-Croce, der plötzlich wieder ernst war, seine Aufzählung der Familienmitglieder fort.

– Nach Fedo di Turgonia war Giovanni Nepomuceno an der Reihe. Ein Leichenschänder, der gerne Menschenblut trank. Dann Turingo, ein Sklavenhändler. Das war in einem schwierigen Augenblick. Es folgte ein Dutzend adeliger Halsabschneider, die sich alle in verschiedenen Bereichen als Verbrecher in großem Stil unter Beweis stellten. Bis zum letzten der Turgonia, Lauretano, der von den Partisanen 1945 in Saluzzo erschossen wurde. So ein merkwürdiger Zufall: Mussolini in Salò und die syphilitische Koksnase Lauretano in Saluzzo ...

– Und Sie?

– Ach ich ... ich habe mir dieses Palais und den Titel erst 1947 gekauft. Mithilfe der Transaktion habe ich mir einen würdigen Platz in der Familiengeschichte verschafft.

Aus den unteren Stockwerken drang silberhelles Gelächter herauf, das mich in die Gegenwart zurückführte.

– Ich muss gehen, sagte ich und sprang auf.

– Warum sind Sie heute Abend gekommen, Anwalt?

– Ich habe es Ihnen bereits gesagt. Ich habe Giovanna getroffen und ...

– Blödsinn. Sie haben meine Tochter nicht zufällig getroffen. Sie haben ihr präzise Fragen gestellt. Lügen Sie mich nicht an. Das schaffen Sie nicht.

Ich setzte mich wieder hin. Die Augen des Alten waren jetzt eiskalt. Einen Augenblick lang sah ich die Raubvogelmaske des beinharten Finanzhais.

– Ist gut. Ich ermittle im Fall des Todes von Ray Anawaspoto.
– Die Geschichten der Angestellten sind mir egal.
– Aber Sie bezahlen das Internat für seinen Sohn ...
– Eine Schwäche, sagte er mit angewiderter Geste. – Das Kind wird ihn jedoch bald vergessen haben.
– Und Latif? Er und Ray waren keine Freunde, stimmts?
– Latif hat keine Freunde. Und jetzt gehen Sie ruhig zur Party zurück. Es hat mir Spaß gemacht, mit einem Mann, der ein Ziel im Leben hat, ein Glas zu trinken und eine gute Zigarre zu rauchen.
– Für mich ist die Party vorbei, erwiderte ich entschieden. – Und ich habe kein anderes Ziel im Leben, als hier so schnell wie möglich zu verschwinden.
– Sie ertragen diese Leute nicht, was?, sagte er kichernd.
– Absolut nicht.
– Ich verstehe Sie. Die Freunde meine Tochter sind ein Haufen kleiner, langweiliger Möchtegern-Finanzhaie. Das ist typisch für Giovanna. Sie lässt sich vom Schein täuschen. Mein Schwiegersohn, der sich als Idiot herausgestellt hat, glaubte, sich gegen die Scheidung wehren zu können. Eine Laus. Ein gieriger, zynischer Dieb. Allerdings aufgrund dieser Eigenschaften durchaus geeignet für einen Job in der Hochfinanz. Doch wenn sie nicht mit einer großen Dosis an Geduld und Ironie einhergehen, reichen diese Eigenschaften nicht.

– Na so was! Früher einmal sagte man, Geduld und Ironie seien die Eigenschaften eines Revolutionärs.

Der Alte richtete zufrieden den knochigen Zeigefinger auf mich.

– Dann sagen wir, ein guter Chef muss notwendigerweise auch ein Revolutionär sein.

Diesmal stand ich endgültig auf.

– Gratulieren Sie jedenfalls Ihrer Tochter. Ich hoffe, die Ehe wird glücklich.

Er warf mir einen sarkastischen Blick zu.

– Soll sie denn nicht?

– Ehrlich gesagt, ist es mir egal.

– Mhhmm … Rhett Butler war kein Anständiger.

– Auf Wiedersehen.

– Noch was, Anwalt …

Er hatte auf einen unsichtbaren Knopf gedrückt. In der Ferne klingelte es.

– Besuchen Sie mich wieder mal. Wann immer Sie wollen. Sie sind willkommen. Aber es gibt viel interessantere Themen als einen toten Schwarzen.

Die Tür ging auf und Nicky kam in Begleitung Latifs hereingelaufen. Das Kind stürzte sich in die Arme des Großvaters. Dann bemerkte es mich und bedrohte mich spielerisch, richtete eine imaginäre Pistole auf mich.

– Du bist noch immer da, Kingpin? Das nächste Mal entkommst du nicht!

– Es gibt kein nächstes Mal, Spider-Man. Bang! Du bist erledigt.

Nicky mimte einen schrecklichen Todeskampf.

– Du kannst gehen, sagte der Alte zu Latif. Dann nahm er Nicky an der Hand und setzte ihn sich auf den Schoß.

Er war voller Zärtlichkeit für seinen Enkel. Wenn jeder Mensch einen Preis hat, dann hieß seiner Nicky. Ich verjagte den Gedanken. Der Geschäftssinn, der diese Zimmer durchdrang, hatte schon Besitz von mir ergriffen.

– Nicky, du tust mir jetzt einen Gefallen. Du gehst mit dem Anwalt in die Mansarde und zeigst ihm die Feuerleiter ... und dann ab ins Bett, verstanden?

Instinktiv warf ich die Schachtel mit den übrig gebliebenen Zigarren auf den Schreibtisch. Der Alte nickte.

– Sie sind intelligent. Und Sie besitzen einen gewissen grobschlächtigen Stil. Ungeschliffenes Material, doch mit gutem Training könnte man etwas Bedeutendes aus Ihnen rausholen.

Fünf Minuten später kletterte ich eine steile Treppe hinunter, die in den Garten, auf die Rückseite des Brunnens mit den tropischen Fischen führte. Als Nicky sich von mir verabschiedete, fragte er mich, warum nicht ich seine Mutter heiratete.

Ja, warum eigentlich nicht?

Bei einer Stippvisite im *Sun City* gab ich Rod eine kurze Zusammenfassung der Situation.

– Jetzt wissen also alle, wer du bist und was du suchst, Bruder.

– Es war eine Dummheit, ich gebe es zu.

– Ganz im Gegenteil. Wenn man Fische fangen will, muss man ein Netz auswerfen. Wenn sich der Mörder unter diesen Menschen befindet, wird er früher oder später auftauchen.

– Aber wenn sie gar nichts damit zu tun haben? Wenn Al sich auf Raubüberfälle und Dealen verlegt hat? Glaubst du, ich kann alle Schwarzen in Rom überprüfen? Glaubst du das wirklich?

Rod zündete sich sehr sorgfältig einen Joint an und reichte ihn mir. Das war gegen meine Prinzipien, doch an diesem Abend machte ich eine Ausnahme. Immerhin hatte auch Kommissar Del Colle …

– Bruder, sagte Rod. – Ist dir die Muttergottes oder sonst wer erschienen? Al war sauber. Glaub mir.

– Ich will nur raus aus dieser Geschichte.

– Aber du steckst mittendrin und wirst bis zum Ende drinbleiben … Rauch, Bruder, rauch, und schlag dir die weiße Frau aus dem Kopf.

14.

Von dieser Nacht ist mir nur der wackelnde Tisch in Erinnerung geblieben, Maryas Gazellenaugen, die ihrem neuen Boyfriend, einem durchtrainierten Installateur aus dem Vorort Fidene, heiße Blicke zuwarf, das unglaubliche Unisex-Klo des *Sun City*, das allen in öffentlichen Gebäuden geltenden Hygienenormen hohnsprach, ein rosa Kotzestrahl und hämmernder Hip-Hop, der aufgrund des THC eine unfassbare Ausdehnung in Zeit und Raum erfuhr. Ich war in den Klauen des Ku-Klux-Klans gelandet und der alte grinsende Noè Alga-Croce zündete gerade den Scheiterhaufen an, an den man mich gebunden hatte, als die kräftigen Hände Kommissar Del Colles mich befreiten.

– Sie sind völlig fertig, Anwalt ...

Jemand hatte eine Eisenkrone um meinen Kopf gelegt und machte sich einen Spaß daraus, sie enger zu ziehen. Ein Effekt wie bei einem Würgeisen, damit wir uns recht verstehen; ein anderer hatte meine Augen mit Schmirgelpapier abgerieben. Sanft protestierend ließ ich mich wegzerren. Unter dem Tresen schlief Rodney in inniger Umarmung mit einer Blondine mit milchigweißer Haut. Einer Hamburgerin, wenn ich mich richtig erinnerte; beim Plakat-Wettbewerb für die Verteidigung der multikulturellen Gesellschaft hätten die beiden den ersten Platz belegt. Ich streichelte ihre Köpfe und trat mit zerknittertem Blazer, auf dem sich undefinierbare Flecken befanden, und stinkendem Atem auf die Piazza Vittorio hinaus. Es war kein Zufall, dass sich das *Sun City* in dieser Gegend befand. Es gab keinen Ort in Rom mit mehr Ausländern als hier. Auch jetzt, wo der alte afrikanische Markt so gut wie demontiert war, konnte man stundenlang um den Bahnhof herumlaufen, ohne ein weißes Gesicht zu sehen. Es gab die Straße der Inder, die Straße der Pakistanis und die der Afrikaner, Hinterzimmer, wo Chinesen, zusammengepfercht wie Sardinen, schufteten, um den Triaden, die ihre hoffnungsvolle Reise finanziert hatten, das Geld zurückzuzahlen, Lokale, deren Besitzer aus dem Nahen Osten stammten, und Internetcafés mit reduziertem Tarif, die von einer lärmenden Schar mehr oder weniger legaler Hausangestellter belagert wurden.

Del Colle gewährte mir vier Minuten für ein hektisches Frühstück in einer Bar auf der Via Principe Eugenio. Der elegante und gut rasierte Daniel-Auteuil-Doppelgänger gab an diesem Morgen den jungen Profi, der es mit einem räudigen Fall zu tun hatte. Der Cappuccino war nicht schlecht, doch das Cornetto schmeckte ranzig. Sicher ein tiefgefrorenes Croissant, das von einer großen Cateringkette vorgewärmt worden war. Ein aufgeblasener Teig voller Transfette, kurz in die Mikrowelle gelegt und fertig. Die Abschaffung des hausgemachten Cornettos verdiente einen Ehrenplatz unter den Verbrechen des Neoliberalismus.

– Für gewisse Dinge braucht man Kondition.

Der Kommissar wartete geduldig, bis ich wieder ein Mensch geworden war, und löffelte dabei sorgfältig einen Becher mageres Naturjoghurt. Zwei junge Inder kamen herein. Der Barmann versteifte sich. Sie verlangten ein Bier. Der Barmann servierte ihnen Bier in Pappbechern. Die beiden tranken schweigend, zahlten und gingen.

– Hin und wieder schaue ich mich um und erkenne die Straße, in der ich geboren worden bin, nicht wieder, stieß der Mann hervor und warf die Becher angewidert in den Müllsack.

Del Colle und ich gingen, ohne ihm auch nur einen Funken Solidarität zu gewähren. Die Bewohner des Esquilin schwankten zwischen Toleranz und Brutalität. Manche organisierten mit den Immigranten-Communitys Konzerte auf der Piazza und manche schlugen vor, man möge die farbigen Pestsalber Massenscreenings unterziehen. Ich hatte selbst an einigen vom Nachbarschaftskomitee veranstalteten Versammlungen teilgenommen, als ein Bezirksrat der Rechten die Schließung des *Sun City*, einem „bekannten Unterschlupf von Prostituierten und Drogensüchtigen", verlangt hatte.

Dann hatte sich herausgestellt, dass der Sohn des Bezirksrats einer der Chefs des Sozialzentrums war, dessen Mitglieder sich hin und wieder bei Rod versammelten. Außerdem hatte der Junge eine Beziehung mit einer Geflüchteten aus Sierra Leone. Um sein Gesicht zu wahren, kam der übereifrige Vater schließlich zu dem Schluss, dass die Schwarzen weniger Ärger machten als die Slawen. Das Ganze hatte mit einem Besäufnis geendet. Der Ausländeranteil in Italien lag bei acht Prozent und die Menschen fühlten sich belagert. Ich fragte mich mit Schaudern, was passieren würde, wenn die Einwanderung Ausmaße annahm wie in London oder Paris.

Nach dem kurzen Imbiss setzte mich der Kommissar, der offenbar beschlossen hatte, mir ein beträchtliches Stück seiner kostbaren Zeit zu widmen, in einen alten Toyota, der schon bessere Zeiten gesehen hatte, und fuhr mit mir in einen Privatklub am Tiberufer, wo man dank seiner Protektion so tat, als würde man meinen erbärmlichen Zustand nicht bemerken. Er steckte mich mit Gewalt in eine Neunzig-Grad-Sauna, wo ich den Rausch, die Joints, das Ohrensausen und alle sonstigen Dämonen ausschwitzte, die sich meines elenden Körpers bemächtigt hatten. Nachdem eine lächelnde Schneiderin vom Stil Miss Dolce & Gabbana mein Sakko gebügelt und von Flecken befreit hatte, legte mir Del Colle bei einem nüchternen Kaffee zwei oder drei Tatsachen dar, die mir bis jetzt noch nicht ganz klar waren.

– Der alte Alga-Croce hat ein Riesentheater beim Polizeipräsidenten gemacht. Der Polizeipräsident hat ein Riesentheater bei mir gemacht. Der Staatsanwalt hat angedroht, eine Untersuchung zum Nachrichtenleck einzuleiten. Wie es scheint, sollte der letzte Aufenthaltsort unseres armen Al geheim bleiben. Wie es scheint, sind Sie herumgelaufen und haben indiskrete Fragen gestellt. Wie es scheint, sind die Alga-Croce eine sehr hochstehende Familie ...

– Wie es scheint, antwortete ich verärgert, – hat die Polizei ein offenes Ohr für hochstehende Familien.

– Wenn Sie wüssten, wie oft ich versucht bin, alles hinzuschmeißen.

– Und warum tun Sie es nicht?

– Und Sie?

– Aber ich bin schon seit einer Ewigkeit aus dem Spiel. Um ehrlich zu sein, glaube ich, mich nie am Spiel beteiligt zu haben.

– Blödsinn. Sie glauben daran, und ich glaube auch daran. Und das macht uns fertig.

– In der Art von: Selbstachtung, nicht klein beigeben, irgendjemand muss ja diesen undankbaren Job machen ...

Der Kommissar schnaubte.

– Bruio, ich habe aufgehört, mich hinter Ideologien zu verstecken, als ich begriffen habe, dass sie die Zuflucht der Mittelmäßigen sind. Wollen Sie noch etwas wissen? Diese mit Ironie und Desillusionierung gewürzte süßliche Denkweise, aufgrund der wir alle wie ein Abklatsch von Humphrey Bogart wirken, hat mich ruiniert. Tja, ich bin mir sicher, dass ich nie Karriere machen werde. Aber wissen Sie, was mich daran hindert? Die Angst, nicht zu entsprechen. Und so habe ich mich zurückgezogen ... und die Idioten sitzen in der Führungsetage. Wir werden von Menschen beherrscht, die kein Gramm unserer Fähigkeiten besitzen. Am Anfang sind alle freundlich, zuvorkommend, keine Ahnung, ob Sie sich den Typ vorstellen können ...

– Natürlich! Den Typ Autoverkäufer.

– Ja, genau der. Sie sind sehr gut darin, dein Vertrauen zu erschleichen, dann zeigen sie allmählich ihr wahres Gesicht ... immer unverschämter, arroganter, ungebremster. Sie zwingen dir ihre billigen Mythen auf und wenn du ihnen nicht recht gibst, können sie sich nicht damit abfinden. Sie können die Tatsache nicht akzeptieren, dass jemand anders ist als sie. Und wir ziehen uns jeden Tag ein Stück weiter zurück und gestehen ihnen ein weiteres Stück der Welt zu.

Ich packte ihn am Arm. Freundschaftlich.

– Im Ernst, Del Colle. Das ist ebenfalls ein Trick der Autoverkäufer. Sie geben dir das Gefühl, es sei deine Schuld, dass du nicht erfolgreich bist. Sie geben dir das Gefühl, es sei deine Schuld, dass du dir nicht alle Genüsse leisten kannst, die der Goldene Westen zur Verfügung stellt. Es ist die alte Geschichte, dass die Armen von Gott gezeichnet sind ...

– Ich glaube allmählich, dass es wirklich so ist.

– Reden wir keinen Blödsinn. Die Wahrheit ist, dass weder Sie noch ich sich die Hände schmutzig machen wollen. Nie, in keinem Augenblick. Das Geheimnis des Erfolgs besteht nur darin: schmutzige Hände.

Wir schwiegen eine Zeit lang. Ich hätte nicht gewusst, was ich sagen sollte. Mein Schweigen war erfüllt von der sanften Wölbung von Giovannas Hals. Von einem inbrünstigen Verlangen. Dann reichte mir der Kommissar die Hand.

– Solange ich diese Uniform trage, muss ich mich Befehlen beugen. Aber Sie, Anwalt ... Sie sind ein freier Mann, machen Sie weiter. Ich habe den Eindruck, dass es bei dieser Geschichte noch viel auszugraben gibt.

Das *Sun City* war zu. Ich stieg in meinen Honda und fuhr mit einem Pizzakarton und einigen Flaschen Bier in den Prattico-Block zurück. Rod nahm den ganzen Vormittag das Telefon nicht ab. Giovannas Anschluss war privat, also suchte ich Zuflucht bei Zaphod, dem Mann, der jedes Geheimnis als persönliche Beleidigung empfand. Aber Zaphod war unterwegs und suchte anderswo Schwierigkeiten. Ich beschloss, meine Verteidigungsschrift für die Anwaltskammer zu verfassen. Während ich auf die Tasten meines alten PC klopfte, erschien auf dem Bildschirm undeutlich das Arschgesicht des Kollegen Ponce del Canavè. Was ich jetzt benötigt hätte, waren Klarheit bei der Darlegung, formale Korrektheit, einen angemessenen Ton und Stil. Doch ich verfasste eine zusammenhanglose Brandrede, in der ein ärgerlicher Moralismus mitschwang. Natürlich steckte die ganze Wut von Valentino Bruio darin.

15.

Sehr geehrte Anwaltskammer, sehr geehrte Mitglieder des Vorstands,

ich weiß, dass Sie ein Entschuldigungsschreiben oder zumindest eine Rechtfertigung von mir erwarten und dass Sie sehr erleichtert wären, wenn ich mich dazu durchringen könnte. Ich würde Ihnen auf diese Weise eine harte Entscheidung abnehmen. Und, ein nicht unwesentliches Detail, meine Position würde dadurch beachtlich gestärkt werden. Übrigens weiß ich von den Gesprächen, die mein guter Freund Mauro Arnese ohne mein Wissen mit Ihnen geführt hat. Ich weiß, dass ein kleines Signal meinerseits von Ihnen wohlwollend aufgenommen werden würde. Ich weiß, dass alles auf ein gutes Ende zulaufen würde, vorausgesetzt, ich wäre bereit, zu Kreuze zu kriechen.

Gut. Das können Sie vergessen. Diesen Gefallen tue ich Ihnen nicht. Wenn Sie beschlossen haben, mich rauszuschmeißen, tun Sie es ruhig. Doch übernehmen Sie wenigstens Verantwortung. Wollen Sie Ponce del Canavè recht geben? Bitte, gern. Aber rechnen Sie nicht mit der echten oder vermeintlichen Einwilligung des prädestinierten Opfers. Respektieren Sie die Rollen: dem Henker das Beil, dem Verurteilten den Richtblock.

Ich verstehe, dass Sie sich nach einer derartigen Einleitung wahrscheinlich fragen: Warum hält der Trottel nicht einfach den Mund, sondern verschwendet unsere Zeit?

Nein, nein, meine Herren. Es ist meine Pflicht, diese Zeilen zu schreiben. Die Erinnerung an ein armes unschuldiges Kind und an seine Mutter, die irgendwo, im Nahen Osten, in einer Großstadt, die genauso gleichgültig wie diese ist, verrottet, zwingt mich dazu, sowie der Respekt, den ich trotz Ponce del Canavè, trotz des ordentlichen Verfahrens, oder wie auch immer Sie es nennen, vor der Idee der Gerechtigkeit habe.

Ich erzähle Ihnen nun eine lange und traurige Geschichte. Eine Geschichte, die im Gefängnis spielt und in der Vorstadt in meiner kleinen Kanzlei in der Via Casilina 333 (für alle, die sich in Rom auskennen: im Prattico-Häuserblock) beginnt, deren Fortsetzung in den barocken Salons spielt, wo die römische Jeunesse dorée ihre öde und sinnlose Jugend verbringt, und in den bequemen Gerichtssälen endet, wo wie zu erwarten nicht nur ich, sondern auch die Menschlichkeit ein totales Debakel erlitten hat.

Der Gegenspieler ist, wie Sie alle wissen, Maurizio Ponce del Canavè, der im Folgenden der Einfachheit halber einfach als „Arschloch" bezeichnet wird. Leben, Erfahrungen, Liebesaffären, Erfolge und Ressentiments des Arschlochs sind Ihnen wohlbekannt, deshalb soll an dieser Stelle nur ein Detail seiner Biografie erwähnt werden. Wie Sie sehr gut wissen, beginnt die Karriere des Arschlochs in den Jahren der Terroranschläge als Vertrauensanwalt des *Soccorso Rosso*, der Internationalen Roten Hilfe. Erinnern Sie sich an die Bombe auf der Piazza Fontana? An Brescia, Piazza della Loggia? Nun, er war damals ein junger Jurist, der sich in den Reihen der extremen Linken engagierte und auf der Seite der Opfer stand. Er zeigte die Verschwörungen an. Er verfolgte die Verbrecher. Er kettete sich vor dem Justizpalast an, um gegen wiederholte Zuständigkeitsverschiebungen zu protestieren, womit der Oberste Gerichtshof versuchte, abtrünnige Spione, korrupte Generäle und sprichwörtlich gierige hohe Staatsbeamte zu decken. Wie ein Löwe verteidigte er den

Rechtsstaat. Ein Titan der Gerechtigkeit im Dienst der Schwachen. Verurteilt wegen Missachtung der Streitkräfte. Dutzende Male von Korrupten und Auftraggebern von Terroranschlägen angeklagt. Eine Allianz von PSI-PSIUP-PCI hatte ihn im Herzen der roten Emilia triumphal ins Parlament gehievt. Wiedergewählt. Mit nicht einmal vierzig Jahren ein Leuchtturm der Fortschrittlichkeit. Für mich, damals ein junger Praktikant, nahezu ein lebender Mythos.

Dann die Verwandlung. Vorangegangen war eine kurzfristige Finsternis: vier, fünf Monate, wenn ich mich nicht irre. Und das Arschloch findet sich plötzlich am Hof der aufstrebenden Sozialisten wieder, jener der Spaß- und Feierfraktion, damit wir uns recht verstehen. Das war weniger ein Stallwechsel (zu dem, wie man munkelte, auch die Entscheidung der Parteispitzen beigetragen hatte, als Verantwortlichen für die Probleme des Staates einen persönlichen Feind ihm vorzuziehen) denn eine Bekehrung in der Art von Manzonis *Namenlosen,* die in den Jahren darauf homerische Ausmaße annehmen sollte. Alles beginnt mit einem denkwürdigen Leitartikel in der Zeitung des ehemals aufgeklärten Bürgertums. Ein langer Artikel mit dem Titel: „Die Roten strecken die Finger nach der Justiz aus." In diesem exzellenten Text, der aus einigen Hundert gelehrten Zeilen besteht, offenbart das Arschloch, dass er endlich begriffen habe, wie sehr „ich mich vom Marxismus habe blenden lassen, als ich jung und hoffnungsfroh mein Leben ganz dem Rechtsstaat gewidmet hatte". Doch nun hatte Saulus glücklicherweise endlich das Licht gesehen und „wir haben uns vom Joch des marxistischen Kulturkonformismus befreit und den Schleier des Schreckens weggerissen, den die illiberale Diktatur dem unglücklichen Jahrhundert aufgezwungen hat".

Es versteht sich von selbst, dass die Karriere des Arschlochs eine ständige Abfolge von Triumphen ist, seitdem er seine unbestrittenen beruflichen Fähigkeiten in den Dienst korrupter Politiker und korrupter Manager gestellt hat, in den Dienst von Mafiosi mit weißer Weste (auch jener, die die Lupara nie weggelegt haben) und aller sonstigen Opfer der roten Verschwörung. Er ist als zukünftiger Justizminister im Gespräch! Ich habe Ihnen das alles erzählt, damit klar wird, dass das Arschloch und ich eine verschiedene Auffassung von Justiz und Gerechtigkeit haben.

Zurück zu uns. Kehren wir zu der traurigen Geschichte zurück, die uns beschäftigt.

Ich möchte Ihnen von einem somalischen Mädchen namens Jaimilia erzählen. Ihre Schuld? Sie hatte in einer Frühlingsnacht an meine Tür geklopft und mir in einem herzzerreißenden, abgehackten Italienisch von ihrer schiefgelaufenen Liebesgeschichte erzählt. Einer ganz beliebigen Geschichte, werden Sie sagen.

Im Dienst des Adelsgeschlechts der Grafen Riboldi (Stahlwerke und Minen, sechzehn Freisprüche und acht Verurteilungen wegen Steuerbetrugs), war die damals gerade volljährig gewordene Jaimilia vom gleichaltrigen Grafen Eugenio verführt und geschwängert worden, nach kurzen Wehen hatte sie einen kleinen Sohn zur Welt gebracht, der zum Andenken an seine Vorfahren Xavier genannt wurde. Um einen eventuellen Skandal zu vermeiden, wurde die Frucht der Sünde einem von Nonnen geführten Pflegeheim anvertraut. Ich habe das fromme Institut besucht und Schwester Goebbels, Schwester Göring und Schwester Desadia sowie einen Haufen weltlicher Pflegerinnen kennengelernt, die alles dafür taten, dass der elende Wurm verhungerte, der offiziell vor dem Tor des Renaissancepalastes der Ribaldi gefunden worden war.

Sie nannten ihn liebevoll Donnerstag: Donnerstags strömen nämlich die Hausangestellten auf die Straßen Roms, gewiss war das Baby an einem Donnerstag gezeugt worden.

Der Kindsvater, der Graf, hatte der Somalierin sehr großzügig eine Fahrkarte – einfache Hinfahrt – in ihr afrikanisches Dorf und ein paar tausend Euro für ihre täglichen Bedürfnisse angeboten. Doch Jaimilia wollte ihr Kind zurück. Ich gestehe, auf mein Drängen hin bemühten wir uns um die Anerkennung der Vaterschaft.

Ich kann mir gut vorstellen, wie herzhaft in der Kanzlei des Arschlochs gelacht wurde, der es inzwischen auch als Anwalt der Römischen Rota zu Berühmtheit gebracht hatte. Der Sacra Rota, meine Herren, wo reiche Gläubige erklären, impotent oder schwul zu sein, um zu erreichen, dass „das heilige und unauflösliche Band der Ehe" für null und nichtig erklärt wird. Ich kann mir vorstellen, wie sie sich gegenseitig anfeuerten: Den Obdachlosen von der Via Casilina werden wir es zeigen!

Zuerst brachte der Vater, der Graf, der auf Geheiß des Arschlochs plötzlich freundlich und teilnehmend geworden war, Jaimilia zu einem Gynäkologen seines Vertrauens. Tatsächlich ging es jedoch darum, das Mädchen einem kleinen Eingriff zu unterziehen, der bei gläubigen Mädchen mit bewegter Vergangenheit sehr beliebt ist, die die Hochzeitsnacht ohne peinliche Rechtfertigungen verbringen möchten: die Wiederherstellung des Jungfernhäutchens. Denn, so dachte wohl das schlaue Arschloch, wenn das Mädchen noch Jungfrau war, dann ist sie entweder die Muttergottes, was aus rassischen Gründen auszuschließen war, oder sie kann kein Kind geboren haben.

Mir gelang es, die Operation zu verhindern, bevor die Nadel zustechen konnte. Ich brachte das Mädchen nach Hause. Ich erhielt die Erlaubnis, das Kind zu besuchen.

Achtundvierzig Stunden nach der ersten Anhörung stellte die Polizei Jaimilia den Abschiebebeschluss „aus Gründen der öffentlichen Ordnung" zu. Die Macht der Familie, oder wenn Sie so wollen, der berühmten Loge, der sowohl die Riboldi als auch das Arschloch angehören.

Mithilfe von Freunden, deren Namen ich hier nicht nennen möchte und auch nicht muss, wurde Jaimilia an einen sicheren Ort gebracht und dort bis zu der gefürchteten Anhörung untergebracht. Doch der kurzatmige vorsitzende Richter, der nach Veilchen duftete und das Arschloch „unseren lieben Maurizio" nannte, sorgte dafür, dass ich nicht einmal den Mund aufmachen konnte. Jaimilia wurde rasch anderen Beamten übergeben, die man rechtzeitig gerufen hatte. Wie Sie sehr gut wissen, war auch ein Vertreter Ihrer Kammer da: Der erste Schriftsatz des Arschlochs war bereits eingelangt und Sie haben mit unverhältnismäßiger Geschwindigkeit entschieden.

Jaimilia wurde an die Grenze gebracht (ein Verfahren, das meines Wissens weder bei russischen Mafiosi noch bei albanischen Killern, noch nigerianischen Dealern usw. zur Anwendung kommt), sie flehte mich an, mich um den kleinen Xavier zu kümmern. Ich versprach ihr, dass sie Gerechtigkeit erfahren würde. Ich hätte wissen müssen, dass ich log. Drei Tage später beförderte eine wie von der Vorsehung geschickte Lungenentzündung das ungewollte Kind in den Himmel, der hoffentlich weniger trostlos ist als die Seele von uns Bewohnern des Okzidents. Die Vaterschaftsklage wurde für unzulässig erklärt.

Da ich glaube, dass dieses Detail nicht unwichtig für die Entscheidung ist, die Sie treffen müssen, gestehe ich, dass ich den Lebenslauf meines Rivalen absichtlich und bewusst verzerrt dargestellt habe. Doch auch als Boxer lasse ich zu wünschen übrig, denn es ist mir nicht gelungen, mein Ziel zu erreichen: dem Arschlochgesicht des Arschlochs irreversible Blessuren zuzufügen.

Sollte ich dem Arschloch jemals in den Gerichtssälen, die er für gewöhnlich frequentiert, begegnen, dann bitte ich darum, er möge mir die großzügige und herablassende Geste ersparen, die er für gewöhnlich für die Unterlegenen bereithält und die darin besteht, mit den Schultern zu zucken, den Blick nach oben zu richten und zu seufzen: „C'est la règle du jeu, mon ami."

Ich mag dieses Spiel nicht. Es stinkt.

Valentino Bruio, Anwalt.

In diesem Augenblick klopfte es an der Tür.

16.

Giovanna war mir noch nie so schön erschienen: Die Haare hatte sie zu einem nachlässigen Knoten gebunden, um die ungeschminkten Augen lag eine nervöse Müdigkeit. Etwas erhitzt, mit geröteten Wangen kam sie zögernd auf mich zu, wich meinem Blick aus. Ich sah zu, wie sie neugierig und verlegen in meiner Privatsphäre, meinem versifften Büro, auf und ab ging. Ich dachte, es wäre schön, gemeinsam alt zu werden. Sie kramte in ihrer Tasche, zündete sich mit einem winzigen Zündholz einen Davidoff-Zigarillo an, machte zwei nervöse Züge, bevor sie ihn in einem Aschenbecher, der vor Toscano-Kippen überquoll, ausdrückte. Jede ihrer Bewegungen, selbst die banalste, verriet Stil und eine natürliche Lässigkeit. Giovanna, die leichtfüßig durchs Leben geht. Mit dem Finger ritzte sie die Oberfläche des Schreibtisches, hinterließ einen Abdruck ihrer Finger. Sie warf einen mitleidsvollen Blick auf Spinnen, Bücher, Pandekten, den Ventilator, das Sofa, den PC, und schließlich fiel ihr Blick auf den Star der Szene: mich. Wir nahmen einander gegenüber Platz. Sie war schön. Sie würde nie die meine sein. Sie schwieg. Das alles machte mich wütend.

– Wenn Sie mir Vorwürfe wegen meiner Neugier machen wollen, stieß ich aggressiv hervor, – können Sie sich die Mühe sparen. Das hat Großvater Noè schon erledigt.

Sie nahm die Brille ab. Ihre Augen waren gerötet, ein wenig irritiert. Wie kurz vor einem Weinkrampf.

– Vorgestern, sagte sie brüsk, – hat es mir einen Stich ins Herz gegeben. Einen Augenblick lang dachte ich daran, wie mein Leben hätte sein können, jedoch nie gewesen ist. Ich dachte, du könntest die letzte Chance sein.

Meine Gefühle übermannten mich. Giovanna duzte mich. Warum dieses grausame Spiel? Sie gehörte einem anderen, begriff sie nicht, dass sie mich auf diese Weise noch mehr verletzte?

– Giovanna, ich ...

– Nein, ich bitte dich, sag nichts. Du warst verwahrlost, fast zerlumpt, und du hast mit den Beinen gewippt wie ein Teenager, dem die Hormone zu schaffen machen ... Am liebsten hätte ich dich umarmt! Dann bei der Party ... Wie unwohl du dich in diesem albernen Anzug gefühlt hast, der wie eine schlechte Parodie auf die teuren Anzüge meiner Freunde gewirkt hat.

Sie schüttelte den Kopf und setzte langsam wieder die Brille auf.

– Aber es war nur ein Augenblick ... wie vor vielen Jahren. Dann haben mir die anderen in die Ohren geschrien, mich daran erinnert, wer ich bin, welche Pflichten ich habe ... wie damals.

Ich ließ meinen Blick über die Kanzlei schweifen. Ich fühlte mich hier wohl, doch ich konnte nicht erwarten, dass Staub, Spinnen und Elend für den Rest der Menschheit das Höchste der Gefühle waren.

– Ich ... ich habe nämlich gedacht, du würdest wegen mir zu der Party kommen ... nur wegen mir, verstehst du? Du aber bist wegen deiner dummen Untersuchung gekommen, die ...

– Dumme Untersuchung! – Ich lachte bitter. – Ein Schwarzer, der bei dir arbeitet, wird umgebracht, und du bezeichnest es als dumme Untersuchung? Tut mir leid, dass dein Herr Vater sich so aufregen musste. Aber weißt du, ich habe ein schlimmes Laster: Ich suche die Wahrheit.

Lag Spott in ihrem Blick? Oder etwas Ähnliches wie schmerzhafte Resignation? Und ich? Wo nahm ich die ganze Rhetorik her? Ich gefiel ihr, das war klar. Warum warf ich mich ihr nicht zu Füßen? Warum nahm ich sie nicht in die Arme und schickte alles andere zum Teufel?

– Aber es war schön, dich wiederzusehen, Valentino ...
– Du bist nicht in Poggi verliebt, sagte ich in einem betont neutralen Tonfall.
– Da geht es nicht um Liebe. Er ist ein tüchtiger Mann und er mag mich. Außerdem sind wir ihm zu Dank verpflichtet.
– Ach, Ehe aus Dankbarkeit. Ist das das neueste *Must* der Eliten?
– Es ist leicht, darüber zu spotten!, erwiderte sie mit plötzlich hartem Gesichtsausdruck. – Auf dir lastet nicht das Gewicht einer bedeutenden Familie.
– Es wird immer besser: eine brave Tochter und eine hingebungsvolle Mutter! Und ich dachte, gewisse Tugenden seien schon mit Cornelia ... der Mutter der Gracchen ... ausgestorben.

Ihr Blick spie jetzt Feuer.

– Du bist klein, Bruio, ein Kleinbürger in Unterhosen. Für dich ist es ganz einfach, von Freiheit, Gleichheit, von Reichen und Armen zu faseln ... Du hast nichts zu verlieren.

Die Schmerzensmutter verwandelte sich in einen Panther. Auf Giovannas Antlitz erschien das des alten Noè. Des höflichen, eleganten Gentlemans, der Chivas als Lebenswasser ausgab. Ich hatte ihm sogar meine einzigen Cohibas geschenkt. Verdammt, die Reichen klauen uns immer alles. Und Giovanna? Was hatte man Giovanna geklaut? Wann? Wer? Sie war mir immer mehr ein Rätsel.

– Warum gibst du dem Ganzen nicht einen Fußtritt, flüsterte ich und kam ihr gefährlich nahe. – Versuch bloß, die Ketten zu sprengen ...

– Wir haben schon zu viel Zeit vergeudet, Anwalt Bruio, sagte sie rasch und zog sich zurück. – Die Zeit hat den besten Teil von uns genommen und uns nur Bitterkeit gelassen. Finde dich damit ab: Niemanden kümmert dein toter Schwarzer.

– Man sollte ein Hibiskus sein, Giovanna. Einen einzigen Tag leben. Dann wäre die Ewigkeit ein unerschöpfliches Meer strahlender Schönheit ...

Sie war aufgestanden. Sie ging entschieden zum Regal. Ließ den Blick über die Bücher schweifen, bis sie das richtige gefunden hatte.

– Wo ist die schöne Zeit hin?, rezitierte sie mit trauriger Stimme. – Als ich jung, intelligent, lebendig war. Meine Ambitionen, meine Gedanken waren großzügig, Gegenwart und Zukunft waren voller Verheißung ...

Doch Tschechow hatte nicht sie gemeint ... Giovanna klappte das Buch zu. Ihr flapsiger Abschiedsgruß stand in lebhaftem Widerspruch zur Wehmut, die sie davor gezeigt hatte.

– Ciao, Anwalt, denk darüber nach.

Guter Gott, auch der Abgang war einer großen Tragödin würdig. Eindeutig übertrieben.

– Noch etwas, Giovanna. Lade mich nicht zu deiner Hochzeit ein. Ich wüsste nicht, was ich anziehen sollte.

Ich stürzte mich auf einen Haufen unbezahlter und verjährter Rechnungen, die ich nur aufgrund eines masochistischen Fetischismus aufbewahrte. Im *Sun City* trat eine Zulu-Gruppe auf, die alte Coversongs von Miriam Makeba und Johnny Clegg zum Besten gab. In Nanni Morettis *Cinema Nuovo Sacher* spielten sie wieder *Im Zeichen des Bösen* von und mit Orson Welles. Seit Jahren wollte ich die legendäre Plansequenz am Anfang auf der Kinoleinwand sehen. Auf der Pferderennbahn in Tor di Valle liefen die Fünfjährigen von Anwalt Arnese. Mit einem Wort, das Leben war lebenswert. Mit oder ohne Giovanna Alga-Croce.

Der Fall von Al war noch immer ungeklärt, doch vielleicht war ich auserwählt worden, um ihm mit meinem Leiden die Tür zum Paradies zu öffnen. Als ich den Blick hob, war sie noch immer da und legte Lippenstift auf. Endlich begriff ich, dass sich in der Madonna eine Spur Wahnsinn verbarg. Aber ich hatte in meinem ganzen Leben immer nur Verrückte geliebt. Giovanna war da keine Ausnahme. Und wer, außer einer Verrückten, hätte mich anziehend finden können?

– Ich erwarte dich um halb neun in der *Bar della Pace*, sagte sie in gebieterischem Ton. – Wir nehmen einen Aperitif, dann essen wir gemeinsam zu Abend.

Eine rosa Kupido grinste höhnisch am Fenster. Und im Zimmer wehte ein vager Duft nach Arkadien, nach Feuerwerk und Böllerschüssen, der mir zu Kopf stieg.

– Dann sind wir uns ja einig. Und zieh dich bitte nicht wieder wie ein Idiot an. Ich lege keinen Wert darauf.

Ich ließ zu, dass sie aus meinem Gesichtsfeld verschwand, ohne wie ein Wolf den Mond anzuheulen.

17.

Schreckliche Bluttat im Nordosten. Nicht Slawen hatten die Mutter und ihr Kleinkind umgebracht, sondern die zweite Tochter gemeinsam mit ihrem Freund. Der Bürgermeister wetterte nicht länger gegen die Immigration, sondern forderte die Todesstrafe für die beiden Mörder. Der Jugendrichter sagte, man würde sie freisprechen. In der Polit-Talkshow *Porta a porta* wurde über die Krise der Familie diskutiert. Der Vater mahnte streng: Eltern, respektiert eure Kinder; Kinder, respektiert eure Eltern. Ein Richter aus Asunción brachte Kinder-Organhandel zwischen Paraguay und den USA zur Anzeige. Die UNESCO widersprach: Das ist nur eine urbane Legende. Die Terroristen Giuseppe Valerio Fioravanti und Francesca Mambro, die auf Freigang sind und sich immer schon für unschuldig erklärt haben, schreiben ihre Memoiren. Statistik: Achtundneunzig Prozent aller Frauen masturbieren. Aber nur fünfundzwanzig Prozent davon in ihren eigenen vier Wänden. Die übrigen fünfundsiebzig Prozent bevorzugen Bars, Kinos und Arbeitsplatz. Die Verhandlungen zwischen der Rai und Pietro Taricone dauern an: Der Star der *Big-Brother*-Reality-Show wird eine Talkshow zur Prime Time moderieren.

Ich faltete verärgert die Zeitung, um die grinsende Fratze des stolzen Archetyps des Jungen Italien in den Nullerjahren nicht mehr sehen zu müssen. Es war schon nach neun, Nervosität zerrte an meinem Solarplexus, Sakko und Hemd klebten schweißnass an meinem Rücken, hysterische Gruppen von Jugendlichen und aufgedonnerte Vierzigjährige zogen von Bar zu Bar, Politiker im Zweireiher und hoffnungsfrohe Schauspieler organisierten am Handy ihren Abend, Scharen von Singles schwärmten in Richtung der nächtlichen Genüsse. Keine Spur von Giovanna.

Ich ging zum x-ten Mal an den sorglosen Gruppen vorbei, die sich mühsam einen Weg durch den dichten Nebel aus Schirokko und Benzol bahnten. Junge Mädchen, die so kurvenreich wie Models waren und einen großzügigen Blick auf ihren Nabel gestatteten. Ihre platinblonden Partner, die sich bunte Obstcocktails gönnten. Eine exzessive Symphonie an Schönheit. Ich umrundete das Kloster von Santa Maria della Pace, bereit, mich in den Gässchen des Zentrums zu verlieren. Giovanna, die verrückte Madonna, die reiche Wahnsinnige. Giovanna machte sich über mich lustig, Giovanna spielte grausam mit meinen Gefühlen. An eine Laterne gelehnt, um die Scooter herumstanden, zündete ich mir eine Zigarre an. Da war ein kleiner Brunnen. Jemand hatte mit schwarzem Stift draufgeschrieben: WIR VERBRENNEN ZIGEUER, WIR HÄUTEN NEGER. WENDEN SIE SICH AN DIE NAZI-SPA-GRUPPE. WIR VERGASEN JUDEN (ABER NUR GEGEN BEZAHLUNG). Neoliberalismus, dachte ich. Der Markt orientiert sich an den Bedürfnissen der Menschen.

Dann das Knirschen von Bremsen, ein Lichtstrahl, der Schrei eines Kindes. Nicky Alga-Croce sah mich belustigt an, als ob ich sein neues Spielzeug wäre.

– Was machst du hier ganz allein? Los, komm, der Großvater will, dass du mit uns zu Abend isst.

Ich ging zu der schwarzen Limousine. Am Steuer, in der Uniform, die früher Latif getragen hatte, saß ein Unbekannter, der an die Kappe tippte und auf den Rücksitz zeigte. Großvater Noè lächelte freundlich und reichte mir eine Hoyo de Monterrey Epicure Nr. 1.

– Giovanna lässt sich entschuldigen, sie ist leider unabkömmlich. Das heißt, wir machen das Beste daraus und führen ein kleines Männergespräch.

Verärgert nahm ich die Einladung an. Ich nahm sogar die Zigarre an, eine sehr schwache Entschädigung dafür, dass Giovanna mich hatte sitzen lassen. Während der Fahrt, die uns zu einem Restaurant auf der Flaminia brachte, erzählte mir Nicky aufgeregt, er habe eben *Das Imperium schlägt zurück* gesehen.

– Wer gefällt dir besser?, fragte ich. – Han Solo oder Luke Skywalker?

Halb stolz und halb beschämt gestand er, dass er zu Darth Vader hielt: Die Ähnlichkeit des Schauspielers mit Großvater Noè hatte ihn überzeugt. Außerdem mochte er die Szene, in der sich herausstellte, dass der Böse und der Held Vater und Sohn sind.

– Ach, rief der Alte aus. – Der ewige, komplizierte, doppeldeutige Kampf zwischen Gut und Böse …

– Außerdem, fuhr Nicky fort, – glaube ich, dass der Vater danach ein Guter wird.

– Im Leben passiert das fast nie, sagte der Großvater weise und verwuschelte zärtlich die Haare des Enkels.

Wir aßen, ohne peinliche Themen anzuschneiden. Der Alte bemühte sich sehr, mich über Giovannas Abwesenheit hinwegzutrösten. Und ich konnte nicht anders, ich fand ihn trotz allem sympathisch. Nickys treuherzige Art, die Rigatoni all'amatriciana, das Steak in Pfeffersoße, die Bayerische Creme mit Heidelbeeren, begossen von einem anständigen Ribolla und einem großartigen Brunello. Um elf war ich halb betrunken, eindeutig versöhnt mit der Welt und meinem Gastgeber sogar dankbar. Dieser hatte sich im Verlauf des ganzen Abends, während sich Nicky mit Pommes und Hamburger vollstopfte, nur ein gedünstetes Filet vom Zackenbarsch und ein halbes Glas Rotwein gegönnt. Als Nicky schläfrig wurde und den Kopf auf die Knie des Großvaters legte, zündeten wir uns Zigarren an und gingen zum Whisky über.

– So sollte das ganze Leben eines Mannes beschaffen sein, seufzte der Alte. – In Unschuld, in friedlichem Schlaf, der von bunten friedlichen Bildern bevölkert ist, in der wohligen Wärme der Liebe … Ich glaube, fügte er plötzlich finster hinzu, – dass diese Geschichte mit der Erbsünde ein Riesenbeschiss ist.

Ich stimmte ihm voll und ganz zu. Der Alte ignorierte meinen alkoholgeschwängerten Enthusiasmus. Er hing seinen Gedanken nach und ließ sich nicht ablenken. Offenbar hatte er in seinem langen Leben viele Monologe gehalten.

– Für die Schuld der Väter bezahlen … das halte ich für unökonomisch. Gott ist ungerecht zu den Menschen. Jede Schuld wird innerhalb einer angemessenen Frist beglichen. Man kann nicht von jeder Generation verlangen, dass sie immer wieder aufs Neue ein Opfer bringen muss. Ich habe viele Dinge in meinem Leben getan … Aus meiner Sicht waren fast alle richtig. Doch die stimmt nicht immer mit der meiner Mitmenschen überein.

– Wem sagen Sie das!

– Für manche meiner Taten, fuhr er fort und warf mir einen verärgerten Blick zu, – würde es selbst mir schwerfallen, die richtige Strafe zu finden … schändliche Dinge, glauben Sie mir. Aber schau dir die göttliche Gerechtigkeit an. Ich bin immer noch da, ein Fels lässt sich nicht brechen, und noch immer in der Lage, eine Frau zu befriedigen.

Ich nickte. Ich war betrunken und bereit, in die erbärmlichsten Niederungen der männlichen Kumpanei hinabzusteigen. Doch Alga-Croce achtete gar nicht mehr auf mich.

– Doch ich bin alt. Das ist eine objektive Tatsache. Ich könnte jeden Moment sterben. Was meine Familie anbelangt, muss ich einen Stellvertreter finden, bis Nicky erwachsen ist und meinen Platz einnehmen kann. Einen Mann. Da taucht plötzlich Professor Poggi … dieses Riesenarschloch … auf.

– Besser könnte ich ihn nicht beschreiben, sagte ich leise. – Und was ist eigentlich mit seinem Handlanger, dem Russen, wie hieß er doch gleich?

– Petrovic, sagte der Alte, der plötzlich bemerkt hatte, dass ich auch noch da war.

– Genau der. Er schaut aus wie ein Killer, stimmts?

– Unterschätzen Sie ihn nicht, Anwalt. Wenn ich mich zwischen Petrovic und Poggi entscheiden müsste, würde ich nicht lange zögern … Übrigens ist er Ukrainer … ein Mann mit Mumm. Wissen Sie, dass er Oberst der Roten Armee war? Poggi kann übrigens nur eines: aufschneiden und zusammennähen. Das macht er gut, sehr gut sogar … aber sonst … Ich habe ihn immer für ein Schoßhündchen gehalten. Er kann in Gesellschaft gut auftreten, nicht mehr und nicht weniger. Doch jetzt … habe ich das eindeutige Gefühl, dass dieser Herr die Grenzen seiner Rolle überschreiten will. Er hat noch nicht begriffen, dass die Poggi gehen und die Alga-Croce bleiben werden.

Die Heftigkeit, mit der er den letzten Satz ausgesprochen hatte, war wie eine wohltuende eiskalte Dusche für mein benebeltes Hirn. Die ganze seltsame, unwirkliche Situation ergab endlich einen Sinn. Der Alte versuchte mir etwas mitzuteilen. Aber was? Und wozu? Ich versuchte gerade zu antworten, als seine knochige

Hand mein Handgelenk packte. Sein zorniger Blick war mir unangenehm, doch ich spürte vage, dass ich ihm standhalten musste. Ich hatte das Gefühl, das Objekt einer gnadenlosen Untersuchung zu sein. Einer Prüfung, bei der es keine zweite Chance gab.

– Kommen wir zu Ihnen, Anwalt. Ich bin mir fast sicher, Sie sind ein Anständiger. Noch mehr Sorgen macht mir allerdings, dass Sie überhaupt keinen Ehrgeiz haben. Ist es möglich, sage ich mir, ist es möglich … Ich möchte Ihnen eine Anekdote erzählen. – Jetzt war sein Tonfall wieder heiter und salopp. – Ich wurde einmal zu einer Konferenz an der Universität Heidelberg eingeladen. Das Publikum bestand aus Wirtschaftsleuten und Intellektuellen, die neugierig auf die Geheimnisse der Wirtschaftspolitik waren … Sie wissen ja, es herrscht nie ein Mangel an Intellektuellen, die auf einer fetten Gehaltsliste landen wollen … Gut. Der Star des Abends war ein Nobelpreiskandidat. Ein bereits berühmter Schriftsteller, der aufgrund seiner radikalen Ansichten bei Jugendlichen sehr beliebt war. Sie wissen ja, achtundsechzig, der ganze Mist, Fantasie an die Macht … Ich sehe, Sie verstehen mich. Gut. Nach dem Vortrag kommt der Herr zu mir und gratuliert mir. Auf ironische Art und Weise natürlich. Er sagte, er staune über den Zynismus, der nicht nur von meinen Worten, sondern von meiner ganzen Person ausginge. Er sei schockiert von dem, wie er sagte, „absoluten Vakuum an Idealen", dem größten, dem er je begegnet sei. Wie Sie sehen, geht es jetzt wieder um Anständigkeit. Er wollte mir eine Geschichte erzählen. Hören Sie zu: Ein sehr reicher Industrieller beggnet am Flussufer einem Fischer. „Was machst du hier?", fragt er. Und der andere kurz angebunden: „Ich fische." Der Industrielle: „Das sehe ich, aber was machst du nach dem Fischen?" „Ich gehe nach

Hause und schlafe." Und der Industrielle: „Ich verstehe, aber ... was ist morgen?" Der Fischer: „Dasselbe: morgen wie gestern, wie heute, wie alle Tage des Jahres, und wenn es mir passt, auch Sonntag und alle Feiertage. Ich fische, und dann gehe ich nach Hause und schlafe." Der Industrielle traut seinen Ohren nicht. „Aber macht dir das Spaß?", fragt er. Der Fischer sieht ihn an und zuckt mit den Schultern. „Ich habe meine Ruhe, lebe in Frieden, ich brauche nicht viel ... Was hast du für einen Beruf?" Der Industrielle kann es gar nicht erwarten, eine Hymne auf sein hektisches Leben zu singen. Reisen, Geschäfte, Intrigen und Bestechungsgelder für Politiker, jeden Abend eine andere Frau, Sitzungen und Verwaltungsräte, Erträge, Erfolgsbilanzen, die Angst vor einem Börsencrash, das Adrenalin, das in die Höhe schießt, wenn man seinen unmittelbaren Konkurrenten fertigmacht, die Allmacht des Geldes ... Am Ende der Rede zündet sich der Fischer mit nervtötender Langsamkeit eine Pfeife an und fragt ihn, was er nach der vielen Arbeit täte. Der Industrielle antwortet, als wäre es das Selbstverständlichste auf der Welt: „Dann nehme ich meine Angelrute, setze mich ans Flussufer und warte auf einen Fisch ... denn da habe ich meine Ruhe und meinen Frieden, und niemand geht mir auf die Nerven." Der Fischer steht auf, holt die Leine ein und schaut ihn voller Mitleid an: „So ein Quatsch", sagt er, „ich muss keine Firmen leiten und keine Flugzeuge fliegen, damit mir niemand auf die Nerven geht. Ich komme zum Fischen her, wann immer ich Lust habe. Ich muss mich viel weniger anstrengen und bin viel glücklicher. Du bist kein reicher Industrieller, du bist ein armer Mann."

Der Alte holte Luft. Ironie blitzte in seinen flinken Augen auf. Ich wartete darauf, dass er weitererzählte, doch er forderte mich mit einem entschiedenen Nicken auf, etwas zu sagen. Ich war also dran.

– Sehr erbaulich, murmelte ich. – Aber irgendwie verlogen. Als junger Mann war ich Mitglied einer politischen Bewegung. Irgendjemand wollte mir immer erklären, dass meine Meinung, die Meinung des Zuletzt-Gekommenen, dasselbe Gewicht hatte wie die des Generalsekretärs. Alte Geschichte. Der Fischer ist ein armer Schlucker, der viele Mäuler zu stopfen hat, mit einer Frau, die resigniert darauf wartet, dass er nach Hause kommt. Wenn der Industrielle will, kann er sich einen Privatteich anlegen und alle Fische, die es auf dieser Welt gibt, herausfischen. Die Anekdote Ihres Schriftstellers ist einfach ein schönes Märchen.

Alga-Croce schnippte die Asche ab, die sich an der Spitze seiner Zigarre gebildet hatte, und nahm zwei tiefe Züge.

– Natürlich, das habe ich ihm auch gesagt …

– Mir persönlich, sagte ich abschließend, – wäre ein anderes Ende lieber. Der Fischer erwürgt den Industriellen, und während er ihn kaltmacht, sagt er ihm, dass es ihm reicht, mit dieser Geschichte von der Gleichheit verarscht zu werden.

Der Alte begann zu lachen.

– Jetzt schlage ich Ihnen ein Finale vor, Anwalt. Der Teich ist wunderschön, ein wahres Naturwunder. Der Industrielle kauft ihn … Was sonst soll er mit dem vielen Geld machen? Und was macht er als Erstes, sobald er der Besitzer ist? Er jagt den Fischer davon. Weg! Die Armen stören nur.

– Offenbar sind wir doch nicht auf einer Wellenlänge.

– Sie sind wirklich ein Anständiger, Anwalt. – Er lächelte, fast väterlich. – Doch gestatten Sie mir, Ihnen einen kleinen Vorschlag zu machen, der von der Erfahrung diktiert wird und auch von etwas anderem, das ich als eine Art Wertschätzung bezeichnen würde.

– Lassen Sie mich raten: Es geht um Giovanna …

Noè schüttelte heftig den Kopf.
– Es geht um Sie, Anwalt Bruio, und um Ihren mangelnden Ehrgeiz. Auf die Gefahr hin, dass ich mich wiederhole, muss ich Ihnen sagen, dass dies wirklich ein unentschuldbarer Fehler ist, vor allem, wenn man ein gewisses Talent besitzt und eine große Bereitschaft, sich das Geschwätz eines exzentrischen alten Mannes anzuhören. Scheuen Sie sich nicht, sich hin und wieder die Hände schmutzig zu machen, das macht Sie zu einem erwachsenen Mann und verhindert, dass Sie immer wieder wie ein großes Kind aussehen ... Allzu große Anständigkeit kann auch tödlich sein.
– Meinen Sie?
– Geben Sie sich nicht mit diesem schwarzen Gesindel ab. Widmen Sie sich einträglicheren Geschäften. Unternehmen, Holdings, Joint Ventures ... Vergessen Sie die Vergangenheit, schauen Sie nach vorne. Sie haben ja keine Ahnung, welche wunderbaren Überraschungen das Leben mitunter bereithält.
Er streichelte behutsam Nickys Kopf. Das Kind bewegte sich sanft im Schlaf und kuschelte sich in den schützenden Schoß.
– Gut, es ist spät. Morgen ist ein harter Tag. Seien Sie mir also nicht böse, wenn ich die angenehme Unterhaltung beenden muss. Markus, mein neuer Chauffeur, ruft Ihnen ein Taxi. Wir werden bestimmt eine Gelegenheit finden, uns wiederzusehen ... Das hoffe ich zumindest.
Ich packte seine Hand. Ich wollte nicht, dass er das letzte Wort hatte.
– Wo ist Latif?
Der Alte ballte wütend die Fäuste.
– Sie wollen es einfach nicht begreifen! Mir ist das Schicksal dieses Schwarzen wirklich scheißegal. Er hat gekündigt, er hat

seine Abfindung bekommen, und jetzt sitzt er höchstwahrscheinlich schon im Flugzeug nach Afrika.

– Dann danke für das köstliche Essen.

Auch ich streichelte Nickys Kopf und betrachtete selbstvergessen die Rundung der Wange. Lag im weißen Flaum am Ende des Nackens nicht so viel Reinheit und Anständigkeit, dass man den alten Hai auf immer zum Schweigen bringen konnte? Doch eines Tages würde das unschuldige Kind der Erbe der Alga-Croce sein. Und zu allen Schandtaten berechtigt sein. Als ich das Restaurant bereits verlassen hatte, rief mich der Alte zurück.

– Bruio! Wissen Sie, dass der Schriftsteller dann den Nobelpreis gewonnen hat? Auf gewisse Weise war auch er ein Ehrgeiziger. Und soviel ich weiß, hat er das Preisgeld nicht armen Fischern gestiftet.

Diesmal war sein Lachen eiskalt.

18.

Vincenza weckte mich um 7.30 Uhr mit einem heißen Kaffee, der mich augenblicklich auf Vordermann brachte. Den Großteil der Nacht hatte ich damit zugebracht, destillierte Getreidemaische, vergorenen Traubensaft und ein gewisses billiges Öl, zweifellos das Ergebnis eines EU-Betrugs, zu verfluchen, mit dessen Hilfe sich die Restaurantbesitzer wohl einen Haufen Geld ersparten. Ich war auch auf Alga-Croce sauer: Ein Millionär hatte zumindest die Pflicht, ordentliche Lokale auszusuchen.

Mit unverhohlener Abscheu betrachtete die Portiersfrau meinen arg mitgenommenen Blazer und die Hose. Ich erzählte ihr, ich hätte einen Welpen aus den Fängen eines Pitbulls gerettet. Sie erwiderte, umso schlimmer: Wie blöd musste man sein, hochwertige Kleidung wegen eines Streuners zu ruinieren, der noch dazu Krankheiten übertrug.

Dann ein Telefonanruf auf dem Festnetz. Eine raue Frauenstimme mit starkem südlichen Akzent.

– Anwalt Bruio? Hier ist das Sekretariat der sechsten Strafkammer.

– Bin ich verhaftet?

– Sehr witzig. Sie stehen auf der Liste der Pflichtverteidiger. Sie sollten sich so schnell wie möglich bei uns melden.

– Ich komme, Signora, Sie können sich auf mich verlassen.

– Gott sei gepriesen, seufzte die Frauenstimme, diesmal mit etwas Respekt.

Die Ärmste. Wer weiß, wie viele Absagen sie erhalten hatte, bevor sie einen willigen arbeitslosen Anwalt gefunden hatte.

Vincenza warf mir einen liebevollen Blick zu.

– Armer Anwalt, mit was für Leuten Sie sich rumschlagen müssen ...

– Welchen Leuten?

– Dem Grafen, den Klosterschwestern ... Das arme Mädchen hatte keine Chance. So ist nun mal die Welt. Stellen Sie sich vor, hier auf Nummer 351 wohnt eine brave junge Frau, sie heißt Caterina, sehr fleißig, Anwalt ... Nun, hören Sie mal zu, was ihr passiert ist.

Vincenza hatte also einen Blick auf den Bildschirm geworfen, den ich offen gelassen hatte, als ich nach Giovannas Besuch in aller Eile aufgebrochen war. Giovanna! Während Vincenza flötend die Vorteile der x-ten zukünftigen Signora Bruio aufzählte, versuchte ich sie anzurufen. Anrufbeantworter. Und ich hatte sie nicht einmal um ihre Handynummer gebeten.

Apropos Handy. Ich verlor eine Menge Zeit, um meines zu suchen, das aus irgendeinem Grund hinter dem Kopfende des Bettes gelandet war. Der Akku hatte natürlich den Geist aufgegeben. Vincenza redete ohne Unterlass. Sie quasselte von Duschen und Rasieren, lobte noch immer ihren Schützling („Die heiratet Sie, auch wenn Sie völlig pleite sind"), schließlich verabschiedete ich mich mit einem liebevollen Klaps. Ich gönnte mir ein rasches Frühstück bei Franco lo Zozzone, und von seinem Kartentelefon aus rief ich auf der Polizeiwache an. Aufgrund des Respekts, mit dem sie von ihm sprachen, begriff ich, dass Del Colle an seinem Arbeitsplatz hoch angesehen war. Der Kommissar war jedoch dienstlich unterwegs, und als sie mir den Vorschlag machten, mich mit Castello zu verbinden, legte ich schnell auf. Ich hatte überhaupt keine Lust auf seinen zu erwartenden Sarkasmus. Außerdem summte jemand am anderen Ende der Leitung „ancora ti chiamerò / trottolino amoroso", während Francos Jukebox, an der zwei bekiffte Erwachsene lehnten, einen ausfälligen Rap von Eminem ausspuckte. Der Unterschied zwischen den beiden Tonquellen hätte nicht deutlicher und nicht unangenehmer sein können. Franco war ein wenig sauer auf mich. Seit Wochen hatte ich nicht in seiner Bar gefrühstückt, und außerdem hatte er erfahren, dass ich seit mehr als einem Monat allein nach Hause ging.

– Du bist doch nicht schwul geworden, was?

– Das habe ich mir noch nie überlegt, aber danke für den Tipp. Es könnte eine Lösung sein.

– Red keinen Scheiß. Du brauchst einfach ein braves Mädchen.

Der Nächste. Ich argwöhnte schon eine Verschwörung des Viertels und machte mich mit Lichtgeschwindigkeit aus dem Staub.

Im Justizpalast herrschte Abrüstungsstimmung. In ein paar Tagen würde der Ferienbeginn ein nahezu vollständiges Blackout bewirken. Der Staub tanzte bereits ungestört im Sonnenlicht, das durch die dicken Glasscheiben der gepanzerten Fenster drang. Alles roch nach Dunkelheit und Moder. Ein paar Gruppen von Kollegen streiften über die Gänge und umgingen mit dem gleichgültigen Blick der passionierten Raucher das Rauchverbot. Die Machos von der Carabinieri-Spezialeinheit grinsten angesichts der Neuigkeit des Tages: Zwei Polizistinnen, eine Schwarzhaarige und eine Blondine, die erst seit wenigen Monaten im Dienst waren, waren erwischt worden, wie sie in einem eleganten Hotel hinter der Piazza Cavour anschaffen gingen. Die beiden armen Mädchen hatten sich mit einer dienstlichen Mission gerechtfertigt und die Nacht in Rebibbia im Frauengefängnis verbracht.

Die gesamte sechste Strafkammer – Präsident, zwei stellvertretende Richter, Staatsanwalt, Angeklagter und Verteidiger, der Kollege Diaspro, ein hohes Tier, das auf Drogenhandel spezialisiert war – wartete nur auf mich. Der Präsident klärte mich über die Situation auf.

Paragraf zweihundertzehn. Der Junge hat keinen Verteidiger seines Vertrauens.

Anders gesagt, der Junge konnte als „Angeklagter in einer zusammenhängenden Strafsache" entscheiden, ob er reden oder von seinem Recht zu schweigen Gebrauch machen wollte. Ich bat um ein Gespräch mit ihm. Die Anhörung wurde vertagt. Während wir darauf warteten, dass der Junge vorgeführt wurde, hakte sich Diaspro, leutselig wie immer, bei mir ein.

– Hör zu, Bruio, der Junge hat infolge eines abgekürzten Verfahrens sechs Jahre bekommen und bei der Voruntersuchung meinen Klienten beschuldigt. Bring ihn zum Schweigen, dann machen wir einen Deal.

– Wir machen einen Deal?

– Klar. Wenn er redet, ist mein Mandant im Arsch. Sorg dafür, dass er schweigt, und wir haben alle was davon.

– Diaspro ...

– Ja, mein Lieber.

– Leck mich am Arsch!

Der „Junge" hieß Giuseppe Cennamo, war mindestens vierzig Jahre alt, dem gelblichen Teint und den stolz zur Schau getragenen Tätowierungen nach zu schließen, war er ein unverbesserlicher alter Junkie, der schon ein paar Jährchen im Gefängnis gesessen hatte. Er warf dem Angeklagten, einem mittelalten, eleganten Herrn, einen sarkastischen Blick zu und drückte mir misstrauisch die Hand.

– Das Stück Scheiße hat mich reingelegt ... aber ich werde es ihm zeigen!

– Und wie?

– Ich hab Familie ... Sag ihm, für zwanzig Lappen halt ich den Mund.

Die beiden Herren waren sich also völlig einig. Quid pro quo: Du bezahlst und ich schweige. Gerechtigkeit. Ich brauchte nur ein Wörtchen zu Diaspro zu sagen und auch für mich würde was rausspringen. Ich ließ Cennamo stehen und ging zum Präsidenten.

– Ich kann den Auftrag nicht annehmen.

– Warum nicht?

– Ich bin in einem anderen Verfahren als Nebenkläger gegen den Angeklagten aufgetreten. Unvereinbarkeit.

Das war gelogen, doch die Richter konnten es nicht wissen, und sie nahmen es einfach zur Kenntnis. Ich verließ den Gerichtssaal, verfolgt von Diaspros giftigen Blicken. Ich hatte mir gerade einen neuen Feind gemacht. Doch ich war nicht Anwalt geworden, um Schweinereien zu begehen. Das war nicht der Beruf, den ich gewählt hatte. Wieder einmal war ich der falsche Mann am falschen Ort.

Von einem Telefon in der Eingangshalle aus rief ich noch einmal Giovanna an. Wieder nur der Anrufbeantworter. Auf der Polizeiwache hatte ich mehr Glück. Diesmal war Del Colle da. Ich erzählte ihm, dass Latif gekündigt hatte. Er versprach, dass er ihn suchen und verhören würde.

– Aber sind Ihnen nicht die Hände gebunden?, fragte ich spöttisch.

– Jetzt nicht mehr, wo unser Freund nicht mehr für die reiche und mächtige Familie Alga-Croce arbeitet, antwortete er sarkastisch.

Zu Hause gönnte ich mir eine lange kalte Dusche, streckte mich auf den Laken aus, die nach Vincenzas Mango-Weichspüler dufteten, und nachdem ich bei T. S. Eliot erfahren hatte, dass die Rose und die Eibe dieselbe Lebensdauer haben, ließ ich mich vom Schlaf überwältigen und machte ein Nickerchen.

Keine Ahnung, wie lange schon an der Tür geklopft wurde. Ich wachte wie betäubt auf. Trübes Licht drang durch die Fenster, der Himmel war wolkenverhangen. Ich öffnete in Unterhose und vor der Tür stand sie, ohne Schminke, in einer schwarzen Hose und in einem bauchfreien T-Shirt, das ihren verführerischen Nabel frei ließ. Giovanna genoss mit unergründlichem Lächeln meine verschwitzte Verlegenheit und setzte sich aufs Bett, während ich mich hinter dem Schreibtisch verschanzte und schnell ein ordentliches Hemd anzog.

– Gestern Abend ...

Das sagten wir gleichzeitig. Wir lachten. Ihr Vater hatte zu ihr gesagt, ich sei verhindert. Ihr Vater hatte zu mir gesagt, sie sei verhindert.

– Und heute hast du eine Erlaubnis bekommen?

– Valentino ...

Keine Ahnung, vielleicht, weil sie meinen Namen mit halb geschlossenen Lippen auf eine gewisse Weise aussprach; weil sie ihren schönen Kopf geneigt hatte; und vielleicht, weil sich ihr sinnlicher Mund zu einem auffordernden Lächeln verzog ...

stand ich auf und setzte mich neben sie, wagte jedoch nicht, sie zu berühren. Sie war der Inbegriff von Frische. Sie war Leidenschaft. Sie war so wunderbar, dass sie nie mir gehören würde.

– Valentino …
– Wie schön du bist!

Ich umarmte sie. Giovanna klammerte sich an meine Schultern und zog mich aufs Bett. Eine überwältigende Welle raubte mir den Atem. Ein Meeresbeben. Wir liebten uns. Danach gab es keine Worte, sondern ein von Lachen unterbrochenes Schluchzen, dann wieder Schluchzen. Wir waren nicht die Protagonisten einer Liebesszene, einer Amour fou, sondern die Überlebenden einer nuklearen Katastrophe.

Das Telefon klingelte. Ich ignorierte es. Das Handy klingelte. Ich machte es mit zorniger Freude aus. Giovanna leckte über die roten Kratzspuren. Die Berührung mit ihren Brüsten entfachte mein Begehren aufs Neue. Wir liebten uns ein zweites Mal. Und dieses Mal auf fröhliche, abgeklärte Weise: wie es zwischen nicht mehr jungen und schon erfahrenen Menschen üblich ist. Ich legte die *Live Songs* von Leonard Cohen auf. Beim *Oud*-Solo von John Bilezikjian in *Who by Fire* drückte sich Giovanna zitternd an mich.

– Bei dieser Musik bekomme ich Gänsehaut.
– So soll es auch sein, Milady. Es ist ein feierlicher Augenblick. Endlich bekommt das Leben eine neue Wendung. Die grimmigen Ungeheuer fliehen vor den blauen Feen. Dank dir bewege ich mich in einem von Bären und Hasen bevölkerten Traum, und solange die Musik dauert, besteht nicht die Gefahr, dass ich aufwache.

Giovanna lachte. Wir lauschten schweigend der wunderbaren Melodie, dann zog sie sich langsam an.

– So habe ich es nicht gemeint, protestierte ich. – Auch wenn die Musik aus ist … möchte ich …
– Ja?
– Möchte ich, dass du bleibst.
– Ich habe Riesenhunger. Los, ich schulde dir ein Abendessen. Ich gehe mit dir zu *Giant's*.
– Was ist das?
– Eine Sushi-Bar.
– Wääh!
– Andere Vorschläge?
– Gib mir zehn Minuten.

T-Shirt, Jeans und ab zur Portiersfrau. Ich erklärte Vincenza die Situation und sie übertraf sich selbst. Eine halbe Stunde später hörte mir Giovanna fasziniert zu, während ich ihr die Köstlichkeiten eines Menüs aufzählte, das es im Hause Bruio noch nie gegeben hatte.

– Crostini mit Wurst und Sardellen beziehungsweise Frischfang in scharfer Paprikasoße. Bucatini mit Thunfischsugo … wobei ich betonen möchte, dass der Thunfisch zu Hause gedünstet wurde … und schwarzen Oliven … Schwertfischsteak mit Kapernsoße … saisonaler Salat und zum Abschluss Pignolata … dazu ein … schauen wir mal … Rotwein aus Cirò oder alternativ ein apulischer Rosé aus Alezio. Das Ganze ist vielleicht ein wenig rustikal, doch ich versichere dir, Vincenzas Küche ist grandios.

Ohne mit der Wimper zu zucken, stürzte sich meine frischgebackene Freundin auf ein Crostino mit Paprikasoße.
– Achtung, das brennt höllisch!
– Intensive Geschmäcker machen mir keine Angst.

Wir aßen alles auf, nur von der Pignolata blieb ein kleiner Rest übrig. Wie hieß es doch in dem Song? Ich habe Hunger und

nicht nur auf dich ... Nach dem letzten Schluck Wein liebten wir uns aufs Neue. Dann sagte Giovanna, es sei an der Zeit, sich besser kennenzulernen.
– Los, sagte ich.
– Wie viele Fragen darf ich stellen?
– So viele, wie du willst.
– Gut. Lieblingsmusiker? Nicht mehr als fünf.
– Cohen. Thelonious Monk. Charles Trenet. Franz Schubert. Khaled.
– Regisseure?
– Welles. Fellini, alles, inklusive *Casanova*. Visconti. Takeshi Kitano ... ach, und natürlich Sergio Leone.
– Leone?
– „Meine Art, die Dinge zu sehen, ist manchmal naiv und ein wenig kindlich, aber ehrlich. Wie die der Kinder auf der Treppe des Viale Glorioso." Das hat er einmal gesagt. Jetzt steht es auf einer Tafel am Rathaus. Schön, nicht?
– Wenn du meinst ... politische Partei?
– Ich mache von meinem Recht zu schweigen Gebrauch.
– Der schönste Augenblick in deinem Leben?
– Als du dir den BH hast ausziehen lassen.
– Der hässlichste?
– Wenn du gehst.
– Mit dir macht es keinen Spaß. Ich spiele nicht mehr.
– Nein, meine Schöne. Jetzt bin ich an der Reihe. Schriftsteller?
– Yehoshua. Carver. Moravia. Henry James. García Márquez.
– Wie originell! Weiter. Lieblingsmannschaft?
– Ich hasse Fußball.
– Welches Bild würdest du auf eine einsame Insel mitnehmen?
– *Die drei Lebensalter der Frau* von Klimt.

– Hhhm. Was ist dein größter Fehler?
– Ich kann nicht Nein sagen?
– Der Mann deines Lebens?
– Du.

Kurz nach Mitternacht lösten wir uns mit Mühe aus der letzten Umarmung. Das Telefon hatte in regelmäßigen Abständen immer wieder geklingelt, doch ich hatte es ignoriert. Giovanna sagte, sie könne die Nacht nicht fern von Nicky verbringen. Zumindest nicht diese Nacht.

– Ruf mir ein Taxi.
– Ich fahre dich. Ich vertraue dir nicht. Nicht einer, die nicht Nein sagen kann. Ich möchte dich keinen Augenblick aus den Augen lassen. Ich werde die Nacht im Auto verbringen. Und bei Tagesanbruch tauche ich mit einem großen Strauß Kamelien auf ...
– Ich mache mir nichts aus Kamelien, Valentino, doch eins solltest du wissen: Ich liebe ofenfrische Croissants.

Wie in einem Liebesroman der schlechtesten Sorte klammerten wir uns vor dem würdevollen Gittertor der Villa Alga-Croce aneinander. Nach einem letzten, erschöpften Abschiedskuss fragte mich Giovanna, ob ich einen gültigen Reisepass hatte.

– Ich glaube schon, warum?
– Weil wir eine Reise machen.
– Wann?
– Morgen.
– Wohin?
– Nach Kairo. Ich habe ein Haus in Zamalek.
– Und Nicky?
– Kommt mit.

Ihr Blick war klar, aufrichtig. Ich hätte ihr eine Frage stellen sollen. Jeder an meiner Stelle hätte sie gestellt. Ich hätte sie nach

Poggi fragen sollen. Nach ihrem Verlobten. Sie stand kurz vor der Hochzeit und forderte mich auf, mit ihr davonzulaufen. Und ich hätte sie nach dem Alten fragen sollen. Wusste er Bescheid? Wie würde er es aufnehmen? Ich sagte nichts. Ich sah, wie sie leichtfüßig davonging. Ich hatte beschlossen, ihr zu vertrauen. Meinem Traum. Ich war in einem Film. Dem schönsten Film meines Lebens.

Als ich allein war, rief ich von einer Telefonzelle meine Mutter an. Sie antwortete nach dem elften Klingeln.

– Wenn du Geld für die Kaution brauchst, kannst du mich vergessen.

– Mama, ich ...

– Es ist mitten in der Nacht, du Streuner, und ich bin gerade einer Horde Kommunisten entkommen, die mir das Gebiss rausreißen wollten. Ich weiß, wie ich enden werde: allein, von allen verlassen, in einem Lager für zahnlose Alte, wo ich von Nicht-EU-Zimmermädchen und sadistischen Krankenpflegern gedemütigt werde. Eine arme inkontinente Alte mit einem Sohn, der ein Ungeheuer ist.

– Mama, ich fahre nach Ägypten.

– Gott sei Dank! Hast du dich um eine Stelle beim Außenministerium beworben?

– Ich fahre nicht allein, Mama ...

Am anderen Ende der Leitung ein Schweigen voll unterdrückter Drohungen, dann ein einziger, düsterer Satz:

– Mach ruhig so weiter, mein Sohn, renn in dein Verderben!

Zum Teufel, sagte ich mir, es ist mein Leben. Von nun an sollte es niemandem anderen mehr gehören. Kein Außenseiter, kein liebevoller Berater, kein Scheißguru sollte mir mehr erklären, wie man zu leben hat. Nur Giovanna und ich.

Pfeifend betrat ich meine Wohnung und stürzte mich auf den Rest der Pignolata. Schade, dass kein Tropfen Wein mehr da war. Doch im Grunde war das ein Segen. Morgen würde ich eine Reise machen. Da musste ich fit sein. Der Pass, wo zum Teufel steckte mein Pass? Und die Stempelmarken? Brauchte man im Pass noch Stempelmarken, wenn man aus Italien ausreisen wollte? Es war schon nach zwei. Ich hatte ein Problem mit Rod. Ich fühlte mich nicht in der Lage, ihm ins Gesicht zu sehen. Ihm in die Augen zu blicken und zu sagen, ich verzichte auf mein Mandat, weil ich mich mit Als ehemaliger Chefin eingelassen habe. Ich würde ihm ein Kärtchen mit vier Wörtern schreiben. Und wenn ich dann reich war, würden wir eine *Sun-City*-Kette eröffnen. Und vielleicht eine Multikulti-Schule und ein Krankenhaus ausschließlich für illegale Einwanderer. Aber morgen ging es nach Ägypten! Plötzlich klingelte wieder das Telefon. So große Beharrlichkeit musste belohnt werden.

Ich antwortete. Del Colles Stimme war ein heiseres Flüstern.

– Wo zum Teufel stecken Sie? Ich habe schon hundert Mal angerufen!

– Ich reise ab, Kommissar. Ägypten. Ich bin glücklich.

– Glückwunsch. Ich wollte Ihnen nur sagen, dass wir Latif gefunden haben. Tot.

19.

Misstrauisch und schläfrig forderte der Wachposten mich auf, meinen Namen zu wiederholen. Er blickte in ein rotes Notizbuch, das gut zu dem Gestank nach Gebratenem passte, der in der Infokabine hing. Schließlich murmelte er etwas über einen nicht näher definierten Keller und schickte mich ins Ermittlungsarchiv. Dann setzte er wieder seine dicke Hugo-Boss-Brille auf und versank in den Schlaf, aus dem ich ihn geweckt hatte.

Ich ging über einen langen Gang, der von grellem Grabeslicht erhellt wurde, während aus den Lautsprechern, unterbrochen von statischen Entladungen, eine Stimme drang, die darüber informierte, dass die Nacht in der Ewigen Stadt mit Ausnahme von einem ganz gewöhnlichen Kommen und Gehen der Huren im Termini-Viertel ganz ruhig verlief. Ich betrat das leere und dunkle Archiv. Hinter einer Schiebetür ohne Schild hörte man Namen, Licht ging an und aus. Ich ging hinein. Eine Reihe ausgeschalteter Computer, doch auf einem Bildschirm ganz hinten, dem einzigen im ganzen Raum, der an war, sah ich Lebenszeichen. Heisere und harte Stimmen, die in einer unbekannten Sprache, vielleicht Holländisch, oder vielleicht auch einer slawischen, keuchten, auf jeden Fall war es irgendein Zeug aus dem Norden. Undeutliche, verschwommene Bilder, die ich aus der Entfernung nicht sehen konnte.

Jemand zog sich ein Pornovideo rein. Unscharfe Aufnahmen, schlechte Qualität. Da war eine aus dem Leim gegangene, fette Wasserstoffblondine mit einem auf die Brust tätowierten Schmetterling, und vier vom Gürtel abwärts nackte Wichser, die unter platt gedrückten Boxernasen grinsten. Doch in ihrem Stöhnen und in ihren Grimassen lag etwas auf perverse Weise Spannendes. Ich nahm die Erregung wahr: Sie bemächtigte sich des Fleisches und strahlte ins Hirn aus. Der gute Frank Zappa hatte recht: Der dreckigste Körperteil ist das Hirn. Ich seufzte, hin- und hergerissen zwischen Scham und Begehren.

– Das lässt einen nicht kalt, was?

Ich drehte mich um und zuckte mit den Schultern. Kommissar Del Colle saß breitbeinig auf einem Drehstuhl, seine Silhouette war im schwachen Licht des Bildschirms kaum zu erkennen, er atmete schwer, mit einem Glas in der Hand, und seine lässige Haltung konnte nicht verbergen, dass auf seinem Gesicht der Ausdruck einer endgültigen Niederlage lag.

Ich deutete ein Lächeln an. Männliche Komplizenschaft. Zwei Wichser beobachteten die Performance des restlichen Trios. Auf ihren Gesichtern lag die jenseitige Glückseligkeit des Orgasmus. Wahrheit? Fiktion? Die Tonspur wurde lauter, die heiseren Stimmen gingen in lang gezogenes Stöhnen über. Del Colle drückte auf die Stopptaste. Ein kaltes Licht fiel auf die Schweißschicht, auf der mein Hemd am Rücken klebte. Ich legte mir instinktiv eine Hand vor die Augen. Gleichzeitig mit ihrem ordinären Lachen sah ich die Pickel auf der Haut und die dunklen Härchen um die Lippen der Darstellerin. Mit Schaudern dachte ich an Giovanna.

– Beschlagnahmtes Zeug. Aus der Ukraine oder Moldau. Ein typischer Gangbang, ein Haufen Männer mit einer einzigen

Frau. Den Weltrekord hat offenbar eine zweiundzwanzigjährige Chinesin aufgestellt. Zweihunderteinundfünfzig Orgasmen in zehn Stunden.

Del Colle bot mir einen lausigen in Forcella abgefüllten Whisky an (natürlich ebenfalls beschlagnahmtes Zeug), ohne ihn als Lebenswasser auszugeben, und wie durch ein Wunder fand ich in einer Tasche einen Zigarrenstummel, der aufgrund des kondensierten Nikotins feucht war. Die gewohnte bittere Ironie blitzte in den Augen des Kommissars auf.

– Erregend, nicht wahr? Was springt Ihnen am meisten ins Auge, Anwalt? Das Falsche, Billige oder ganz banal die Spielchen, die sie treiben?

– Ich könnte eine Abhandlung über Pornografie schreiben, erwiderte ich instinktiv. – Dennoch stelle ich mir noch immer Fragen. Ich frage mich, was sie getan haben, bevor sie in dieses Geschäft eingestiegen sind. Ob sie Familie haben. Wozu sie bereit sind ...

– Bei bestimmten Spielen ist der Tod das Limit. Das sollten Sie wissen. Zumindest geben Sie nicht den Moralapostel.

– Natürlich nicht! Und was sehen Sie darin, Kommissar?

Er machte noch einen Schluck von diesem dickflüssigen orangen Getränk, das nie und nimmer Whisky sein konnte. Ich fragte mich, was für einen Cocktail er da trank.

– Diese Damen lenken mich vom Gedanken an den Tod ab. Das reicht mir. Deshalb schaue ich sie mir an.

– Nur deshalb?

– Natürlich hat es auch mit Einsamkeit zu tun. Im Grunde bin ich ein Kommissar. Ein Polizist allein auf einer großen Polizeiwache in einer Sommernacht. Klingt abgeschmackt, nicht wahr?

Ich fühlte mich unbehaglich. Ich war glücklich. Mein Glück hätte die ganze Welt überfluten sollen. Morgen. Ägypten. Hoffentlich beeilte sich Del Colle mit seiner ewigen Verlierermiene und seinen schlechten Nachrichten. Ich war in einer anderen Dimension und wollte dortbleiben. Um jeden Preis.

– Sie haben mir gesagt, dass Latif tot ist, sagte ich barsch, um die Dinge zu beschleunigen. – Und jetzt?

– Ach ja, Latif, murmelte er. – Wir haben ihn um acht in der Nähe des Bahnhofs gefunden. Ihn auch. Merkwürdiger Zufall. Auf den ersten Blick würde man es für Selbstmord halten. Ein einziger Schuss in die Schläfe, Kaliber 38. Die Pistole lag neben der Leiche. Noch ein Zufall. Auf der rechten Hand eindeutige Schmauchspuren. Doch das ist nicht entscheidend. Es ist noch etwas früh für eine derartige Schlussfolgerung, doch ich wette, die Ballistik wird uns sagen, dass es sich um dieselbe Waffe handelt. Um dieselbe Waffe wie beim Mord an Al, meine ich. Was denken Sie?

Da war etwas in seinem Blick, das mich beunruhigte. Eine Erwartung. Ein dringender Hilfeschrei. Ganz eindeutig wollte er mich in die Sache reinziehen. Doch ich wusste nicht, was ich sagen sollte.

– Gut, Sie haben keine Meinung, fuhr er schulterzuckend fort. – Oder sind Sie ausnahmsweise mal einer Meinung mit Ihrem alten Freund Castello? Ihm zufolge liegt alles auf der Hand. Al und Latif streiten sich wegen irgendeiner Angelegenheit unter Schwarzen. Latif bringt Al um. Dann taucht plötzlich ein neugieriger Anwalt auf der Bildfläche auf. Latif wird argwöhnisch und kündigt. Er bereitet seine Flucht vor. Doch irgendetwas geht schief. Er irrt in Rom umher, bis er sich vor lauter Gewissensbissen umbringt ...

– So könnte es gewesen sein. Ich fühlte mich schmutzig und unruhig. Doch das Glück überstrahlte das schlechte Gewissen.

– Jaja, so hätte es sein können, doch ein Detail passt nicht ins Bild ...

– Und zwar?

– Die Familie Alga-Croce. Das Intervenieren des Alten bei meinen Vorgesetzten. Warum interessiert er sich so sehr für die banalen Angelegenheiten der Dienerschaft?

– Der alte Noè ist ein Mann aus einer anderen Zeit, brauste ich gereizt auf. – Und außerdem ein Exzentriker. Er hält es für respektlos, dass man sich in die Angelegenheiten seiner Dienerschaft einmischt. Ich habe ihn mit meinem Eindringen in sein Haus verärgert. Eine verständliche Reaktion.

Del Colle gab ein sarkastisches Zischen von sich und nahm noch einen Schluck von seinem orangen Likör.

– Anwalt Bruio verteidigt die Arroganz eines alten Finanzhais! Ist das der Effekt der Reise nach Ägypten?

Ich spürte den dringenden Wunsch, ihn zum Teufel zu jagen. Was wollte er von mir? Sollte er ruhig ermitteln. Das war sein Job. Aber fiel ihm nicht auf, dass ich mich in einer anderen Sphäre befand?

– Beide, fuhr er unbeirrbar fort, – arbeiteten bei den Alga-Croce. Beide sterben. Ein außergewöhnlicher Zufall? Aber wer waren die beiden armen Teufel? Wie lebten sie in diesem großen Haus? Gibt es ein Motiv, das nichts mit der Abrechnung zwischen zwei schwarzen Immigranten zu tun hat? Sie sollten sich diese Fragen stellen, Anwalt, Sie sind ja ihr Blutsbruder ... Mit wem fahren Sie nach Ägypten? Warten Sie: Lassen Sie mich raten.

– Strengen Sie sich nicht an, ich erspare Ihnen die Mühe. Mit Giovanna Alga-Croce.

– Na so was. Sie reihen sich also in die Reihen der Renegaten ein. Das ist offenbar ein Nationalsport.

– Jetzt reichts. Ich habe es satt. Del Colle! Ist es möglich, dass ...

– Los, los, regen Sie sich nicht auf. Möchten Sie einen Kaffee?, schlug er in verändertem Tonfall vor, während er in eine schlichte weiße Leinenjacke schlüpfte.

– Ich führe Sie zu den wirklichen Außenseitern. Zu denen, die ich meinen Vorgesetzten zufolge ins Gefängnis werfen sollte, damit die Straßen sauber sind.

Ich folgte ihm mit Mühe, während er in seinem metallisch blauen Croma zu einer Bar in der Markthalle fuhr. Warum hatte ich ihn nicht einfach stehen lassen? Ich war zwar ein müder, aber ein freier Bürger. Ein Italiener in der Mitte seines Lebens, der das unantastbare Recht hatte, die erste, einzige und sicher nicht wiederkehrende *sophisticated comedy* zu genießen, die sich in seinem bescheidenen Leben, immer auf der Seite der Gerechtigkeit, oder wie der Blödsinn hieß, ereignete. Und auch Rod ging mir auf die Eier. Er hatte sich geirrt, das war alles. Al und Latif waren zwei Gauner. Ihr Tod ging mir nahe, aber ich konnte nichts dagegen machen. So war nun mal die Welt. Die Marktarbeiter mit ihren weißen Kitteln, auf denen die Rinderviertel rote Blutflecken hinterlassen hatten, rochen nach Cappuccino und Stravecchio. Die Atmosphäre war feucht und schläfrig, doch man spürte, dass ein falsches Wort, ein missverstandener Blick jeden Augenblick zu einer Gewaltexplosion führen konnte. Der Barmann lehnte mit aufgestützten Armen am Tresen. Zwei Transen in langen grünen Kleidern schminkten sich und warfen dem jungen Kommissar, der sich einen Kaffee bestellte, heiße Blicke zu.

Als wir das Lokal verließen, war der Morgen schon erwacht. Die Marktarbeiter riefen sich Befehle und Beleidigungen zu, große Lkws ließen den Motor warmlaufen, die Laternen auf der Via Ostiense leuchteten schwach im Licht des anbrechenden Tages. Ich begleitete ihn zum Croma.

– Gut, für Sie ist der Fall abgeschlossen. Ihr Freund wird sich nicht darüber freuen.

– Er wird es verstehen.

– Ein merkwürdiger Mensch, dieser Rodney Winston. Er hat einen legalen Job, verkauft hin und wieder etwas Gras, ein paar Anzeigen, aber keine große Sache, und alles verjährt. Und er bittet Sie, Untersuchungen zu Al aufzunehmen. Er sagt, er spreche im Namen der südafrikanischen Community, doch er ist kein Mitglied eines Immigrantenvereins, er bringt Sie auf die Spur von Latif … Ich frage mich, ob Sie Ihren Freund wirklich kennen.

– Jetzt übertreiben Sie mal nicht, ja?

– Ich meine, er hat Ihnen gesagt, sich an der Revolution, am bewaffneten Kampf usw. beteiligt zu haben … doch weder Sie noch ich haben die Sache in Südafrika überprüft. Tja, vielleicht ist das nur die übliche Polizistenparanoia … Aber klar, Sie sind schon bei den Pyramiden.

Nun verdächtigte er auch noch Rod. Dieser idiotische Polizist ließ aber auch nichts aus. Der Fall war doch abgeschlossen. Warum so stur sein? Was für ein Spiel spielte Del Colle? Wollte er meine Illusionen platzen lassen? Und dennoch hatte er mir einen nagenden Zweifel eingepflanzt. Dabei war das Glück so nah … Er hatte mich als Renegaten bezeichnet, als Verräter! Wen hatte ich verraten? Und was? Was wusste er schon …

– Wie dem auch sei, sagte er abschließend, – wenn es was Neues gibt, werde ich Sie informieren, nach Ihrer Rückkehr aus Ägypten natürlich ...

– Del Colle.

Ohne es zu merken hatte ich ihn am Arm gepackt. In seinen dunklen Augen blitzte kurz ein träges Leuchten auf.

– Ja, Anwalt?

– Was zum Teufel haben Sie da getrunken, Kommissar? Das orange Zeug ... was war das?

– Ach das? Ein Karotten-Zitronen-Saft ... Ich achte auf meine Gesundheit!

20.

Das scharlachrote Display des alten Telefunken-Radioweckers begann zu blinken und der Ton überflutete den Prattico-Wohnblock mit schauerlichem Sirenengeheul. Ich bewegte den Cursor gerade so lange, bis ich erfuhr, dass die Zahl der Verkehrstoten auf den Autobahnen exponentiell anstieg. Der Rechtspolitiker, der via Telefon von einer DJ-Stimme wie jener von Daisy Duck interviewt wurde, meinte, das läge an der übermäßigen Langsamkeit der Fahrzeuge. Lella di Comite verkaufte in dem hübschen Art Shop auf der Via dell'Orso den ganzen Bestand an Perserteppichen zu „euphorischen Preisen". Im Sommer treiben es die Italienerinnen gerne im Wasser, am liebsten im Pool. Carlo und Leo vom Savannah Selvaggia Club, unermüdliche Förderer von Swinger-Initiativen, organisierten eine „Liebeskarawane" an der Küste von Sabaudia, auch Jessica Rizzo, die bei den Italienern beliebteste Pornodarstellerin, hat ihre Teilnahme zugesagt: kostenlose Mitgliedschaft für Paare, zweihundertfünfzig und Konsumzwang für Singles; die Tatsache, dass der Mutter- und Brudermord, der in aller Munde ist, von Familienmitgliedern und nicht einer Bande von Slawen begangen wurde, rechtfertigt einem einflussreichen Kardinal zufolge überhaupt keine Toleranz gegenüber der illegalen Einwanderung. Manu Chao singt über die Wut und den Schmerz des illegalen Einwanderers, der sich mit den Verlockungen der Großen Hure Babylon auseinandersetzen muss.

Genug! Das war meine große Chance. Ich musste die Gelegenheit beim Schopf packen. Wie angenehm es doch war, sich träge im Halbschlaf zu räkeln. Das Universum bewegte sich ruhig auf den Gleisen der sommerlichen Banalität und die Medien gossen nach wie vor Benzin ins Feuer des Rassismus. Doch dieses Problem konnte ich ohnehin nicht allein lösen. Und, um ehrlich zu sein, war es nicht einmal mein Problem. Friede dem illegalen Einwanderer. Die Große Hure Babylon würde alle anderen zerstören. Valentino Bruio: ein neuer Mensch. Ein Mensch ohne Probleme. Wie der alte Groucho einmal gesagt hatte: Ich habe weder Heimat noch Religion, nur Zigarren. Zigarren, und Giovanna natürlich.

Allein der Gedanke an ihren Namen setzte meine tauben Glieder unter Strom; ich sah ihren beim letzten Kuss halb offenen Mund, ich roch ihren betörenden Duft, bei dem meine Venen vor Begehren platzten, kein Wunder, dass ich einen Steifen bekam. Punkt neun wählte ich ihre Nummer, meine Finger flogen über die Tastatur des Sirio. Ich sang. Ich würde sie mit einem Kuss wecken. Nein, das war nicht genug. Ich musste Rosen besorgen. Rote Rosen. Und ein Kärtchen mit einem witzigen und etwas verrückten Spruch … ach ja, und Croissants. Ein Tablett Croissants von Antonini, dem Bulgari auf der Via Sabotino.

Das Telefon klingelte lange. Dann ging der Anrufbeantworter an. Metallische Stimme, ausländischer Akzent. Rufen Sie bitte später an oder hinterlassen Sie eine Nachricht, danke. Ich hinterließ eine Nachricht.

– Komm schon, Gio, ich bin's, steh auf, du Faulpelz …

Doch niemand unterbrach mich am anderen Ende der Leitung. Ich wählte die Nummer ein zweites, drittes und ein viertes

Mal. Immer wieder der Anrufbeantworter. In der Hosentasche suchte ich die Handynummer, die sie ... sie persönlich ... mir im Auto nach dem letzten Kuss gegeben hatte. Automatische Antwort: Der gewünschte Teilnehmer ist im Augenblick nicht erreichbar. War das prophetisch? Der Teilnehmer war gewünscht, begehrt! Natürlich war er nicht zu erreichen.

Schön langsam begann ich zu ahnen, was vielleicht passiert war. Doch ich wollte die Wirklichkeit nicht zur Kenntnis nehmen. Derweil explodierte das Universum. Eine vom Bombenhagel kalter Floskeln in Schutt und Asche gelegte Galaxie. Meteoriten und Asteroiden zerbröselten meine Illusionen. Giovanna ...

– Das ist ein Scherz!, schrie ich.

Ich zog mich wütend an und fuhr durch Rom, ohne mich um Ampeln und Fahrverbote zu kümmern. Der Alte hatte Wind von ihrem Plan bekommen und hielt sie in einem feuchten Kerker bei Wasser und Brot gefangen ... Es war nur ein Scherz. Ein banaler Irrtum. Sie wartete am Flughafen auf mich und würde mich, beunruhigt wegen meiner Verspätung, gleich anrufen ... Der Alte hatte die Hochzeit vorverlegt und sie gab Professor Poggi gerade das Jawort.

Das Tor der Villa war verriegelt. Warum, der Park sollte doch immer allen offenstehen? Die Wipfel der Bäume, die Sträucher, die Blumen standen da wie Wächter, die sich nicht um die Gluthitze scherten. Das Auge einer Überwachungskamera schweifte über den Horizont, sie war inmitten von Glasscherben montiert, die etwaige Einbrecher am Überklettern der Mauer hindern sollten. In einer einzigen Nacht hatte sich der Garten Eden in eine Bastiani-Festung verwandelt. Oder war es immer so gewesen, und meine vor Liebe blinden Augen hatten es nicht gesehen?

Ich läutete Sturm, bis ein livriertes Dienerpaar erschien. Sie waren sehr schwarz, lächelten und wirkten besorgt. Sie traten ans Tor und der Mann sprach mich auf Englisch an.

– Can I help you, Sir?

– Indian?

– Aus Kerala, Sir. Can I help you?

– I'm looking for Lady Giovanna ... Signora Giovanna ...

Die beiden, offenbar ein Ehepaar, wechselten einen verlegenen Blick, dann schob sie ihren Mann beiseite und streckte die gefalteten Hände durch das Gittertor.

– Abgereist, Signore. Alle abgereist. Lange Reise. Heute früh, sehr früh abgereist, tut mir leid.

– May I come in for a minute?

Das Lächeln der beiden wurde noch herzlicher.

– Tut mir leid, Sir, Anweisung des Herrn ...

Sinnlos, darauf zu bestehen. Sinnlos, sich vorzumachen, sie sei irgendwo da drinnen und beobachtete mich heimlich. Mein Herz sagte mir, dass sie abgereist war. Und mein Herz sagte mir auch, dass ich sie nicht wiedersehen würde. Ich ging zum Honda. Allein, besiegt, verzweifelt. Ich brauchte jetzt Dunkelheit, Stille und Bourbon. Unterwegs blieb ich stehen und kaufte eine Flasche Evan Williams. Ein Bourbonrausch ist viel unangenehmer als ein Whiskyrausch. Und genau das hatte ich vor: Ich wollte leiden.

Im Prattico-Block schwebte ein ungewöhnlicher weiblicher Duft. Einen Augenblick lang gab ich mich der Hoffnung hin, dass sie ... doch es war nicht ihr Duft, Giovanna duftete nach Schokolade, ein Duft mit einer bitteren, rauchigen, fast männlichen Note wie ein guter alter Lapsang-Souchong-Tee. Dieser Duft war eine verwirrende Mischung aus Moschus und Jasmin, wie gewisse fruchtige Weißweine, die einem schon beim ersten

Schluck zu Kopf steigen sollen. Es war ein einladender und süßlicher Duft, Giovannas Duft war ein unmissverständlicher Befehl: Nimm oder lass es bleiben. Auf immer.

Dann bemerkte ich das gelbe Post-it mitten auf dem Schreibtisch. Jemand hatte darauf einen süßen kleinen Teddybären mit Schmollmund gezeichnet: „Ich bin sehr sauer auf dich, Valentino. Du hast mich kein einziges Mal angerufen und dein Telefon ist immer stumm. Du bist nie zu Hause und ich bin so allein!" Sie hätte nicht unterschreiben müssen, ich wäre von allein draufgekommen. Cheryl Berry.

Das war also mein Leben: Ich jagte der falschen Frau hinterher und verpasste alle sonstigen Gelegenheiten. Immer dieselbe alte Leier: denen nachjagen, die sich entziehen, und die zurückweisen, die dich wollen.

Ich legte einen Cohen auf, der besonders gut zu meiner depressiven Stimmung passte, und suchte Cheryls Nummer. Ich war verraten, schmählich verlassen worden. Ich durfte mir wohl eine kleine Revanche gönnen. Die Madonna des Weins und der Rosen hatte mir gerade einen Faustschlag aufs Maul verpasst. Cheryl war wohl eine Wucht im Bett. Wir würden ficken, dann würde ich mich bei ihr ausweinen. Aber erst später. Dann würden wir gemeinsam lachen, uns gemeinsam zudröhnen ... Ich rief sie an. Ich hörte eine aufgezeichnete Nachricht.

„Hallo! Du hast die richtige Nummer gewählt, mein Schatz. Schade, dass ich gerade nicht da oder sehr beschäftigt bin (anspielungsreicher Seufzer). Aber du kannst mich morgen von zehn bis siebzehn Uhr anrufen. Oder du hinterlässt mir deine Nummer und ich rufe zurück ..."

Der typische Anrufbeantworter eines Callgirls! Ich war froh, sie nicht angetroffen zu haben. So gab es wenigstens keine

Missverständnisse. Ich kippte ein halbes Glas Evan Williams hinunter. Nun, ich war betrogen worden, aber ich hatte auch betrogen. Ich war ein Renegat geworden. Im Bann der weißen Frau hatte ich Rod und Del Colle, die toten Schwarzen und sogar meine Würde über Bord geworfen. Ich fühlte mich beschissen.

Wie immer ohne anzuklopfen, entriss mich Donna Vincenza den düsteren Gedanken und schleppte mich zum Tisch, wo ein Tablett voller kalabrischer Delikatessen und eine Kanne mit kochend heißem Kaffee standen.

– Ich habe keinen Hunger. Allein beim Anblick dieses Zeugs wird mir schlecht.

– Blödsinn! Schauen Sie sich an: Sie haben einen trüben Blick! Essen Sie!

Seufzend biss ich in eine Tomate. Trüber Blick! Vincenza behandelte alle Menschen wie die Brassen auf dem Marktstand: Anhand der Iris und der Schuppen war sie imstande, ein ganzes Leben zu beurteilen.

– Los, sonst wird das Brot matschig!

Ich verschlang das ganze mit Chiliöl gewürzte Brot und trank den tröstlichen bitteren Kaffee bis zum letzten Tropfen.

– Mein Essen erweckt sogar Tote zu neuem Leben!, kommentierte sie zufrieden. – Jetzt haben Sie schon einen ganz anderen Blick.

– Was willst du mir beweisen, Vincenza? Dass wir alle Sklaven unseres Bauches sind?

Die Portiersfrau schüttelte den Kopf.

– Was soll diese Leichenbittermiene, Anwalt? Gehen Sie aus, ziehen Sie einen schönen Anzug an, fahren Sie nach Fregene, bräunen Sie ein wenig Ihr Gesicht. Wissen Sie, was ich jetzt mache? Ich rufe das tüchtige Mädchen an, von dem ich Ihnen gestern erzählt habe.

– Vincé, reicht es nicht, dass du mir das Leben gerettet hast? Willst du mich unbedingt glücklich machen? Alles gleichzeitig? Wir lachten. Ich umarmte sie spontan. Ihre rührende Zuneigung hatte mich wieder auf den Boden der Tatsachen zurückgeholt.

– Bedanken Sie sich bei der Chilischote, sagte sie mahnend und löste sich, mit roten Wangen und zufrieden, aus der Umarmung.

Gut, dachte ich, während ich mir mit einer Art Navajo-Axt, genannt Kratz & Wirf, das Gesicht rasierte, jetzt nehme ich sie in Angriff: Rod, Del Colle, meine Pflicht. Das Spiel wird jetzt hart. Grübeln nützt nichts. Giovanna soll ihr Leben leben. Ich lebe meines. Es ist sinnlos, mit erzwungenen Schicksalen Verstecken zu spielen. Und pfeif drauf, gewisse Filme werde ich wohl nicht erleben. Andererseits sind mir Screwball Comedies ohnehin immer unsympathisch gewesen. Ich schaue mir lieber einen schönen Schwarzweißfilm von Orson Welles an.

Ohne Bedauern schloss ich die Tür hinter mir.

– Was für ein gut aussehender junger Mann, sagte Vincenza, während ich entschlossen und mit Krawatte den sonnendurchfluteten Hof des Prattico-Blocks durchquerte.

21.

Unter dem betrübten Blick eines winzigen Filipinos schlachtete Rod ein Huhn mit einem unglaublich lang gezogenen Hals. Auf der Spüle standen eine Essigflasche und Kokoscreme.
– Schmeckt dir Adobo-Marinade, Bruder?
– Rod, ich muss mit dir sprechen.
– Wir sehen uns später, Manuel.
– Pah!
Der Filipino schlich davon und stieß irgendetwas zwischen den Zähnen hervor. Rod legte das Hackbeil weg, wischte sich schlampig die Hände ab und forderte mich auf, Platz zu nehmen. Sein Lächeln leuchtete spöttisch im Halbdunkel der Küche des *Sun City*. Das Blut des geopferten Tiers tröpfelte auf das schmutzige Staubtuch, wie bei einem urbanen Voodoo-Ritual.
– Und?
Ich gestand alles auf einmal. Er hörte mir aufmerksam zu; hin und wieder runzelte er kaum merklich die Stirn. Als ich fertig war, nickte er heiter und holte eine Flasche weißen Locorotondo aus dem Kühlschrank.
– Du hast also das Märchen mit dem Selbstmord geschluckt, flüsterte er und füllte die Gläser.
– Rod, es könnte wirklich so gewesen sein.
– Ausgeschlossen, unterbrach er. – Latif war ein Schwarzer.

— Und ist der Selbstmord ein Vorrecht der Arier?
— Kein Vorrecht. Ein Luxus. Wenn ein Schwarzer nach Rom kommt, auf der Suche nach Arbeit und bereit, alles Mögliche auf sich zu nehmen, hat er einen starken Überlebenswillen. Wie Latif, der ein Weißer werden wollte. Auch er. In seinem Land hat es Überschwemmungen, Kriege, Elend, Hungersnöte, Marodeure gegeben. Ganz zu schweigen von unserer Verzweiflung, Anwalt. Wer um sein Leben kämpft, ist zu allem fähig. Doch er bringt sich nicht um, weil er entlassen worden ist. Oder aus Gewissensbissen!

Wir stießen an. Rod starrte mich an. Aber ich wusste nicht, was ich sagen sollte. Wie Del Colle appellierte er an meine Vernunft.

— In Wahrheit, sagte er nach einem großen Schluck, — hast du glauben wollen, was dir in den Kram gepasst hat. Du hast von der Reise mit der weißen Frau geträumt. Doch es ist nicht so gelaufen, Valentino. Latif hat sich nicht umgebracht. Gestern ist er hergekommen, um mit dir, ausgerechnet dir, zu sprechen. Er hatte Angst, wie ein gejagtes Wild. Und er hat etwas für dich dagelassen.

Er reichte mir ein zerknülltes, angesengtes Stück Papier. Die Zeilen darauf waren nur zum Teil leserlich.

```
x-persona: < id >
received: by host; tue, 13 march 2001 10:42:05 +0200
message-id: <d05451d06005d411a63a00508b55db9ao
from:
to: <sbl.4289@
subject: undeliverable:
date: tue, 13 march 2001 10:42:05 +0200
de: 44
atus: u
idl: OsSpEtHkHRSpyAE
```

Ich steckte das Beweisstück automatisch ein.
 – Das wird eine Art Albtraum, Rod. Al sucht mich auf und wird ermordet, Latif will mich sprechen und wird umgebracht.
 Rod zuckte mit den Schultern.
 – Wer auch immer es getan hat, weiß, dass der Tod von ein paar Schwarzen nicht den Staub deiner Ewigen Stadt aufwirbelt. Er glaubt, er hätte uns in eine Sackgasse getrieben. Doch ich glaube, das Match ist noch nicht entschieden. Und wir machen weiter.
 Seine Augen blitzten vor Zorn.
 – Denn du ... du wirst der Sache auf den Grund gehen, nicht wahr?
 – Wo ist der Grund, Rod? Wo wollen wir hin?
 Der Schwarze richtete einen Finger auf mich. Seine Stimme war drohend.
 – Lass dir eins sagen, Valentino. Als bei mir unten die Weißen das Sagen hatten und wir einen bewaffneten Kampf führten ... bewaffneten Kampf, verstehst du mich? ... gab es immer jemanden, der Zweifel säte ... diese Mission ist unmöglich ... dieses Attentat ist viel zu gefährlich ... Da fragten die anderen ... wir anderen fragten uns: Hat er Angst? Denn wenn einer Angst hat, kann man das verstehen, das ist menschlich. Es heißt, wir haben den Genossen überschätzt. Wir haben ihn falsch eingesetzt. Er ist aus anderem Holz geschnitzt. Er will gewisse Dinge nicht tun. Aber es gibt immer auch noch eine andere Möglichkeit. Hat uns dieser Mann, fragten wir uns, verraten? Oder ist er bereit, es zu tun? Und das war keine leichte Frage, denn ...
 – Rod ...
 – Lass mich ausreden. Denn einer, der Angst hat, kann den Mut wiederfinden, doch mit Verrätern darf man kein Mitleid haben. Verräter sind Feinde der Sache ... Verstehst du das, Valentino?

Sache! Was für ein schreckliches Wort. Vor zwanzig Jahren war es sehr beliebt gewesen. Die Generation vor meiner hat das Würfelspiel namens „Sache" Feld für Feld gespielt. Der Sache zuliebe wurde getötet und Bewusstsein und Moral wurden über Bord geworfen. Die Sache! Ich habe tüchtige Burschen kennengelernt, die ihr Leben der Sache widmeten. Die außer Haus schliefen, wenn Gerüchte über einen Staatsstreich die Runde machten. Die Waffen sammelten, um sich für eine neue Resistenza vorzubereiten. Die ihr Leben in einem Hof ohne Ausgang beendeten, mit der Pistole in der Hand und einem Haufen Flugblättern in der Tasche, die den Schuss in den Nacken des prädestinierten Opfers hätten rechtfertigen sollen. Im Namen der Sache. Rote und Faschisten. Und es war auch ihre Schuld, dass mir mein Land Tag für Tag enger wurde.

Die Sache! Sicher, bei Rod lagen die Dinge anders. Er hatte in einem echten Krieg gekämpft. Und ihn übrigens auch gewonnen. Doch er hatte den Sieg nicht genießen können. Nach einer kurzen Episode in Johannesburg war er nach Italien gekommen, um von hier aus Unruhe zu stiften. Denn die neue Macht ist den alten Folterknechten gegenüber zu nachsichtig, sagte er. Del Colle hatte recht. Weder er noch ich hatten ihn je überprüft. Weder er noch ich wussten, wer er war, wer Rodney Vincent Winston wirklich gewesen war.

– Valentino, sag um Himmels willen etwas!

Ich schenkte mir noch ein Glas Locorotondo ein. Ja, wer war Rod wirklich? Und warum lag ihm diese Geschichte so am Herzen? Verbarg er mir etwas? Wollte auch er mich manipulieren? Der Anwalt der Schwarzen, der sympathische, jähzornige Anwalt Bruio, der der Sache auf den Grund geht. Aber wo? Für wen? Wofür? Der Wein stieg mir zu Kopf. Ich hätte ablehnen sollen.

Ihm sagen: Tut mir leid, alles erledigt, ich kann dir nicht helfen. Ich hätte von Anfang an Nein sagen sollen.
– Ist gut, sagte ich stattdessen und zog den Zettel aus der Tasche. – Ist gut. Ich kenne vielleicht jemanden, der mir helfen kann.
– Ich wusste es! Ich wusste, dass wir es bis zum Schluss durchziehen würden!
Seine Umarmung war warm, brüderlich, enthusiastisch. War es möglich, dass er mir was vorspielte? Warum konnte ich ihm nicht vertrauen? Warum war ich verletzt und enttäuscht?
– Ich melde mich, sagte ich und löste mich aus der Umarmung.
– Okay, wir machen weiter. Aber niemand soll bitte von Sache, Wahrheit, Kampf, Heroismus, Mission oder sonstigem filmreifen Blödsinn sprechen.
Vielleicht sagte ich zu, weil ich noch immer die Hoffnung hegte, eine schwache Spur würde mich wieder zu Giovanna führen. Vielleicht faszinierte mich die Herausforderung.
Ich kannte alle Sergio-Leone-Filme auswendig, doch ich hatte noch nicht gelernt, im richtigen Augenblick aufzugeben.

22.

Während der überfüllte 18.45-Uhr-Lokalzug gemächlich nach Zagarolo ruckelte, dachte ich an meine erste Begegnung mit Zaphod.

Sein richtiger Name war Enrico, Enrico Testi. Der cleverste Hochstapler, der je die Bühne des Verbrechens betreten hat. Er war offiziell unbescholten und renommierte öffentliche Institutionen buhlten mit Riesenbeträgen um seine Beratungsdienste auf dem Gebiet der Informatik, Computertechnik und – wie er in etwas hochnäsigem Ton sagte – des Rätselratens. Bis 1990 war er nur ein bescheidener Angestellter einer großen Bank gewesen, ein Naturtalent, dessen gravierende Defizite bei der Kommunikation mit Kollegen ihm alle Karrierechancen vermasselt hatten. Er verbrachte die Tage in einem Tresorraum, hantierte unter dem wachsamen Blick der Geschäftsführung mit Wertpapieren und Bargeld. Aufgrund des fehlenden Sonnenlichts war er bleich geworden, aufgrund seiner beiden großen Lieben – Alessia und Elektronik – sparte er beim Essen und bei der Kleidung.

Alessia war ein süßes Mädchen, das mit einer genetischen Störung, Downsyndrom genannt, zur Welt gekommen war. Eine Mongoloide, wie man ihr mit der typischen Brutalität der „Normalen" immer wieder an den Kopf geworfen hatte, wenn sie sich mit dem unauslöschlichen Lächeln auf dem fleischigen Mund um einen Händedruck oder eine Umarmung bemühte, deren Fehlen die zukünftige Totenstarre der sogenannten Lebenden ist oder sein sollte. Enrico hatte sie geheiratet und ihr fünfzig Prozent der Wärme geschenkt, die er unter immer größeren Mühen der Elektronik abzwacken konnte.

– Diverse und Mikrochips verraten dich nicht, hatte er einmal weise gesagt.

– Außer geklonte, hatte ich mit einem Hauch von Zynismus geantwortet.

– Das sind keine Chips, hatte er mich genervt unterbrochen. – Das sind genetische Manipulationen. Menschliches Zeug. Ich spreche von etwas anderem: von Reinheit, damit wir uns recht verstehen.

Er sprach von Reinheit wie der alte Noè Alga-Croce, doch 1991, als er bereits genug über Künstliche Intelligenz wusste, um die Rechtsgelehrten zum Schweigen zu bringen, beschloss seine Bank, ein hochmodernes Computerprogramm zu installieren. Das als zukunftsweisendes System präsentierte Moneytax-Programm, mit seiner unbestechlichen Präzision und einer Objektivität, wie sie nur Algorithmen gewährleisten können, besiegelte Enrico Testis Umzug vom Tresorraum in den Keller. Seine Tätigkeit war nun noch bescheidener und unqualifizierter. So wurde der zukünftige Zaphod ein unsichtbarer Banker im Underground des großen pulsierenden Bankhauses und wurde den schlaueren Kollegen mahnend als typisches Beispiel eines lebenden Fossils vorgeführt: ein Relikt, das sich dem Fortschritt nicht anpassen konnte, ein Überbleibsel, das man nur aufgrund einer perversen Gewerkschaftslogik nicht entlassen konnte.

Doch in Wirklichkeit war Moneytax nur ein Abakus im Vergleich zu den raffinierten Geräten, die Enrico von seiner Zweizimmerwohnung auf der Tuscolana aus mithilfe menschlicher oder tierischer Stimmabdrücke fernsteuern, fremdsteuern und kontrollieren konnte. Eines Nachmittags hatte er mir die im Grunde einfache Logik der booleschen Algebra zu erklären versucht und sich dabei zu einer gelehrten und leidenschaftlichen Rede über die Geheimnisse des Webs aufgeschwungen.

– Das Netz! Die größte Chance auf Demokratie, die die Menschheit je hatte. Die Überwindung von Barrieren. Der Traum von Vannevar Bush, Ted Nelson und Tim Berners-Lee. Das Virtuelle gegen das Monetäre …

Ich begriff, dass eine Gruppe querulantischer und einsamer Helden versuchte, den ewig gleichen Kapitalisten mit Melone und Galoschen die Herrschaft über die Kommunikation zu entreißen, und dass diese sie vernichten oder – schlimmer noch – tolerieren würden, sofern sie in ihrer Nische des freien Gedankens blieben und es nicht wagten, die Geschäfte zu stören. Diese Haltung hatte sich auch Zaphod allmählich angeeignet. Doch wenn es darum ging, einem Freund in Not zu helfen, ließ er sich erweichen. Außerdem verband uns eine alte Dankesschuld. Es hatte damit begonnen, dass Enrico – an einem einzigen Nachmittag übrigens – erkannt hatte, dass Moneytax eine kolossale Abzocke war. Ein echter Beschiss, wie man in Rom sagte. Niemand in der Bank kannte seine Leidenschaft für Chips. Wenn er zur Geschäftsführung gegangen wäre und die notwendigen Änderungen vorgeschlagen hätte, hätten sie ihn für verrückt erklärt. Oder vielleicht auch nicht. Vielleicht hätten sie ihm Gehör geschenkt, „vielen Dank" gesagt, ihm einen bescheidenen Bonus gegeben und das Projekt dem berühmten kalifornischen Guru anvertraut, der das Schrottprogramm dem Bestbietenden verscherbelt hätte. Es waren schreckliche Tage für Alessia und Enrico. Die menschliche Wärme schwand und die virtuelle Angst wurde immer größer. Enricos Blässe war ansteckend. Sein Mädchen litt schrecklich. Es sah so aus, als würde er aus dieser Situation nie wieder rauskommen.

An einem Nachmittag im Dezember hielt Alessia dem Druck nicht länger stand und versuchte sich die Pulsadern aufzuschneiden. Enrico war am Boden zerstört. Zum ersten Mal offenbarten sich die vierzig Quadratmeter Wohnung als das, was sie wirklich waren: ein schrecklicher Käfig, in dem zwei Außenseiter sich der Hoffnung hingaben, sich bis zum unvermeidlichen kannibalistischen Ende stützen zu können. Er schwor Alessia, dass er sie immer lieben würde. Er bat die Bank um Urlaub und drei Monate später tauchte er im Prattico-Block auf, auf den ihn gemeinsame Freunde hingewiesen hatten, und reichte mir eine Visitenkarte, auf der stand: ZAPHOD: INTELLIGENZ UND KÜNSTLICHKEIT.

Ich beobachtete die beiden außergewöhnlichen Wesen mit immer größerem Staunen. Das Spiel der Blicke, das mal ein ruhiger, mal ein stürmischer Strom war. In den armseligen Zimmern herrschte eine große Wärme, das spürbare Feuer der Liebe, Hingabe, eine Hoffnung, die trotz aller vernünftigen Einwände leuchtete. Ich spürte eine tiefe Rührung. Ich küsste die langen duftenden Haare Alessias.

– Du musst mir helfen, sagte Zaphod schließlich. – Mach es für sie. Ich will nichts für mich, aber ich möchte sie glücklich machen: ein Teppich aus Rosen, die Achtung der Menschen, hemmungslosen Luxus. Denn wenn ich eines Tages sterben sollte ...

Mit Ach und Krach erhielten wir einen Termin beim Vorstandsvorsitzenden der Bankengruppe, zu der auch Zaphods Unit gehörte. Wir flogen nach Mailand. Nüchtern und ohne jede Zurückhaltung erklärten wir ihm, wie er mithilfe des elektronischen Pfades, den Enrico entwickelt hatte, das Defizit finden würde und die Möglichkeit, den Betrag zurückzuerstatten. Bevor er das Zauberwort aussprach, kam ich ihm zuvor.

– Studieren Sie den Betrug, dann unterhalten wir uns weiter.

Er entließ uns nach fünf Minuten, fassungslos, fast hätte er die Security gerufen. Er war ein großer, eleganter Mann, regelmäßiges Saunieren und Trainieren hatten ihm zu einem glatten Aussehen verholfen, er wirkte wie ein etwas vulgärer Klon von Harrison Ford. Mit demselben Ausdruck eines verblüfften Kabeljaus wie der Hollywoodstar.

– Er hat uns nicht ernst genommen, sagte ich verzweifelt.

– Er wird es überprüfen. Sein Arsch steht auf dem Spiel, sagte der unerschütterliche Zaphod.

Er sollte recht behalten. Eine halbe Stunde später hielt der um dreißig Jahre gealterte Harrison Ford seinen Kopf in den Händen und sagte verblüfft eine Litanei auf: „Wie konnten Sie nur, wie haben Sie das bloß geschafft ..."

Keine Ahnung, wie lange sich Enrico schon auf diesen höchsten Triumph gefreut hatte. Ich hatte ihn beobachtet, wie er mit beeindruckender Luzidität mit Zahlen, Ziffern und Daten jonglierte. Mithilfe von fünfzehn Zeilen demontierte er Moneytax und schwor, dass er nicht einmal unter Folter die Verfahren preisgeben würde, mit deren Hilfe er die Kronjuwelen zerpflückt hatte. Während Enrico sprach, war Harrison Fords Gesicht ein Meisterwerk abstrakter Kunst. Nicht einmal ein brünstiges Chamäleon hätte in zehn Minuten so oft und schnell die Farbe wechseln können. Schließlich knöpfte sich der Vorstandsvorsitzende den Hemdkragen auf und stieß den schicksalhaften Satz aus: – Was genau wollen Sie?

– Sprechen Sie mit meinem Anwalt, sagte Enrico. Und ohne den verzweifelten Kapitalisten eines weiteren Blickes zu würdigen, nahm er seine Papiere und rauschte wie eine Filmdiva hinaus.

Der Verwaltungsrat brauchte drei Tage für seine Entscheidung. Alessia, Enrico und ich vertrieben uns die Zeit, indem wir in einem kleinen Hotel in der Nähe des Corso Buenos Aires Mahjong spielten. Alessia besiegte uns immer wieder. Schließlich kam das heiß ersehnte Signal. Harrison Ford empfing uns in einem großen, sehr eleganten Salon, an dessen Wänden zwei Gemälde von Balla und eines von Kandinsky hingen.

– In Anbetracht der Umstände, Doktor Testi …

In Anbetracht der Umstände zog es die Bank vor, einen Skandal zu vermeiden. In Zeiten einer Justizrevolution war es außerdem in niemandes Interesse, die Neugierde der verhassten Richter zu wecken. Die Redlichkeit Doktor Testis, der es als Einziger, wenn auch mit einer zugegebenermaßen sehr originellen Methode, geschafft hatte, die Geschäftsleitung, die sich offensichtlich eine Fehleinschätzung geleistet hatte, auf die Schwächen eines Systems hinzuweisen, verlangte die Rückerstattung des Betrags von eineinhalb Millionen. Paradoxerweise hatte sich die Transaktion in einen Vorteil für die Bank verwandelt. Natürlich konnte das einzigartige Verfahren einen gefährlichen Präzedenzfall darstellen und machte die Fortsetzung eines vertrauensvollen beruflichen Verhältnisses zwischen Doktor Testi und der Bank unmöglich. Genauso selbstverständlich wurde die Abfindung, die Doktor Testi von Rechts wegen zustand, von dem Mehrwert gedeckt, der aufgrund der Überweisung des Fehlbetrags auf das Konto des Empfängers entstanden war.

– Natürlich, sagte Harrison Ford abschließend breit lächelnd, – ist die Bank, die ich vertrete, bereit, von diesem Augenblick an einen externen Beratervertrag mit Doktor Testi abzuschließen …

Als Enrico die Zahl auf dem Scheck sah, den der Geschäftsführer ihm reichte, wurde er blass. Auch ich wurde blass, denn mit meinem zehnprozentigen Anteil, auf den wir uns geeinigt hatten, konnte ich bequem vier bis fünf Jahre leben. Enrico unterschrieb ohne zu zögern und Harrison Ford bedankte sich mit einem kräftigen Händedruck.

An diesem Abend veranstalteten wir ein echtes Saufgelage. Völlig betrunken tanzte ich Conga mit Alessia, während Enrico Reden über die Vulgarität schlecht programmierter Maschinen hielt und mir einige grundlegende Maximen wie „in den leeren Augen eines Displays wird das entscheidende Match zwischen der Dummheit des Menschen und der Überlegenheit des Tieres ausgetragen" beibrachte.

Von nun an gab es keine Bank, keine Versicherung, keine Regierung, die ihre Sicherheitssysteme nicht vorsorglich von Zaphod prüfen ließ. Mein bescheidener und immer leicht schmollender Freund verfasste grundlegende Aufsätze über die Grenzen der Künstlichen Intelligenz, und zu meinem ausschließlichen Gebrauch ein kleines, zwanzigseitiges Büchlein mit dem emblematischen Titel: *Galaktische Abhandlung über die Kunst, Banken zu betrügen, mit einem Zen-Nachwort zum glücklichen Leben.*

Eines Tages schenkte ich die Abhandlung einer Stewardess aus Suriname, in die ich mich verknallt hatte. Zaphod hätte sich darüber gefreut. Je mehr ich mich mit den Grundsätzen des Webs anfreundete, desto virtueller wurden unsere Kontakte. Einmal rief mich eine durchaus angesehene Finanzgesellschaft an. Sie suchten einen Anwalt in Rom. Enrico hatte mich empfohlen. Ich lehnte ab. Ich hieß einen Betrug nur dann gut, wenn er hausgemacht war und einem guten Zweck diente.

Keuchend und mit Herzklopfen rannte ich die Gassen in Zagarolo hoch. Ganz oben, nicht weit entfernt, stand die antike Villa des Notars, die Zaphod renoviert hatte, und wo er und Alessia mit einem Haufen Hasen, Ziegen, Hühnern und Hunden lebten, die alle unglaublich kräftig und vital waren und von Alessia mit naiver Unschuld verwöhnt und verhätschelt wurden.

23.

Sie bemerkte mich als Erste. Alessia ließ den großen Collie los, mit dem sie gerade spielte, und lief mir mit leuchtenden Augen entgegen. Wir umarmten uns herzlich und gingen zu dem Sandsteinhaus, gefolgt von einer kläffenden Hundemeute.

Zaphod war kaum gealtert. Er sprach wie immer wenig und abgehackt, wie ein Nomade, der sich in einer schwierigen fremden Sprache ausdrücken muss. Doch seine Augen waren weniger gerötet als sonst.

– Na so was! lautete seine barsche Begrüßung.

Er richtete seinen dünnen Zeigefinger auf den großen Kamin, worauf wie durch Zauber Tausende blinkende Lichter angingen.

– Willkommen, mein Freund. Willkommen in diesem Haus der Freude!

Es war eine Frauenstimme. Etwas schrill, doch mit einem unverwechselbaren sanften Timbre. Ich schnellte herum. Alessia klatschte aufgeregt, in ihren Augen leuchtete ein magnetisches Licht.

– Das ist ihre Stimme, erklärte Zaphod. – Die Stimme, die sie hätte, wenn sie sprechen könnte. Aber sie kann nicht sprechen. So sprechen meine Maschinen für sie. Wenn ich Sehnsucht nach einer Stimme habe, muss ich nur einen Code eingeben. Ich weiß immer, was Alessia sagen will.

Sie nickte entschlossen. Und ich verstand, was Astronauten empfinden, wenn sie mit den Ungeheuern des Unbewussten kämpfen, Enricos heitere Stirn erinnerte mich an die breite, von Falten durchfurchte von Walter Pidgeon in *Alarm im Weltall*.

– Wenn du einen Augenblick Geduld hast, zeige ich dir deine Stimme ...

– Enrico ...

– Du weißt, ich mag diesen Namen nicht ...

– Entschuldige ... Zaphod, ich sitze in der Klemme. Ich brauche deine Hilfe.

– Später. Jetzt feiern wir mal.

Es war ein Abendessen der Superlative. Edler Rotwein und ein wunderbares aromatisches Pasticcio.

– Was ist das, Zap? Kaninchen?

Alessia schüttelte heftig den Kopf. Als ob sie meine Frage empört von sich wiese. Zaphod streichelte ihre Haare.

– Valentino hat noch nicht begriffen, du musst ihm verzeihen. Er ist nur ein Mensch, wenn auch mit guten Seiten. Wenn man inmitten von Tieren lebt, kann man sie nicht töten. Und man hat keine Lust mehr, sie zu essen.

– Dann ist das ...

– Natürlich Gemüse. Einfaches, reines Gemüse. Der Boden hier ist sehr fruchtbar. Und im Gegensatz zu Hühnern wächst Kohl nach.

Das Abendessen war fröhlich. Alessia war eingeschlafen. Eine graue Katze schnarchte auf ihrem Schoß. Beim Anblick ihrer Unschuld musste ich an Nicky Alga-Croce denken. Weder sie noch das Kind hatten Schuld an der Welt, in der sie lebten. Doch wer sollte sie verteidigen? Und mit welchen Mitteln? Und vor allem: Wer gab mir das Recht zu urteilen? Zaphod holte eine

Karaffe aus Grottaglie-Keramik aus dem Schrank und füllte zwei Gläser mit seinem Lieblingscocktail: Tequila und eingelegte Kaktusfeigen. Eine Bombe mit Spätwirkung, die nur die wenigsten unbeschadet überstanden.

– Ich mag die Menschen nicht, Valentino. Sie waren nicht nett zu uns beiden ... Erst als ich straffällig geworden bin, haben sie mich anerkannt. Plötzlich ...

– Das ist in der Geschichte immer wieder passiert. Denk mal an die Kaffeepflanzer. Ursprünglich, als Kaffee noch als Droge galt, wurden sie geviertelt oder aufgehängt. Unter der Strafe verbarg sich ein brutaler Krieg um die Kontrolle der Märkte.

– So was interessiert mich nicht. Wissenschaft ist etwas ganz anderes. Das sind Menschenprobleme.

Ich nahm einen kräftigen Schluck von der Brühe und stellte ihm die Frage, die ich den ganzen Abend schon aufgeschoben hatte.

– Ist das eine elegante Art, mir zu sagen, dass du mir nicht helfen willst?

– Red keinen Blödsinn. Folge mir.

Ich nahm die Karaffe und ging auf die Terrasse hinaus. Mühsam bahnte ich mir einen Weg durch die unglaubliche Menge an Kabeln und Computern, die unter dem wunderbaren Sternenhimmel zu schlafen schienen.

– Einmal habe ich in einem Buch gelesen, dass Seeleute den Sternenhimmel hassen.

– In poetischer Hinsicht sind mir die Sterne völlig gleichgültig. Mich faszinieren nur die mathematischen Beziehungen zwischen Himmelskörpern. Außerdem haben Dichter nie etwas für die Menschheit geleistet.

– Warum arbeitest du dann hier draußen?

– Weil ich zu viele Jahre im Kanal gesessen habe. Meine Maschinen verdienen was Besseres. Licht, Luft, Sonne, Raum ... und auch Sterne! Los, erzähl mir alles.

Er horchte andächtig schweigend zu, und als ich ihm Latifs Beweisstück reichte, verzog sich sein Mund zu einem arroganten Grinsen.

```
x-persona: < id >
received: by host; tue, 13 march 2001 10:42:05 +0200
message-id: <d05451d06005d411a63a00508b55db9ao
from:
to: <sbl.4289@
subject: undeliverable:
date: tue, 13 march 2001 10:42:05 +0200
de: 44
atus: u
idl: OsSpEtHkHRSpyAE
```

– Gut, Valentino. sbl.4289@ ist der erste Teil einer Mail-Adresse ...

– Das habe ich mir fast gedacht, flüsterte ich etwas verärgert.

– Du machst Fortschritte, was? Aber die Adresse ist unvollständig. Wir wissen nicht, welchen Server dieser sbl.4289 verwendet.

– Können wir es herausfinden?

– „de: 44" ... sieh dir das Brandloch in der Kopfzeile an ... ist der letzte Teil einer Formulierung, die ... wenn ich nicht schon völlig vertrottelt bin ... Code 44 heißen soll ... Code 44.

– Also?

– Ein Code ist normalerweise ein Befehl. Allmählich verstehe ich: „to" bedeutet, dass jemand an „sbl.4289" schreibt und bittet, den „Code 44" auszuführen. Also ein Kontakt zwischen zwei

Operatoren. Einer ist „sbl", aber den anderen, „from", kennen wir nicht. Ein Kontakt im Netz mittels E-Mail … Wir wissen nicht, auf welchem Server, doch das finden wir heraus.

– Sehr gut, aber verschwende keine Zeit mit Erklärungen. Du weißt, ich bin ein Esel.

– Da irrst du dich, Valentino. Du rennst vor der Gegenwart davon. Das ist ein schwerer Fehler. Lerne. Wenn dir die vorgebliche Neutralität der Wissenschaft wirklich so viele Probleme bereitet, solltest du es als deine Pflicht erachten, dich zu engagieren. Man sollte nicht ein paar wenigen die Kontrolle überlassen.

– Soviel ich weiß, bist du einer von ihnen.

– Ich bin Zaphod, und Zaphod ist einzigartig und allein. Zaphod kann gehen, wohin er will, niemand verweigert Zaphod den Zugang. Denn Zaphod irrt sich nie. Es gab einmal einen sehr talentierten Jungen, er hieß Kevin Mitnick. Er hat das FBI fünfzehn Jahre lang an der Nase rumgeführt. Er war sehr gut darin, dorthin zu gehen, wo ihn keiner haben wollte. Eines Tages beging er einen Fehler. Er brach in das System von jemandem ein, der besser war als er. Eines Japaners namens Tsutomu Shimomura. Er wurde geschnappt. Ich würde niemals so einen Fehler begehen. Hast du die Botschaft verstanden?

Ich nahm hinter ihm Platz.

Leuchtende Ziffern und grüne Zeichen liefen in schneller Folge über den Bildschirm. Enricos Finger flogen über die Tastatur, auf dem Monitor tauchten kaum wahrnehmbare Figuren auf und verschwanden wieder.

– Das ist wahre IT-Sicherheit, mein Freund. Niemand außer mir kann diese Tastatur bedienen. Sie reagiert auf die Besonderheit meiner Finger, doch wenn es zufälligerweise jemanden auf der Welt mit identischen Fingerabdrücken gäbe … nun, dann müsste er diese Chiffre knacken ... doch das ist sehr unwahrscheinlich, denn ich habe diese Chiffre erfunden.

Die Genialität dieses Einzelgängers machte mir Angst. Was würde aus der Menschheit werden, wenn man ihm totale Macht gäbe? Würde er alle zerstören? Würde er nur seine Kaninchen und Alessia vor dem elektronischen Holocaust verschonen? Und mich? Und wäre das überhaupt ein so großer Schaden?

– Mhhmm ... fangen wir bei dem an, was wir wissen ... sbl. Das schaut wie eine Abkürzung aus ... Schauen wir mal, ob sie zu einer Website passt ... Ach, da ist sie schon ... Zürich ... Hier ist sie ... sbl Swiss Bank for Life ... Sagt dir das was?

– Schweizer Bank für das Leben ... keine Ahnung.

– Gut, versuchen wir mehr darüber herauszufinden. Das ist eine Art offizielle Präsentation. Wenn sie Geheimnisse haben, werden sie die zwar nicht hier ausbreiten ... aber ... Wie gut ist dein Englisch?

– Geht so.

– Dann lies.

Die Schweizer Bank für das Leben wurde 1982 gegründet. 1985 wurde sie von der UNO anerkannt. 1991 wurde mithilfe des sogenannten Cohué-Verac-Abkommens beschlossen, dass die 115 Unterzeichnerstaaten Rechtsanspruch auf die Dienstleistungen der Bank haben. Präsident war der Kantonsabgeordnete und Mitglied des Weisenrats Hans Frix.

– Und?

Zaphod war wirklich interessiert und amüsierte sich über meine Ratlosigkeit. Er stellte mir zwar Daten zur Verfügung, doch ich konnte sie nicht interpretieren.

– Da steht nicht, was diese Bank macht, drängte ich ihn.

– Alles der Reihe nach, Valentino.

Ich las weiter. Hauptzweck der Bank war, „ein Bündel an Hilfsmaßnahmen zur Unterstützung von von Naturkatastrophen betroffenen Bevölkerungen in Entwicklungsländern bereitzustellen, von Bürgern, die aus politischen, religiösen, beruflichen oder gesundheitlichen Gründen diskriminiert werden, im Rahmen eines allgemeinen Projekts der Entwicklung friedlicher Beziehungen zwischen den Bevölkerungen im globalen Norden und Süden". Laut Satzung war die Organisation „gemeinnützig und überhaupt nicht gewinnorientiert".

– Und?, fragte Zaphod wieder.

– Keine Ahnung, das klingt nach Philanthropie, doch die Sprache überzeugt mich nicht. Das riecht nach Sekte. Ich würde gern wissen, welche Subventionen sie bekommen, wer sie unterstützt. Ich würde gern wissen, welche Verbindung es zwischen einem toten Schwarzen und dieser geheimnisvollen Bank gibt ...

– Vielleicht war der Typ, den sie umgebracht haben, eine Art Botschafter, ein großes Tier aus einem Land der Dritten Welt ...

– Er war doch Chauffeur!

– Hin und wieder trügt der Schein.

Der Schatten des Misstrauens, der sich auf Rods Figur gelegt hatte, wurde immer größer. Und nagte an mir. Ein Verdacht, so schwarz wie das Herz.

– Tut mir leid, Zap, aber bisher haben wir nur die offiziellen Statements gelesen. Ich will mehr darüber wissen.

– Ich versuche es doch! Das Problem besteht darin, in das System zu gelangen, auf dem die Seite gehostet wird.

– Eine Art Hausfriedensbruch.

– Schlimmer. Sobald wir mal drin sind, müssen wir den Server identifizieren, auf dem die Benutzerordner sind ... kurz und gut, wo sie die Mails aufbewahren ... Wir müssen eindringen und die Person identifizieren, die den „Code 44" abgeschickt hat. Doch es ist nicht einfach, ins LAN hineinzukommen, die verschiedenen Protokolle laufen über Tausende logische Netzwerkanschlüsse; um sich vor Eindringlingen zu schützen, werden viele blockiert ... oder sie schützen sich gegen das berühmte DOS.

– DOS? Welches DOS?

– Natürlich, Zaphod lachte. – DOS wie Denial of Service, Verweigerung des Dienstes. Das passiert, wenn das Datennetz überlastet ist. Die Leidenschaft junger Hacker, denn jeder kann die Methode anwenden. Einfach, aber effektiv. So einfach wie sich erwischen zu lassen.

– Zaphod, hör mir zu.

– Nein, du hör zu, verdammt noch mal: logische Netzwerkanschlüsse: vergleichbar mit Kanälen oder Radiofrequenzen. Für gewöhnlich finden Datenübertragungen auf Port 80 statt ... FFTP läuft auf Port 21 ... Napster verwendet hohe Ports, 6666 oder 7777 ... Ein lokales LAN-Netzwerk schützt sich mithilfe einer Firewall, die die Ports bei jedem unzulässigen Zugriff sperrt. Und mit einem Proxy-Server, der dir vorgaukelt, du würdest mit einem anderen Computer kommunizieren. Es ist schwierig, Val ... Sie haben jede Menge kombinierte Sicherungssysteme. Der Typ, der für die IT-Sicherheit dieser Leute gesorgt hat, versteht sein Handwerk. Ich ziehe den Hut. Vielleicht haben sie wirklich was zu verbergen. Ich brauche etwas Zeit ... oder ...

– Oder?

– Nun, wir könnten auch in den Archiven der UNO nachsehen, Anerkennungsakten durchstöbern, oder Interpol fragen. Vielleicht gibt es irgendwo auf der Welt eine Polizeibehörde, die gegen sie ermittelt.

– Kannst du das tun?

– Willst du mich beleidigen?
– Ist das legal?
– Sicher nicht. Ist das ein Problem?
– Willst du mich beleidigen?
Wir machten noch ein paar Minuten weiter, Enrico immer nervöser, ich immer finsterer. Bei Interpol fanden wir nichts. Die UNO hatte die Bank anerkannt, nachdem vier Staaten für sie gebürgt hatten. Nur die Russen waren dagegen gewesen. Doch das waren andere Zeiten: Damals hatte die Stimme der Russen noch Gewicht.
– Ach, endlich! Ich habe es geschafft, reinzukommen … Da ist was. Aber wir haben nicht viel Zeit. Ich habe einen DOS-Angriff gestartet, um sie abzulenken … So lernst du, wozu das gut ist: Auch wir werden dadurch langsamer, aber er verhindert jeden anderen Zugriff. Innerhalb von fünf Minuten werden wir identifiziert, davor müssen wir raus … Jetzt müssen wir die Rechte eines Super-Users erwerben und an die E-Mail kommen … Sicher verwenden sie einen sichereren Server, der mit einem Code verschlüsselt ist, der aus 1.024 Ziffern besteht. Ich kenne ein paar, die in letzter Zeit sehr in Mode waren … Doch sie haben ihre Hintertüren. Versuchen wir es mit Tessbond … nein, negativ …
– Zaphod, im Ernst, ich will nicht, dass du dich für mich in Gefahr begibst … Vielleicht …
Er achtete gar nicht auf mich und hämmerte mit neuer Begeisterung auf die Tastatur.
Ich starrte auf den Sternenhimmel, dann betrachtete ich das leuchtende Tal, aus dem der Duft von Blumen und feuchter Erde aufstieg. Unter uns waren sogar Glühwürmchen, und hin und wieder fluoreszierten die Augen einer Katze oder eines anderen nachtaktiven Tiers. Zaphod war so erregt wie ein Hexenmeister.

Die Zukunft lag in seinen Händen. Ich wünschte mir, dass er sie gut nutzte.

– Da ist unser Freund! Er verwendet Husspluss.intercom … mhmm … eine schöne Liste von Passwörtern … ja, genau wie ich dachte … „Code 44" ist sehr häufig. Schauen wir mal, aber für gewöhnlich führt ihn nur „sbl" aus … Aber wir wissen, dass die Mail an „sbl" geschickt wurde, also ist Code 44 ein Befehl an die Schweizer. Schauen wir mal, ob es einen eingehenden Befehl gibt … Da, da haben wir einen im März, nur einen, wenn du Glück hast …

– Zaphod?

– Ach ja, entschuldige … gut, wenn du Glück hast, gibt es eine Anfrage.

– Das heißt …

– Der Remote Client … das ist seine Abkürzung, schau … bittet die Zentrale um etwas, beziehungsweise befiehlt ihr etwas …

– Also der Bank für das Leben.

– Genau.

– Und was?

– Code 44. Also etwas ganz Einfaches: alle Daten im Zentralspeicher zu löschen, die eine gewisse Operation betreffen.

– Welche Operation?

– Da fragst du mich zu viel.

– Und die Bank?

– Hat den Befehl ausgeführt.

– Also sind die Daten gelöscht.

– Du begreifst also schön langsam.

– Und wir können nicht …

– Ich fürchte, es ist schon zu lange her … vier Monate. Nicht einmal ich kann eine derartig alte Leiche wiederbeleben … Wir müssen uns ausklinken, wir kommen dem Zeitlimit gefährlich nahe ... doch, doch warte ... Überprüfen wir noch mal den Remote Client ...

– Weil auch er ...

– Sicher, sagte Zaphod ungeduldig. – Er befiehlt, die Daten zu löschen, doch er selbst könnte sie gespeichert haben ... Tut mir leid, Valentino, wir sind wirklich an einem toten Punkt angelangt.

Die blinkende Schrift auf dem Display sagte: REMOTE RIP DATA OFF. Daten am Remote Client gelöscht.

Ich betrachtete es verzweifelt. Nichts zu machen. Zum ersten Mal spürte ich bei Zaphod eine Art Empathie.

– Ich bin an einer Grenze angelangt, Valentino. Irgendwann werde ich sie überschreiten, doch nicht heute. Tut mir leid. Diese Daten haben ihre Lebensdauer ausgeschöpft. Sie sind tot.

– Doch Tote landen auf dem Friedhof. Oder werden verbrannt. Auch in diesem Fall bleibt immer Asche übrig. Ist es möglich, dass es für diese verdammten Daten keine Urne gibt? Wo ist der Papierkorb?

– Auch die Besten können sich irren. Zuallererst habe ich in den Papierkorb geschaut ... zuerst Trashcan, dann Lost + Found ...

– Und ... nichts?

Zaphod dachte eine Zeit lang nach, dann warf er mir einen genauso entwaffnenden wie schlauen Blick zu.

– Ich will dir ja nicht die Schau stehlen, aber woher wusstest du, dass es einen Code 44 gab?

– Ich habe es dir ja gesagt! Latif hatte diesen Papierfetzen ... Ach, guter Gott, der Zettel!

– Bravo. Wenn du dich anstrengst ... Jemand hat was gedruckt, keine Ahnung, wer und was, doch jemand hat die ganze Transaktion ... oder einen Teil davon ... auf Papier gebracht.

Das habe ich auch gemacht, seinerzeit, als ich meine ... sagen wir .... vorzeitige Abfindung bekommen habe. Bezeichnen wir es ruhig als naive Form der Traditionsverbundenheit.

– Wenn du den Druckauftrag in die Finger bekommen könntest ... sofern es ihn noch gibt ... Doch wenn Latif den Zettel hatte ...

– Gibt es zwei Möglichkeiten: die Schweizer und der Remote Client. Die Schweizer können wir vergessen. Zu gut geschützt. Aber der Remote Client ...

– Der ferne Teilnehmer ...

– Nun, von hier aus sehe ich, dass er einen Druckauftrag getätigt hat, und da er nicht so schlau ist, wie er glaubt, hat er ihn nicht gelöscht, also hat er eine Spur hinterlassen.

– Zaphod, natürlich weißt du, wer dieser Remote Client ist.

– Natürlich. Er heißt Villa della Salute. Eine Art Klinik. Ich drucke dir die Adresse aus.

24.

Aufgrund der x-ten Verspätung hatten sich die friedlichen Pendler der Bahnlinie Rom–Cassino in eine wütende Horde von Sansculotten verwandelt, die den Schienenverkehr zwischen Anagni und Colleferro blockierten und den Verkehr von der Hauptstadt nach Neapel lahmlegten.

Um vier Uhr nachmittags hatte ich mich am kleinen Bahnhof von Zagarolo von Zaphod und Alessia verabschiedet, doch in Colle Mattia gab der asthmatische Lokalzug, der wie durch ein Wunder von der Blockade verschont geblieben war, vielleicht aufgrund einer verspäteten Solidarität, den Geist auf. Nach einer Wartezeit, die den Volkszorn zum Kochen brachte, stellte uns die Bahn einen Ersatzdienst zur Verfügung. Einen Bus, eine Art vorrevolutionäres bolivianisches Modell, der uns nach einer Reise à la Paris–Dakar auf elenden Saumpfaden und zwischen sonnengebleichten entlegenen Gehöften kurz nach sieben Uhr vor dem Bahnhof Termini ausspuckte.

Am Stand eines ambulanten Händlers aus Guardia Sanframondi, der sich rühmte, Maradona die Hand geschüttelt zu haben, verzehrte ich einen Teller warm gehaltener Cacio e Pepe mit Schinken, den ich mit einem Liter lauwarmem Mineralwasser hinunterspülte. Aus den kranken Lungen der U-Bahn-Stationen stiegen belämmerte Touristenhorden mit erloschenen Mandelaugen an die Oberfläche der Stadt empor, die nach dem heißen, staubigen Wind aus der Sahara roch.

Nach einer erbitterten Verhandlung, die den einzigen Zweck hatte, dem Marokkaner mit den fauligen Zähnen einen Gefallen zu tun, kaufte ich eine verspiegelte Sonnenbrille, ging zum Honda, auf dem ein Haufen Strafzettel wegen Falschparkens klebte, steckte dem unsäglichen illegalen Parkwächter das unvermeidliche Bakschisch zu und machte mich auf den Weg zur Polyklinik Villa della Salute, die sich außerhalb von Rom in Monterotondo befand. Ich wusste nur, dass sie einen Mailverkehr mit der Schweizer Bank for Life gehabt hatte. Vonseiten der Villa della Salute war angeordnet worden, jede Spur dieses Mailverkehrs zu vernichten. Doch etwas davon war auf Papier erhalten geblieben, und das hatte ich dank Latif gefunden. Vielleicht war Latif umgebracht worden, weil er zu neugierig war. Und in der Villa della Salute wussten sie zweifellos etwas.

Ein großer Geländewagen beförderte mich fast auf die andere Seite der Leitplanke. Als ich durch die historische Bresche Porta Pia fuhr, fragte ich mich, ob es wirklich so eine gute Idee gewesen war, Rom von den Pfaffen zu befreien und die Stadt dem aufgeblasenen Haufen von Geschäftsleuten, Politikern und „Führungskräften" zu überlassen, die nichts als Umsatz und Koks im Schädel hatten. In der Agonie des Sonnenuntergangs wälzte sich eine Blechlawine über die Via Nomentana, die durch ein nicht existierendes Nadelöhr die garibaldinische Peripherie erreichen wollte.

Möglicherweise war es ein gewaltiges Missverständnis. Die Beziehung zwischen Klinik und Schweizer Bank konnte völlig legal sein. Latif war vielleicht ein gewöhnlicher Erpresser und jemand hatte beschlossen, ihn loszuwerden. Al war ein Schwarzer, der im Großstadtdschungel in die Irre gegangen war, der Laufbursche einer Bande, die ihn wegen eines Vergehens bestraft hatte, das nie ans Tageslicht kommen würde.

Die rote, aufgeblähte Sonnenscheibe verschwand nach einem letzten Uppercut auf die Windschutzscheibe hinter den kahlen Hügeln. Schatten und Smog senkten sich auf die Landschaft. Je weiter weg von der Stadt, desto spärlicher wurde der Verkehr.

Zu viele Zufälle, zu viele Geheimnisse. Zu viele, um einen derartig banalen Schluss zuzulassen. Gedanken an eine Verschwörung kamen mir in den Sinn. Rod war der Anführer der Verschwörung. Ich verscheuchte sie wütend. Fort mit den Gespenstern. Ich musste nur weiterfahren und gewisse Dinge in Erfahrung bringen.

Ich passierte eine metallicfarbene Kabine, ohne den perplexen Gruß des stattlichen, betressten Portiers zu erwidern, und folgte den leuchtenden Pfeilen zum Verwaltungsgebäude. Ich parkte auf einem kleinen Parkplatz inmitten von Magnolien und Oleandern, quetschte mich mit Mühe zwischen einen Rolls-Royce und einen Testarossa.

Es war ein niedriges, funktionelles Gebäude. Rundherum saubere Luft: Grillen zirpten und ferne Geräusche begleiteten in den Zimmern mit kleinen Balkonen das Flimmern der Fernseher, die das typische bläuliche Licht verbreiteten. Eine Klosterschwester ging vorbei und sah mich missmutig an. Ich versuchte ein Lächeln. Sie ging naserümpfend weiter, und bevor sie durch die Glastür mit dem Fotozellensystem ging, drehte sie sich um und blickte mir direkt in die Augen: neugierig, aber vor allem argwöhnisch.

Ich zündete mir eine Zigarre an. Natürlich konnten sie mich auf der Stelle rausschmeißen. Nichts zwang sie, mir eine Audienz zu gewähren. Ich bewegte mich auf vermintem Gelände.

Auf der Schwelle erkannte ich die untersetzte Gestalt eines Krankenträgers in blauem Kittel. Am Ende einer kurzen Kette scharrte ein kräftiger Pitbull, der drohend knurrte.

– Was wollen Sie, grunzte der Mann vulgär und unverschämt. – Entweder rein oder weg. Das ist kein öffentlicher Parkplatz.

Ich ging in Richtung der Verwaltung und streifte den Hund, der den Krankenträger hoffnungsvoll anblickte.

– Brav, Adolf, beruhigte er ihn.

Das Tier schien enttäuscht zu sein. Ich deutete einen Gruß an.

– Rauchen ist hier verboten, sagte er und warf mir einen missgünstigen Blick zu.

Ich warf die Zigarre in die Dunkelheit und betrat die Villa della Salute. Hier herrschte nicht unbedingt die Atmosphäre, die man von Notaufnahmen kannte. Die Empfangshalle war kahl und wurde diskret von Wandlampen beleuchtet. Rund um die Rezeption ein Wald von Schildern. Eine einzige Sekretärin starrte in das elektronische Nichts des unvermeidlichen Computers. Eine surreale Ordnung. Eine Vorwegnahme der Totenstarre, dachte ich mit bösartiger Freude, und ich dachte an den herzzerreißenden, jedoch vitalen Bazar in den öffentlichen Krankenhäusern. Ich platzierte mich vor der Sekretärin und fiepste einen freundlichen Gruß.

Sie brauchte eine Zeit lang, bis sie mich bemerkte. Bis sie wie aufgrund eines anhaltenden Gestanks zu schnuppern begann und mir ein aschfarbenes Formular unter die Nase hielt.

– Füllen Sie bitte das hier aus.

Sie war klein, brünett, das Haar zusammengebunden, ihre Haut war solariumgebräunt und sie trug ein Halstuch von Hermès. Sie stank nach Karrierismus, kleinbürgerlichem Ehrgeiz, religiöser Keuschheit, Abscheu vor der Politik und unerträglicher Leichtigkeit des Seins.

– Es handelt sich um etwas Vertrauliches, flüsterte ich.
– Füllen Sie das bitte trotzdem aus, wiederholte sie und konzentrierte sich wieder auf den Bildschirm.
– Signora ...
– Füllen Sie es aus, habe ich gesagt. Geben Sie Adresse und Telefonnummer an. Wir freuen uns über eine E-Mail und setzen Sie auf die Warteliste. Innerhalb von neunzig Tagen werden Sie von einem unserer Ärzte empfangen. Beim Primar beträgt die Wartezeit ein halbes Jahr.
– Aber es ist dringend.
Allmählich wurde sie gereizt. Eine derartige Hartnäckigkeit brachte die Ordnung eines Universums durcheinander, das von unterwürfigen Patienten und Göttern in Weiß bevölkert war.
– Hier werden keine Ausnahmen gemacht, für niemanden. Haben Sie verstanden?
– Nicht einmal für die Swiss Bank for Life?
– Das hätten Sie gleich sagen müssen, Dottore. Entschuldigen Sie, ich wusste ja nicht ...
Ich übrigens auch nicht. Ich hatte alles auf eine Karte gesetzt und es hatte funktioniert. Die Sekretärin, nunmehr eine lächelnde und hilfsbereite Stewardess der Businessclass, bat mich, ihr zu folgen.
– Die Beziehungen zu der Institution, die Sie erwähnt haben, fallen wie allseits bekannt ausschließlich in den Zuständigkeitsbereich des Professors. Vertraulichkeit ist, wie Sie wissen, alles.
An der Seite meines neuen Schutzengels durchquerte ich das Empfangszimmer, während leise Enttäuschung von mir Besitz ergriff. Vertraulichkeit – wenn sie so schnell bereit waren, mich zu empfangen, konnte es kein großes Geheimnis geben. Und eine einfache Sekretärin wusste über die Beziehungen von Klinik und

Schweizern Bescheid. Handelte es sich vielleicht um einen Kanal für zahlungskräftige Patienten? Eine Frage von Klasse und Reichtum? Aber dann waren Latif und die gelöschten Daten ...

Ich wurde aufgefordert, in einem kleinen Raum Platz zu nehmen: brauner Teppichboden, einige Bilder in der Manier von Perugino und ein Leidender Christus der Pisaner Schule, Schreibtisch mit ausgemachtem Computer, Barschrank, ein Trio von seltsam geformten Telefonen im Stil eines depressiven Andy Warhol, Chaiselongue mit fleckigem Leder und ein Lederdrehstuhl, auf den ich mich vorsichtig setzte.

– Der Herr Professor kommt so bald wie möglich zu Ihnen. Ich werde ihn gleich holen. Er wird Sie über alle Einzelheiten informieren. Entschuldigen Sie mich bitte, ich muss gehen. In der Bar finden Sie Whisky, Cognac, Magenbitter, Säfte, und, wenn ich mich recht erinnere, auch Campari Soda.

Die ätherische Sklavin verschwand und mir blieb nichts übrig, als auf den geheimnisvollen Professor zu warten. Ich hatte keine Ahnung, wie ich es angehen sollte. Eine Zeit lang konnte ich ja den reichen Patienten markieren, der etwas ... aber was genau? ... wollte. Ich musste an Informationen rankommen, hatte aber keine Idee, wie ich es anpacken sollte.

Früher oder später würde ich mich outen müssen. Es ging darum, diesen Augenblick so lange wie möglich hinauszuzögern. Wahrscheinlich würden sie mich hinausschmeißen oder dem Pitbull zum Fraß vorwerfen.

Dem Prospekt nach zu urteilen, der deutlich sichtbar auf dem Schreibtisch lag, gab es nur zwei Mittel gegen das vorzeitige Altern der Reichen, gegen Managerstress und den ästhetischen Verfall schöner Frauen: eine revolutionäre Hormontherapie, die die Fruchtbarkeit wiederherstellte und von einem bekannten deutschen multinationalen Unternehmen vertrieben wurde, oder eine Woche in der Villa della Salute. Bei Bedarf konnten die beiden Mittel auch kombiniert werden.

Ich fragte mich, ob der Erfolg der Kur von der Qualität der Methode oder der Art der Patienten abhing: Im zweiten Fall lag es auf der Hand, dass Arme, Werktätige und mittellose Frauen verdammt waren, in Hässlichkeit zu altern. Die Sekretärin kam atemlos hereingestürmt.

– Der Professor kommt!

Ich lächelte, drehte ihr den Rücken zu und las weiter. Die Kosten der Behandlung stützten die zweite Hypothese.

– Du kannst gehen, Ines, sagte eine Stimme.

Eine männliche Stimme. Sie hatte sich gebieterisch in den Raum geschlichen, begleitet vom vagen Hauch eines arroganten Parfüms. Ich kannte das Parfüm. Ich kannte auch die Stimme. Ich legte den Prospekt weg und drehte mich betont langsam um.

Auf Professor Poggis konturlosen Lippen lag das Standardlächeln des Primars. Als er mich erkannte, zuckte er zusammen. Kurz sah es aus, als ob er die standesgemäße Würde aufgeben und sich einen plebejischen Gefühlsausbruch leisten würde. Ich wünschte, er hätte es getan. Ich wünschte, er hätte mir einen winzigen Vorwand gegeben ... ihm an die Gurgel zu gehen, seine Krawatte abzureißen und sie ihm um seinen perversen Adamsapfel zu binden ...

– Guten Abend, Anwalt Bruio.

– Guten Abend, Professor.

So. Am liebsten hätten wir uns mit bloßen Händen erwürgt, stattdessen nahmen wir schnell wieder Haltung an und betrachteten uns distanziert und kalt, in einem unnatürlichen Schweigen. Allenfalls erlaubten wir uns einen giftigen Blickwechsel, in den wir unsere ganze Verachtung legten. Der Professor hantierte am Barschrank, füllte zwei große Kristallgläser mit Whisky und bot mir eines an. Seine Bewegung war scheinbar beiläufig, doch er bemühte sich, mit einer einstudierten Bewegung des Arms seine goldene Rolex zur Schau zu stellen, die zwischen den parallelen Härchen auf seinem Handgelenk glänzte. Wir hoben gleichzeitig die Gläser und tranken, wobei wir uns durch das verzerrende Prisma des Kristalls betrachteten. Dann stellten wir die Gläser gleichzeitig nebeneinander ab. Wahrscheinlich fragte sich Poggi, ob er meinen Besuch den Schweizern oder Giovanna zu verdanken hatte. Er entschied sich für einen Angriff auf einem Gelände, das für ihn günstiger war. Aus der Lade zu seiner Linken zog er ein gerahmtes Foto, stellte es auf den Schreibtisch und drehte es in meine Richtung.

Giovanna lächelte, wunderschön, unerreichbar, ein Windstoß wirbelte den schneeweißen Pashmina auf ihren Schultern auf. Ein Winter, ein menschenleerer Strand, ein bleierner Himmel. Wie tüchtig der Professor doch war.

– Giovanna, sagte Poggi theatralisch. – Der ewige Zauber der Schönheit, der uns mal zu Helden und mal zu Narren macht. Anwalt, ich weiß, was vor Kurzem passiert ist. Giovanna und ich haben keine Geheimnisse voreinander. Ich kann nicht sagen, dass mich ihr Aufbegehren erfreut hat, aber es hat mich auch nicht mehr als sonst beunruhigt.

In seinen Augen leuchtete ein bösartiges Vergnügen. Seine Stimme war ein eiskalter Dolch.

– Und wo ist sie jetzt, fragte ich und versuchte, gleichgültig zu erscheinen.

– Ich muss gestehen, fügte er im Plauderton hinzu, – dass Ihr Erscheinen sie in Versuchung geführt hat. Wie ein vorübergehender Windstoß des Unerwarteten. Eine Welle der Erinnerung. Sie muss sich anders gefühlt haben als sonst. Doch eine derart kapriziöse, unvorhersehbare, faszinierende Frau ...

– Wo ist Giovanna jetzt?

– Ihr Abenteuer ...

– Abenteuer? So würde ich es nicht nennen, unterbrach ich ihn aggressiv.

– Wie sollen wir es sonst nennen ... Liebe?, sagte er spöttisch.

– Nennen wir es so. Oder haben Sie Angst vor starken Worten?

– Herr Anwalt, Herr Anwalt, seufzte er hochnäsig und schenkte uns erneut Whisky ein. – Was mich betrifft, so halte ich die Liebe für eine Kinderkrankheit der Erotik. Die Wahrheit ist, eine Frau wie Giovanna ist so teuer, die können Sie sich gar nicht leisten.

– Kosten, Geld ... Liebe muss ich nicht kaufen, lieber Herr Professor. Ich gefalle auch so.

Ich zündete mir eine Toscano an und genoss den angewiderten Blick des Asketen. Gut, sehr gut. Aber was für ein unbedeutender Sieg. Giovanna hatte sich für ihn entschieden. Für mich war sie nur ein fernes, kaltes, unerreichbares Bild.

– Nun, fuhr Poggi fort, – lassen Sie Ihre Enttäuschung ruhig raus. Doch Sie können sich nicht im Entferntesten vorstellen, was für eine Art Mensch Giovanna Alga-Croce ist. Und schauen Sie sich an, Anwalt! Wenn Sie mir ein professionelles Urteil erlauben, haben Sie ein Problem mit Cholesterin, eine kaputte Leber, ein paar Kilo zu viel und einen schlechten Schneider. Und außerdem die stinkende Zigarre! Sie sehen aus, als würden Sie chinesische Restaurants besuchen ... Sie wissen schon, die mit den tiefgefrorenen Produkten. Ich verstehe, dass eine schöne launenhafte Frau bei Ihnen einen Nervenkitzel verspürt ... aber eben nur einen vorübergehenden Kitzel. Ein Gefühl.

Es war klar, er wollte mich provozieren. Er behandelte mich, wie der Herr den rebellischen Diener behandelt. Er erklärte mir, warum es immer welche oben und welche unten gibt. Gleich, dachte ich, würde er mir den finalen Schlag versetzen.

– Ich bin jedoch nicht hergekommen, um über Giovanna zu reden, sagte ich.

– Ach nein? Aber lassen Sie mich noch etwas hinzufügen. Wissen Sie, Anwalt, was man zu einer Cocktailparty anzieht? Zu einem Galadiner? Bei einem königlichen Empfang in Epsom? Können Sie an einer Auktion bei Christie's teilnehmen, ohne sich zu blamieren? Haben Sie ein Konto bei Van Cleef & Arpels? Ich fürchte nicht, Anwalt ... Sehen Sie, all das ist Giovanna. Und fügen Sie der Szenerie noch ein paar Kleinigkeiten hinzu, auf die sie nicht verzichten kann. Sauna im *Grandhotel*. Tee im *Medici*. Sonntagsbrunch im *Augustea* ... Launen vielleicht, doch wenn sie auf all das verzichten müsste, wäre sie todunglücklich. Giovanna gehört einer Welt an, in der die Schicksale sich aus allen möglichen Gründen kreuzen, aber nicht aus Liebe.

Ich ließ die Zigarre auf den hässlichen Teppichboden fallen und trat sie mit dem Fuß aus. Es knisterte. Poggi runzelte die Stirn. Ich lächelte. Ich durfte nicht in die Falle gehen.

– Sparen Sie sich den mitleidigen Ton, Professor. Giovanna wird mir das alles persönlich sagen, wenn sie will.

– Wollen Sie wissen, warum sie aus Ihrem Leben verschwunden ist?

– Auch das wird Giovanna mir persönlich erklären, Professor. Sind Sie sich übrigens so sicher, dass die Alga-Croce Sie mit offenen Armen aufnehmen?

– Ist das ein Versuch, mit mir Florett zu fechten, Anwalt? Ich sehe Sie eher mit der Keule, wenn Sie gestatten.

Er stellte Überlegenheit zur Schau. Doch er war beleidigt. Ich legte los.

– Wissen Sie, was sie über Sie sagen? Dass Sie ein Schoßhündchen sind. Ein kleiner, affiger Yorkshireterrier an der Leine seines Frauchens, der auf Kommando zubeißt. Sie werden sie in Gesellschaft nicht blamieren. Gut, betreten Sie diese Welt, in der man schon über Sie lacht, ruhig durch den Hintereingang.

Ich machte mir noch eine Zigarre an. Irgendwie hatte ich es geschafft, ihn zu ärgern. Poggi gehörte offenbar jener Sorte von Menschen an, die sich nicht mit einem Sieg zufriedengeben. Er wollte die totale Vernichtung des Gegners. Jede Form von Widerstand verletzte ihn.

– Sie sind nur ein armseliger Winkeladvokat. Sie tun mir leid. Gehen Sie zu Ihren Klienten zurück und vergessen Sie all das ...

– Ist das eine Drohung?

– Ein Ratschlag. Ein Ratschlag, den Sie auch dem geben können, der Sie hergeschickt hat.

– Niemand hat mich hergeschickt.

– Umso besser. Aber vergessen Sie nicht, dass ich Professor Mario Poggi bin. Mein Vater war Senator des Königreichs und Ritter der Republik. Meine Mutter war Hofdame Ihrer Majestät der Königin. Ich bin kein Parvenü wie der alte Noè. Behalten Sie das im Hinterkopf. Wenn mir jemand etwas schuldet, dann die Alga-Croce. Ich muss mir nicht Zugang zur High Society verschaffen. Ich bin die High Society!

Bedeutungsschwere lag in der Luft. Er hatte sich an seiner Rede berauscht. Ich zündete mir meine Zigarre wieder an und grinste schwach.

– Ich werde Ihnen etwas zeigen, verkündete Poggi und sprang auf.

Er nahm das Bild der rundlichen Madonna mit dem ruhigen bäuerlichen Ausdruck von der Wand, das hinter dem Schreibtisch hing. Darunter befand sich ein kleiner Tresor. Mit schnellen Bewegungen drehte er das Schloss und holte ein Kuvert heraus. Dann setzte er sich mit dem nachsichtigen Ausdruck eines Boxers, der gleich zum finalen Schlag ausholen wird. Schließlich holte er ein kleines Heft mit weißem Leineneinband aus einer durchsichtigen Mappe hervor und legte es triumphierend auf den Schreibtisch.

– Das ganze Gerede über Giovanna … Glauben Sie, man kann mich so leicht täuschen? Sie haben sich unter dem Namen der Swiss Bank vorgestellt, das kann nur eines bedeuten …

Eine effektvolle Pause, dann zeigte er auf das Heftchen.

– Sie suchen das.

Ich wachte aus der Hypnose auf, das Bild der abwesenden, duftenden Giovanna löste sich in Luft auf. Mein Geist war wieder frei und ganz auf Recherche eingestellt. Zaphod hatte sich nicht getäuscht. Die Wahrheit schien gefährlich nah.

– Dann existiert es wirklich, flüsterte ich wie benommen und streckte die Hand nach dem Objekt der Begierde aus. Poggi packte lachend das Dossier.

– Kurz habe ich gedacht, man hätte Sie … tatsächlich hergeschickt. Doch ich stelle fest … Sie haben von nichts eine Ahnung.

Triumph troff aus all seinen Poren. Mir das Dossier zu zeigen war eine dumme, theatralische Geste gewesen, die perfekt zu ihm passte: zu selbstverliebt, um auf einen Überraschungseffekt zu verzichten. Doch ich bereute meinen instinktiven Ausruf nicht.

Er hatte meinen Bluff bemerkt und das hatte ihn in Aufruhr versetzt, er wirkte elektrisiert.

– Sie würden gern wissen, was da drin ist, was? Ich wette, Sie sterben vor Neugier.

Durchaus. Poggis Ziel war es, auf allen Linien zu siegen. Den Gegner zu demütigen. Hätte er aus reinem Vergnügen, mich zu vernichten, die Karten auf den Tisch gelegt? War er so selbstsicher? Seine Selbstverliebtheit war meine einzige Verbündete. Ich spielte meinen letzten Trumpf aus.

– Sie haben gewonnen, Professor. Ich kann es nicht mit Ihnen aufnehmen. Sie sind zu stark.

Er genoss meine Kapitulation in vollen Zügen. Er ließ sich in den Polstersessel fallen und sprach im Ton von jemandem, der bei den eigenen Worten in Ekstase gerät.

25.

– Stellen Sie sich vor, Herr Anwalt, Sie müssen ein gewisses Unterfangen zu Ende führen, begann Poggi, stolz und selbstgefällig.
 – Was für ein Unterfangen?
 – Ein mühevolles Unterfangen. Ein einzigartiges, schreckliches. Zuerst einmal sind die Erfolgschancen ziemlich gering. So gut wie null. Doch Sie wollen um jeden Preis, dass es gelingt. Mehr noch: Ihr Leben hängt davon ab.
 – Die klassische Frage von Leben und Tod.
 – Ich sehe, Sie begreifen. Doch, ich wiederhole, es sieht sehr schlecht aus. Allein sind Sie nicht in der Lage, die Aufgabe zu bewältigen. Sie brauchen Hilfe. Doch es ist vor allem ein technisches Problem. Sie brauchen Know-how, spezielle Fähigkeiten. Das fehlt Ihnen. Und es gibt nur einen Mann, der Ihnen helfen kann ... einen einzigen.
 – Einen erfahrenen Profi, meinen Sie?
 – Ein Genie. Das einzige weit und breit. Ohne ihn ist das Unterfangen zum Scheitern verurteilt. Sie brauchen diesen Mann und müssen ihn gewinnen. Doch natürlich ist es nicht so einfach, ihn zur Zusammenarbeit zu bewegen.
 – Ich nehme an, man muss auf das klassische Trio zurückgreifen: Prestige, Macht, Geld ...

– Ja, gewiss, und da ist noch etwas: Sie machen ihm klar, dass Sie ihm eine einzige außergewöhnliche Chance bieten, die Chance, etwas völlig Neues zu wagen ... Wie auch immer, man einigt sich. Sie machen mit. Sie arbeiten Seite an Seite an dem Projekt. Sie überwinden unglaubliche Hindernisse. Ihr Einvernehmen festigt sich immer mehr und führt zu einem unauflöslichen Band.
– Eine Art Liebesgeschichte?
– Nein, natürlich nicht ... Doch das Unterfangen gelingt. Der Erfolg ist sichtbar, greifbar, konkret. Halten Sie sich das vor Augen, Bruio: Ich lebe. Stellen Sie sich vor: Sie haben auf fast verlorenem Terrain gekämpft und gewonnen. Keinem anderen wäre das gelungen. Nur Ihnen.

Seine Augen glänzten fiebrig. Doch ich konnte das Geheimnis seiner Botschaft nach wie vor nicht entschlüsseln.
– Und weiter?

Poggi trank einen weiteren Schluck Whisky. Schweißtröpfchen standen auf seiner Stirn.
– Leider, seufzte er, – haben die, die am Spiel beteiligt sind, und die Außenstehenden nicht immer dieselbe Meinung ...
– Das bedeutet?
– Das bedeutet, dass das Unterfangen, das Ihnen ... Ihnen als Triumph erscheint ... für andere verwerflich ... oder schlimmer noch ... abscheulich, kriminell ... ist. Die Adjektive können Sie sich selbst aussuchen. Die anderen beurteilen es jedenfalls negativ. Darum geht es ...
– Erklären Sie mir: Wenn nun herauskäme ...
– Genau. Wenn es herauskäme, gäbe es Schwierigkeiten. Wenn Sie und Ihr Partner also weiterhin in den Genuss des Gewinns kommen wollen, müssen Sie höchstes Stillschweigen bewahren.

– Beschreiben Sie mir gerade die Grundsätze der Mafia, Professor?

– Keineswegs! Doch das Problem ist, dass die Wahrheit nicht immer opportun ist. Alles in unserer Welt ist relativ, lieber Anwalt. Sie als Jurist sollten das wissen. Vor tausend Jahren wurden missgebildete Kinder von Felsen gestoßen. Priester verbrannten Hexen. Manche halten die Abtreibung noch immer für ein abscheuliches Verbrechen. Und es gibt welche, die in ihren heimlichen Labors den Menschen bereits geklont haben und sich auf Experimente vorbereiten, die Doktor Mengele neidisch gemacht hätten. Ich urteile nicht und akzeptiere keine Urteile. Ich argumentiere pragmatisch und positiv! Bei dem Fall, über den wir sprechen … Ihr Unterfangen … Euer Unterfangen … ist Verschwiegenheit die einzige Möglichkeit, um sicherzustellen, dass die Bemühungen nicht umsonst waren.

– Das macht Sinn.

– Danke. Aber es ist nur eine Theorie.

– Sagen Sie mir nicht, dass es eine Überraschung gibt …

– In gewisser Weise … Sagen wir, die Kraft der Verbindung schützt Sie und Ihren Freund, denn beide verlieren, wenn die Geheimhaltung aufgegeben wird. Der Untergang des einen würde auch den anderen in den Abgrund reißen … Allerdings …

– Allerdings?

– Allerdings könnte einer der beiden irgendwann das Gefühl haben, dass der Beitrag des anderen zum Gelingen des Unterfangens nicht so groß war, dass die damals vereinbarte Gewinnverteilung nicht gerecht war. Er will alles für sich. Das Verschwinden des Partners wäre die ideale Lösung.

– Die klassische Abrechnung.

Poggi reagierte mit einer genervten Grimasse auf den Scherz. Er fuhr sich mit der Hand durch die Haare und goss sich einen weiteren Whisky ein. – Sagen wir, der unbändige Wille des Wesens zur Macht, fuhr er fort, – oder, wenn es Ihnen lieber ist, ein klassischer Begriff: Verrat. Es handelt sich natürlich nur um eine theoretische Möglichkeit, doch für den Fall, dass sie eintritt ... muss man gerüstet sein.

– Und wie?

Der Professor lächelte wieder, aufs Neue entspannt.

– Der Partner muss wissen, dass der Verrat auf jeden Fall seinen eigenen Untergang bedeuten würde. Sie legen derweil eine unanfechtbare Dokumentation der gemeinsamen Verantwortung bei der Durchführung des Unterfangens an. Sie bewahren sie sorgfältig auf und kümmern sich darum, dass sie im Falle von unvorhergesehenen und unvorhersehbaren Ereignissen öffentlich wird: Sie sorgen für Abschreckung.

Im Vergleich mit seiner Schilderung klangen die Intrigen in Byzanz wie ein Disney-Film. Ich zündete mir die Zigarre wieder an. Ein Netz geheimer Mächte umspann uns.

– Es gibt eine Möglichkeit, die Sie meiner Meinung nach nicht in Betracht gezogen haben, Professor.

– Und zwar?

– Nehmen wir an, mein Freund ... oder ich ... einer der beiden Komplizen, mit einem Wort ... überlegt es sich anders. Genau. Dieser Idiot ruiniert sich selbst. Er gesteht. Er beschließt, wieder der kleinbürgerlichen Moral anheimzufallen, die nicht imstande ist, die Größe besagten Unterfangens zu begreifen. Ein Aufbegehren des Gewissens, das von keiner Marktlogik je kontrolliert werden kann. Eine dieser inneren Regungen, die den Erfolg der Religionen ausmachen.

– Ach, kommen Sie schon, sagte Poggi lachend, – noch nie waren die Menschen so religiös wie zu Beginn dieses Jahrtausends!

Religionskriege werden geführt, Statuen werden vom Sockel gestoßen, man foltert beim Beten. Torquemada ist in großen Teilen der Welt sehr aktuell und arbeitet wie immer gratis. Aber macht das die Welt gerechter und die Menschen moralischer? Ihre moralische Krise ist reine Science-Fiction. Suchen Sie lieber ein glaubwürdigeres Motiv.
— Gerechtigkeit.
Ich hatte übers Ziel geschossen, das war mir klar. Poggi akzeptierte es nicht.
— Gerechtigkeit! Sehr schwach, Herr Anwalt! Erinnern Sie sich an Balzac? Gold und Leidenschaft bewegen die Welt, und es gibt keine Leidenschaft, die man nicht mit gutem Geld kaufen kann. Sie sind doch ein Linker, Sie sollten sich erinnern, was Marx gesagt hat ...
— Sie meinen, dass Gerechtigkeit eine Frage der Kräfteverhältnisse ist?
— Genau.
— Wissen Sie, was ich aufgrund Ihrer Rede verstanden habe, Professor? Sie haben Angst.
— Ich, Angst? Vor wem? Wovor? Vor Ihnen? Sie lassen mich kalt, sowohl als vorgeblicher Rivale als auch als Amateurdetektiv. Sagen wir lieber, ich bin mir bewusst, dass ich in einer gefährlichen Welt lebe. Wer wie ich eine Machtposition innehat, muss sich vor Neid, Ressentiment der Mittelmäßigen, der Gier der Konkurrenten in Acht nehmen. Wenn Sie meiner Welt angehörten, würden auch Sie so denken.
— Mein einziger Wunsch ist, Ihre Welt zu zerstören.
— Ach ja? Und wie wollen Sie das anstellen? Wie viele Divisionen haben Sie? Sind Sie sicher, dass Ihr moralischer Furor nicht auf die Tatsache zurückzuführen ist, dass Sie noch niemanden

gefunden haben, der sich Ihre Dienste zu einem günstigen Preis sichert, Anwalt?

– Wissen Sie, was ich Ihnen sage?, stieß ich hervor und stand auf. – Dieses ganze Herumgerede geht mir auf die Nerven. Ich würde einfach gerne einen Blick auf das Dossier werfen.

Poggi schüttelte den Kopf, packte das Heft und legte es wieder in den Tresor. Während er am Schloss drehte, prägte ich mir seine Bewegungen ein: dreimal nach rechts, zweimal nach links, wieder zweimal nach rechts. Man konnte nie wissen. Vielleicht konnte ich sie mal brauchen.

– Jetzt reichts. Ich bin zwar theoretisch gegen jede Form der Gewalt, doch ich bin bereit, Gewalt anzuwenden, um meine körperliche Sicherheit zu schützen. In dieser Klinik gibt es mindestens zwanzig Krankenträger und mindestens genauso viele Pitbulls, die Sie bereuen lassen, dass Sie sich hereingeschlichen haben. Und selbst wenn es Ihnen gelänge, mich im Nahkampf zu überwältigen, was ich angesichts Ihres geistigen und körperlichen Zustands und meiner Fähigkeiten im japanischen Kampfsport sehr bezweifle, selbst wenn es Ihnen gelänge, würden Sie auf jeden Fall aufgehalten werden, bevor Sie das Tor erreichten. Deshalb verabschiede ich mich von Ihnen und fordere Sie auf, auf immer und ewig aus meinem Leben zu verschwinden.

Ihn angreifen? Es mit den Hunden aufnehmen? Del Colle auffordern, gründlicher zu ermitteln? Die Anspielung des Professors hatte mich überzeugt, dass Latifs Tod und vielleicht auch der Tod von Al mit dem geheimnisvollen Inhalt des Dossiers zusammenhingen. Ein Geheimnis, in das Poggi und die Schweizer verwickelt waren und vielleicht auch …

Genau in diesem Augenblick erschien die massige Silhouette eines Mannes an der Tür, den ich sofort erkannte. Ich hatte ihn nur ein einziges Mal gesehen, doch Oberst Petrovic gehörte nicht zu den Typen, die unbemerkt bleiben. Stämmig wie ein aus Muskeln bestehendes Parallelepiped, kantig wie Schwarzenegger in seiner besten Zeit, offenbar bestens gelaunt, fläzte er sich auf die Chaiselongue, die darauf mit bedrohlichem Knirschen reagierte.

– Sieh einer an, so eine schöne Gesellschaft, sagte er und schlug wie selbstverständlich die Beine übereinander.

26.

Petrovic trug keine Socken, die Hogans hatte er durch weiche braune Mokassins ersetzt. Er trug zwar einen protzigen Anzug, der anthrazitfarben schillerte, dennoch sah er aus wie ein Soldat auf Freigang: Er konnte nicht verleugnen, dass er lieber einen schweißgetränkten Tarnanzug oder vielleicht sogar ein Leopardenfell getragen hätte.

– Warum steht ihr hier herum wie Marionetten?, rief er lachend aus. – Setzt euch, los!

In der breiigen Fröhlichkeit seines slawischen Akzents lag eine unerwartete ironische Note, die mich veranlasste, mich wieder zu setzen.

Der Professor blieb ostentativ stehen.

– Mit deinem Besuch habe ich nicht gerechnet, stellte er eiskalt fest.

Petrovic gähnte gelangweilt.

– Das ist doch kein Grund, einem guten Freund keinen Whisky anzubieten.

Poggi ballte die Hände zu Fäusten und warf ihm einen finsteren Blick zu, den der Ukrainer ignorierte. Verächtlich grinsend ging er zu der Flasche.

– Whisky, Anwalt?

– Gern.

Ich nahm das Glas, das er mir reichte. Freundlich, dieser Petrovic, ganz Lächeln und Hilfsbereitschaft. Man hätte ihn für einen alten Freund halten können. Eine merkwürdige Situation.

– Der Anwalt geht gerade, flüsterte Poggi.

– Der Anwalt geht nirgendwohin, stellte der Ukrainer fest.

Auf dem Gesicht des Professors machte sich Staunen breit. Ja, die Situation war wirklich merkwürdig. Mir gegenüber spielte der Soldat den Freund, zum Professor war er unfreundlich. Als man mich ihnen vorgestellt hatte, hatte ich gedacht, Petrovic sei nur ein Handlanger; doch wie der alte Alga-Croce gesagt hatte, wenn er sich einen von den beiden hätte aussuchen können … Ja, wenn er sich einen von den beiden hätte aussuchen können … Eine unbequeme Wahrheit begann sich in meine Gedanken zu schleichen.

– Ich habe gesagt, der Anwalt geht!, sagte Poggi drohend und schlug mit der Faust auf den Schreibtisch.

– Das glaube ich nicht, wies ihn Petrovic ruhig zurecht. – Hast du was dagegen?

Der Ukrainer hatte seine Jacke eine Handbreit geöffnet. Unter der linken Achsel lugte bedrohlich eine lange schwarze Pistole hervor. Eine echte Waffe. Eine gefährliche Waffe in den Händen eines Mannes, der in allem wie ein Mörder aussah. Der sogar ziemlich sicher ein Mörder war. Ein Schauer lief mir über den Rücken.

– Hier, in meinem Haus? Bist du verrückt geworden?

Der Professor ließ sich auf einen Stuhl fallen. Mit einem Mal alt geworden, sein Hals plötzlich faltig. Ich hatte jede Menge Gründe, Petrovic zu fürchten, doch Poggis Kapitulation erfüllte mich mit Dankbarkeit und einer giftigen Freude.

– Geben Sie acht, Oberst, wenn Sie so weitermachen, ruft er die Krankenträger und die Hunde, sagte ich mit gespielter Sorge.

Petrovic verstand den Scherz, er lachte kurz auf.
– Haut ab, zischte Poggi.
– Du gibst hier keine Befehle mehr, sagte der Ukrainer. Er lächelte noch, jedoch mit zusammengepresstem Kiefer.
– Hast du jemanden gefunden, der dich besser bezahlt, du Schuft?
Petrovics Lächeln verschwand. Seine Hand wanderte zur Pistole. Dann überlegte er es sich anders und er zuckte mit den Schultern.
– Nichts Persönliches, Professor. Aber es gibt jemanden, dem deine jüngsten Entscheidungen nicht gefallen haben. Er ist sehr, sehr sauer.
Ich hatte Lust, Poggi an die Sätze zu erinnern, die er gerade über Verrat und die unbarmherzigen Regeln seiner Welt zum Besten gegeben hatte. Der Professor hatte regelrecht Angst.
– Gehen wir also, unterbrach ihn der Ukrainer. – Wie sagt ihr Römer? Brechen wir auf. Professor, du hast etwas, das nicht dir gehört. Du weißt, wovon ich rede. Auch der Anwalt weiß es. Du weißt, was passiert, wenn ich die Geduld verliere, Poggi. Gib mir, was ich suche. Ich habe es eilig. Ich muss den Anwalt zu einem sehr, sehr wichtigen Treffen bringen …
Kein zufälliger Besuch! Auch der Ukrainer suchte das Dossier. Und mich. Gewiss hatte ihm irgendwer, sicher sein Chef, den Befehl gegeben, mich zu ihm zu führen. Schön langsam wurde mir die Sache klar. Doch ich wollte zu niemandem geführt werden. Nicht von einem bewaffneten und gefährlichen Mann wie dem Ukrainer. Ich versuchte zur Tür zu gelangen.
– Nun, Professor?
Der Ukrainer ging zum Schreibtisch. Poggi lehnte steif an der Rückenstütze seines nutzlosen Primarstuhls, schwieg verächtlich

und starrte mich an. Erst als Petrovic seinem Blick folgte, wurde ihm klar, was ich vorhatte.

– Halt, Anwalt! Ich darf keinen Schaden anrichten, verstanden? Aber bleiben Sie stehen, bitte!

Mein vergeblicher Fluchtversuch schien ihn zu ärgern. Und vielleicht fragte er sich, ob es nicht an der Zeit war, weniger freundlich und konkreter zu werden.

– Ist gut, sagte ich beschwichtigend und hob die Hände. Er konzentrierte sich wieder auf Poggi.

– Also Professor? Sei kein Idiot. Verstehst du, dass das Spiel verloren ist? Wenn du mir das Dossier gibst, das ich suche, vermeidest du weiteren Ärger … Und du willst doch weiteren Ärger vermeiden, oder?

– Es ist nicht hier, flüsterte Poggi kalt und wies mit einer kaum merklichen Kopfbewegung auf die Tür.

Ach, er wollte mich zum Komplizen machen! Jetzt verstand ich. Petrovic wusste nicht, wo das Dossier war. Poggi versuchte Zeit zu gewinnen. Ich hätte den Ukrainer überzeugen sollen, dass das Dossier irgendwo sonst versteckt war. Vielleicht überlegte sich Poggi, ob er seine Krankenträger und die Hunde alarmieren sollte.

– Professor, zwing mich nicht, ich bitte dich.

– Wie ich schon zum Anwalt sagte, ich habe Vorkehrungen getroffen.

– Meine Geduld ist begrenzt.

Petrovics Finger krallten sich wütend um den Abzug. Für was auch immer ich mich entschied, ich musste es schnell tun. Vielleicht war es riskant, Poggi in seiner eigenen Klinik zu erschießen, doch vielleicht war der Charakter stärker als die Vernunft. Der Ukrainer hatte gesagt, er hatte den Auftrag, mich irgendwohin zu bringen. Aber wenn ich Zeuge eines Mordes wurde …

– Petrovic!
– Was gibt's, Anwalt?
– Im Tresor. Hinter dem Bild. Drei Umdrehungen nach rechts, zwei nach links, wieder zwei nach rechts ...
– Diesem Bild da? Eine schöne italienische Madonna. Kompliment, Professor.

Bevor Petrovic das Bild abhob, bekreuzigte er sich. Poggi schloss die Augen, und als er sie wieder öffnete, hielt Petrovic das Dossier in den Händen. Er warf mir einen enttäuschten Blick zu.

– Er wird Sie umbringen, Anwalt. Sie haben einen großen Fehler begangen. Sobald er bemerkt, dass ...

Petrovic drehte sich zu ihm um und schoss ihm in die Schläfe. Ein einziger professioneller Schuss. Poggi brach stumm zusammen.

– Sie haben ihn umgebracht!
– Reden Sie keinen Blödsinn. Morgen geht es ihm besser als heute. Hier stirbt keiner. Nicht einmal du, Anwalt. Ich habe den Befehl, dich mit höchstem Respekt zu behandeln. Bis jetzt hast du dich gut gehalten. Aber jetzt beginnst du zu nerven. Gehen wir!

Durch einen Seitenausgang traten wir in den Park der Villa della Salute hinaus. Die Nacht war kühl: An einem fernen erleuchteten Himmel fielen Sterne den Horizont entlang, die Oleander wiegten sich in einem sanften Wind, und die Wahrheit lag in der unkontrollierbaren Waffe eines verrückten Ukrainers, der die Aufgabe hatte, mich zum Chef der Bösewichte zu führen. Ich fürchtete, ich wusste, wer der Herr war.

– Welches Auto ist deins?, fragte Petrovic.

Ich zeigte auf den mit Vogelscheiße, Laub, Staub bedeckten Honda. Er brach in Lachen aus.

– Aber was habt ihr hier für Gesetze? Mit so einer Schrottlaube kann man doch nicht fahren!
Ich öffnete schweigend die Tür.

27.

Der Portier war schon zu Bett gegangen, wir fuhren durch das automatische Tor, das sich, Staub und tote Insekten aufwirbelnd, öffnete.

Petrovic summte *Una carezza in un pugno*, wobei er ukrainische und italienische Wörter vermischte. Hin und wieder schüttelte er mit echtem Enthusiasmus den Kopf.

– Adriano Celentano ist großartig!

Warum wollte der Große Puppenspieler mich treffen? Um zu überprüfen, wie gut ich mich bei der Geschichte schon auskannte? Wollte er mit mir ein Abkommen treffen?

Von einem Saumpfad bogen wir auf die dunkle Nomentana Vecchia ein.

Was würde aus mir werden?

Ich war verrückt gewesen, mich so weit vorzuwagen. Ich hatte keine Hoffnung, heil hier herauszukommen. Ich war allein. Allein in der Nacht.

Dann hörte ich Musk. *Oh Biko, Biko, because Biko* … die Hymne der Schwarzen Revolution, gesungen von der heiseren weißen Stimme Peter Gabriels. Ich fuhr langsamer und sah am Straßenrand den alten Volvo-Kombi von Michael, dem Jamaikaner, stehen. Ich begriff, dass ich nicht mehr allein war. Dass ich nie allein gewesen war.

Der Volvo gab mir einen Vorsprung von zwei- bis dreihundert Metern, dann fuhr er mir nach. Petrovic hatte nichts bemerkt. Er summte nach wie vor Celentano und genoss die nächtliche Landschaft. Gleichgültig und schlau glitt das Auto der Schwarzen unsichtbar mit ausgemachten Scheinwerfern dahin, und dessen Musik entriss der Dunkelheit Lichtfetzen. Es war nicht mehr als ein Ektoplasma, eine alte ausrangierte Schüssel, in der vier Schwarze in T-Shirt und Jeans saßen, rauchten und abrockten. Für mich nahezu eine Auferstehung. Petrovic war offenbar sehr gut gelaunt.

– Sag, Anwalt, bist du wirklich Kommunist?
– Den Kommunismus gibt es nicht mehr.
– Genau. Schade. Solange es den Kommunismus gegeben hat, war Russland gefürchtet und respektiert. Ich Oberst der Roten Armee. Große Soldaten. Dann ist der Kommunismus gestorben und alles zu Ende gegangen …
– Petrovic … was passiert danach?
– Wann danach?
– Danach?
– Woher soll ich das wissen? Geld, Weiber, Tod … alles kann sein. Meine Mission ist dann beendet. Ich übergebe dich, dann …

Der Volvo klebte nahezu am Rückspiegel. Ich wusste, Rod lag auf der Lauer, bereit einzugreifen. Er wartete nur auf ein Zeichen, eine Gelegenheit. Und der Ukrainer würde total überrumpelt sein. In einer Kurve leuchteten schon die ersten der tausend Lichter der Stadt. Die Luft wurde trüb, in regelmäßigen Abständen kamen uns Scheinwerfer entgegen. Bei einer Kreuzung, an der es wegen Bauarbeiten eine Umleitung gab, richtete sich Petrovic plötzlich auf.

– Polizei. Scheiße. Los, entschieden weiterfahren!

Wir fuhren an der Streife vorbei, die sich zwischen einem Bauernhaus und einer Pinie mit aschgrauer Krone postiert hatte. Petrovic drehte sich um. Die Polizisten schienen im Stehen zu schlafen, die Maschinengewehre an die Beine gelehnt. Ich warf einen Blick in den Rückspiegel. Der Volvo hatte die Scheinwerfer angemacht und fuhr langsamer. Ich fuhr ebenfalls langsamer.

– Was ist los? Fahr weiter!

Der Volvo war an den Straßenrand gefahren. Ein Polizist war an die Fahrerseite herangetreten und überprüfte mit gezogenem Gewehr die Papiere. Verdammt, er hatte sie angehalten. Der Mörder kommt durch und die Bullen halten die Guten auf: wie immer in Italien!

Wenn ich Rod verlor, war ich erledigt. Ich musste Zeit gewinnen und hoffen, dass sie die Straßensperre passierten. Ich blickte mich verzweifelt um. Der Schotterweg, auf den wir umgeleitet worden waren, schlängelte sich um eine Art grünen Hügel und mündete nach einer ausladenden Kurve wieder in die Hauptstraße. Ich bremste ab. Der Ukrainer zog instinktiv die Pistole.

– Ganz ruhig. War nur ein Hund.

Im Rückspiegel war wieder nichts zu sehen. Ich fuhr langsam bis zum Scheitelpunkt der Abzweigung. Rechts lag eine große Lichtung. Ich blieb am Straßenrand stehen.

– Was ist jetzt wieder los?

– Ich muss ... nun ja ...

– Pinkeln!, sagte er resigniert. – Aber beeil dich, ja?

Ich ging ein paar Schritte weg. Unter mir die menschenleeren Kurven. Meine Zähne klapperten vor Angst. Auch der Ukrainer stieg aus. Breitbeinig stellte er sich neben mich hin und deutete mit einer ausladenden Geste auf die Lichter der Ewigen Stadt. Das Dossier lag unbewacht im Auto. Ich hatte eine verrückte Idee.

– Mach keinen Blödsinn, Anwalt, sagte Petrovic, als ob er meine Gedanken lesen könnte. – Ich habe den Befehl, nicht zu töten, aber wenn ich Mist baue, nimmt es mir auch niemand krumm ... So, jetzt reicht es, verlieren wir keine Zeit mehr! Auf nach Rom, los!

Zufrieden richtete er sich auf. Die Luft roch nach Geräuchertem. Verdammt, Rod, beeil dich. Plötzlich überkam mich eine perverse, absurde Lust zu lachen. Wurde ich verrückt oder war das die Folge des Whiskys, den ich in der Villa getrunken hatte? Zuerst lachte ich leise, kontrolliert, dann übermannte mich ein wilder Lachkrampf, der im hell erleuchteten Tal hysterisch widerhallte.

– Bist du verrückt oder was?

Nach einem ersten Überraschungsmoment blickte mich der Ukrainer belustigt an und schüttelte den Kopf.

– Nein, ich meine, Petrovic ... Was ist das eigentlich für ein Scheißname, Petrovic ...

– Ein alter Name, sagte er etwas beleidigt.

– Petrovic, ich habe keine Ahnung, worum es bei dieser Geschichte geht ... das ganze Getue wegen einem, der keine Ahnung von nichts hat!

– Ja, du bist verrückt. Es gab einen Offizier in Afghanistan ... er meldete sich immer zu ... wie sagt ihr doch gleich ... Selbstmordkommandos. Er lachte immer. Doch einmal sagte er: „Petko ...", das war mein Spitzname, „Petko, du bist verrückter als ich."

Jetzt lachte auch er. Kurze, schrille Schluchzer. Ich hörte, wie es ihn, an den Honda gelehnt, hinter mir schüttelte. Als ob das Dossier, die Mission und der ganze Rest plötzlich keine Bedeutung hätten ...

– Wie viele schöne Sterne! Schauen wir mal, ob ich einen runterholen kann ...

Er zückte die Pistole und zielte. Er schoss zwei-, dreimal, rasch hintereinander. Die Sterne blieben an ihrem Platz. Petrovic schien enttäuscht zu sein. Er konnte sie nicht verletzten. Plötzlich wurde er wieder ernst. Er steckte die Waffe weg und packte mich am Arm.

– Jetzt reichts. Los!

Widerwillig machte ich mich auf den Weg. Immerhin hatte ich ein paar Minuten gewonnen. Dann ... das Brummen kam unaufhörlich näher, Scheinwerferlicht erfasste uns. Ich sah, wie der Volvo von der Straße abfuhr, über den unebenen Boden rumpelte. Petrovic schrie etwas und richtete die Pistole auf die Schweinwerfer. Auch ich stürzte mich kopfüber ins Licht, schrie Rods Namen. Die Projektile zischten Millimeter an meinen Schläfen vorbei. Zwei Schwarze rannten durch die Dunkelheit.

– Auf den Boden!, schrie jemand im Volvo. Der Honda schoss davon, mit dem Ukrainer am Steuer. Die beiden Schwarzen rollten zur Seite, konnten gerade noch ausweichen.

– Er ist weg, sagte Michael. Rod umarmte mich.

– Alles okay, Bruder?

Auf dem Rückweg, während Michael einen Song der unsterblichen Nina Simone auf volle Lautstärke drehte und ich eingequetscht zwischen der Tür und dem Riesen Amadou saß, einem Ex-Boxer aus Benin City, sagte Rod, die Polizei hätte sie festnehmen wollen.

– Verdammt, Val. Dieser Jamaikaner, der Trottel, hatte keinen Führerschein dabei.

– Er hat keinen.

– Wusstest du das?

– Ja.

– Nun, das ist ja unglaublich. Wir waren am Arsch, mein Freund. Wirklich am Arsch. Da hatte ich eine Idee und sagte: Rufen Sie Kommissar Del Colle an. Er bürgt für uns. Sie waren am Ende ihrer Schicht, wahrscheinlich wollten sie so schnell wie möglich nach Hause ... Mit einem Wort, sie haben angerufen und gesagt, alles sei in Ordnung. Du hattest recht: Dieser Bulle ist okay.

– Ja, aber wie habt ihr mich gefunden?

– Seitdem du beschlossen hast, uns zu helfen, säuselte Rod, – warst du nie allein. Ich habe dir ja gesagt, diese Stadt ist wie ein großer Dschungel, und das *Sun City* ist eine Oase mittendrin. Aber nicht einmal dir sind die Brüder mit den dunklen Brillen aufgefallen, die sich im Zug nach Zagarolo herumgetrieben haben ... oder der Zahnlose, der dir die Brille verkauft hat ... oder die Jungs, die die Alleen an der Nomentana gesäubert haben. Ein Dschungel, viele Pfade, und wir verstehen es, die Spuren der Beute zu verfolgen ... So werden wir auch den Ukrainer finden.

– Ich glaube, ich weiß, wo er hingefahren ist.

– Wohin?

Als ich es ihm sagte, verzog Rod das Gesicht zu einer Grimasse.

– Bist du dir sicher, dass du dorthin willst?, fragte er und sah mich perplex an.

– Natürlich. Wir machen uns gleich auf den Weg.

Doch die große Villa war menschenleer. Kein Honda weit und breit. Kein Licht war an. Tote Fenster, nur eine automatische Antwort auf dem Anrufbeantworter.

– Wie es scheint, hast du dich geirrt, stellte Rod fest.

– Das glaube ich nicht.

– Ich schon. Du gehst jetzt jedenfalls ins Bett. Wir unterhalten uns morgen.

Die Jungs setzten mich vor einem chinesischen Restaurant auf der Via Cavour ab. Ich hatte noch eine zerbröselte Toscano, ich war dreckig, ich hatte Hunger und war müde. Doch ich wollte nachdenken. Und hier würden sie keine Fragen stellen. Ich konnte bezahlen, das reichte.

Ich setzte mich an einen runden Tisch, mit der obligaten Drehscheibe in der Mitte. Ein Freund, der eine Chinesin geheiratet hatte, hatte mir einmal erklärt, dieses Ritual, Speisen weiterzureichen, diente dazu, eine intime Stimmung zu schaffen und die Kommunikation zu erleichtern. Eine wunderbare Idee, sofern man jemanden hatte, mit dem man kommunizieren wollte.

Am anderen Ende des Saals bezahlten die letzten Gäste: ein trister, grauer Mann mit einer aufgedunsenen Frau mit einem lästigen Kind im Arm, und ein blühendes Mädchen mit olivenfarbener Haut und großen Brüsten. Sie blickte mich merkwürdig eindringlich an, auffordernd. Als ob sie sich, noch nicht der Verführungskraft ihres Körpers und banalen Lächelns bewusst, nach der Mutterschaft sehnte, aufgrund der die andere erschöpft und unzufrieden war. Mich überfiel der Wunsch nach einem normalen Leben. Ein Zuhause, Kinder. Ich stellte mir vor, Samen zu spenden ... Giovanna ... Wenn das, was ich dachte, wahr war ... Doch das Bild verlor sich im grauen Rauch der Zigarre. Das Mädchen ging hüftwackelnd aus dem Saal und drehte sich nicht nach mir um.

28.

An jedem Abend bei Sonnenuntergang bemächtigte sich ein stummer Chor – Schwarze, Inder und Pakistani – des Esquilins, und jeden Abend räumten die Italiener das Feld, damit sich das Leben der unerwünschten Ausländer einsam inmitten einer atemlosen Menge abspielen konnte. In regelmäßigen Abständen verkündete eine Behörde „Nulltoleranz" und Polizeistreifen räumten den nahen Colle-Oppio-Park. Doch das währte nicht lang. Die Ausländer verzogen sich woandershin. Dann kamen sie zurück. Die Leute hassten sie. Die Mädchen liefen unter das Vordach einer Bushaltestelle, fühlten sich nahezu sicher in der Anwesenheit der Transen, die mit unverdächtigen Familienvätern den Preis für heißen und verbotenen Sex auf dem dunklen Teil der Straße aushandelten.

So ist das Leben. Wer etwas zu verteidigen hat, lebt in der ständigen Angst, der schwarze Mann könnte es ihm wegnehmen. Hin und wieder fragte ich mich, ob meine Solidarität mit ihnen nicht daher rührte, dass ich nichts zu verlieren, nichts zu verteidigen hatte. Ich dachte an Giovanna. Genau. Als ich mich der Illusion hingab, sie ... etwas zu verlieren, etwas zu verteidigen zu haben ... hatte ich instinktiv Rod misstraut. So ist das Leben. Wir alle müssen einen Kompromiss mit dem rassistischen Arschloch finden, das wir in uns tragen.

In der schwülen Nacht ertönten die Klänge des *Carnevale di Venezia*, gespielt von einer improvisierte Roma-Kapelle auf einer illegal errichteten Bühne auf der Piazza dell'Esedra. Um den Schlafsaal des Flüchtlingswerks von Don Franco zu erreichen, musste ich die Bahnhofshalle durchqueren. Rod hatte beschlossen, dass ich nicht in den Prattico-Wohnblock zurückkehren durfte. Zu gefährlich. Wenn wir Petrovic suchten, dann konnte Petrovic auch uns suchen. Und es gab einen sicheren, einen sehr sicheren Ort: einen Ort, wo niemand Anwalt Valentino Bruio suchen würde.

Der Bahnhof würde bald geschlossen werden. Die spärlichen Reisenden, die auf den letzten Nachtzug warteten, biwakierten müde rund um den Riesen-TV-Schirm, auf dem ein Sprecher des Staatsfunks die Nachrichten las: beruhigende Stimme, makelloser Zweireiher, ein Lächeln wie ein Autoverkäufer: der Prototyp des Italian Style.

„Der Präsident der Republik konnte an der Feier anlässlich des 150. Jubiläums der Accademia dei Virtuosi nicht teilnehmen …"

– So 'ne Scheiße, sagte jemand, – da werden sie sich aber gekränkt haben.

Jemand applaudierte, andere lachten. Auf dem Bildschirm sah man Szenen von Straßenschlachten.

„Novère. Ein Dorf in Aufruhr. Straßensperren und gewaltsame Ausschreitungen nach der Ankündigung, dass ein Lager für Xoraxane-Roma errichtet werden soll. Der Missmut des kleinen Dorfs explodiert in wütenden Protesten, deren Echo bis zum Palazzo Marino dringt. Das Bürgerkomitee, das Solidaritätsbekundungen aus ganz Italien erhalten hat, verlangt mehr Wasser, mehr Licht und den Abtransport der Roma und Sinti."

Die Initiatoren des Aufruhrs, die von einem nationalistisch eingestellten Journalisten interviewt wurden, erklärten – obwohl sie natürlich keine Rassisten waren –, dass sie „diese Leute" nicht haben wollten. Nicht bei sich zu Hause. Die ganze Welt ist ein Dorf.

– Recht haben sie!, schrie eine Stimme hinter mir. – Sie gehen uns auf die Eier!

– Wir haben die Schnauze voll von ihnen!

Ich schummelte mich an zwei Polizisten vorbei, die nicht wussten, ob sie offen ihre Zustimmung bekunden oder die Versammlung rund um den Bildschirm auflösen sollten. Am Eingang zum Schlafsaal gab es viele Fragen und Suppe. Sie warfen nur einen flüchtigen Blick auf den Ausweis, der auf einen algerischen Staatsbürger namens Rashid Kamel ausgestellt war. Im *Sun City* benutzten sie ihn, wenn jemand schnell mal verschwinden musste. Man wies mir eine klapprige Liege, einen Schlafsack und ein makelloses weißes Laken zu. Ich taumelte in den Schlafsaal mit den rissigen Wänden. Circa zweihundert Stockbetten entlang der Wände. In der Luft lag ein unglaublicher Gestank nach Moder und Urin.

Ich gelangte zu meinem Platz, gefolgt von gleichgültigen oder neugierigen Blicken. In den Augen der Mönche und der wackeren Freiwilligen ging ich vielleicht als Flüchtling aus dem Nahen Osten durch, doch hier roch man aus einer Meile Entfernung, dass ich ein Eindringling war. Anwalt Bruio. Ausgestoßen von seinen Leuten und auch den Barbaren … Ich kroch in den feuchten Schlafsack und versank in einen Albtraum, der von Giovannas Augen beherrscht wurde, die mal kalt und fern, mal freundlich und aufrichtig waren. Hin und wieder tauchte der alte Noè auf: Er nahm die Maske des Ehrenmanns ab und darunter erschien der Schnabel eines Ungeheuers wie aus einem mittelalterlichen Bestiarium. Ich fuhr hoch, jemand hatte mich gerüttelt.

– Da ist er, sagte eine schlaftrunkene Stimme.

Fünf oder sechs Schwarze beugten sich über mich. Sie blickten mich verdutzt an, richteten eine bedrohliche Taschenlampe auf meine Augen.

– Wer schickt dich?, fragte einer.
– Spion?
– Polizei?
– Rodney ... Rodney Wilson schickt mich, stammelte ich.

Ein anderer holte ein kurzes Messer mit einer gezackten Klinge hervor. Ich wiederholte mehrmals Rods Namen. Die Schwarzen unterhielten sich eine Zeit lang in einem unverständlichen Dialekt. Schließlich reichte mir der mit dem Messer die Hand.

– 'tschuldigung, Anwalt. Jetzt ist alles klar. Hier bist du unter Freunden.

Das war nicht das Leben. Das war das *Sun City*.

29.

In einer Seitenstraße nur einige Meter vom Tor der Alga-Croce entfernt, lehnte Rod träge am Honda, wie immer einen Joint zwischen den Lippen und eine aufgeschlagene Zeitung vor sich, die sich im warmen Morgenwind bewegte.

– Du hattest recht, sagte er, als er mich kommen sah. – Der Ukrainer hat die Nacht mit ... nun ja ... einem Mädchen verbracht, dann ist er vor einer Stunde hierhergekommen.

– Ist sie da?

– Wer?

– Komm schon, Rod, Giovanna ...

– Die Frau und das Kind sind zehn Minuten nach dem Ukrainer gekommen. Gemeinsam mit den beiden Dienern. Als Letzter ist der Alte gekommen. Der Ukrainer ist kurz bevor du gekommen bist, wieder gegangen. Ich habe ihm Michael an die Fersen geheftet ... Aber sag mal: Woher wusstest du, dass wir uns hier treffen?

– Vergiss es. Ich muss hinein, gleich.

Ich dachte, Giovanna sei eine Art Gefangene. Eine Geisel, die Poggi ausgeliefert werden sollte. Ich hatte die Aufgabe, sie zu befreien. Doch zuerst musste ich das Dossier in die Finger bekommen. Denn da drin stand die Wahrheit. Vor fast einer halben Stunde hatte mich Gebre, ein Eritreer, der einem Dutzend

Todesurteilen entgangen war, aus dem Schlafsaal geschleppt und mir mitgeteilt, dass man Petrovic gefunden hatte. In der Villa. Ich hatte also recht behalten. Am Handy hatte ich Del Colle angerufen. Der Akku hatte mitten in der Nachricht, die ich hinterließ, aufgegeben. Ich hatte es noch von einem öffentlichen Telefon aus probiert, ihn jedoch nicht erreicht. Ich hatte meinen Namen mehrmals einem schwerhörigen Telefonisten ins Ohr geschrien, war mir jedoch nicht sicher, ob er ihn notiert hatte.

– Ich muss hinein, Rod.

– Das ist nicht einfach, Val.

– Machen wir es so: Du lenkst die Diener ab und ich versuche irgendwie hineinzukommen.

Rod machte den Joint aus und kratzte sich die Stirn. Ich duckte mich, damit man mich nicht sah. Er ging mit kühnem Schritt zum Tor. Ein großer, muskulöser Schwarzer in einem Madras-Sakko und mit Krawatte. Er schien auf den Zehenspitzen zu tanzen. Er klingelte zweimal. Die förmlichen Inder erschienen. Rod sagte etwas. Die beiden schüttelten lächelnd den Kopf. Rod ließ nicht locker. Die Inder hörten ihm sehr aufmerksam zu. Schließlich öffneten sich die Flügel mit beruhigendem Summen. Rod machte mir ein Zeichen. Das Tor war offen. Ich schlich hinein. Er hakte sich bei den Indern ein und sorgte dafür, dass sie mit dem Rücken zum Tor standen.

Das war meine Chance. Ich schnellte los. Ich lief durch das Tor, bevor sich die Flügel wieder schlossen. Eine Hecke, ein Geschenk des Himmels, schützte mich vor den Blicken der Inder, die noch immer mit Rod plauderten. Ich wartete darauf, dass sie mir wieder den Rücken zukehrten, und lief zu der Treppe, die ich am Abend der Party hinuntergelaufen war. Die Sonne schien schon heiß, das Eisen glühte, doch ich war im Nu oben. Ich legte

den Fluchtweg, den Nicky mir gezeigt hatte, in umgekehrter Richtung zurück und befand mich plötzlich in der schweigenden Villa Alga-Croce. Alles schien menschenleer. Ich schlich auf den Hauptgang. Niemand. Nicht einmal das ferne Echo von Stimmen ...
– Schnell!
Das war Nicky. Bleich, erschöpft, aber glücklich. Instinktiv umarmte ich ihn.
– Ich habe alles gesehen. Deinen Freund und die Inder ... Ich hoffe, er entführt sie und bringt sie nach Afrika. Ich halte die beiden nicht aus. Sie sind wie aus einem schlechten Film.
– Wo ist die Mama, Nicky?
– Keine Ahnung. Vielleicht ist sie wieder abgereist ... Hier ist nie wer.
– Gestern ... davor, wo wart ihr?
– In Großvaters anderem Haus ... aber auch dort ist es sterbenslangweilig.
– Nicky, wo ist deine Mutter?
– Ich habe dir doch gesagt, dass ich es nicht weiß! Großvater ist in seinem Arbeitszimmer und frühstückt, ich langweile mich. Ich darf nicht hinaus. Mama kommt und geht. Alle drehen durch. Der Großvater ist auf den Arzt sauer. Umso besser. Bleibt er mir wenigstens erspart ...
Ich bückte mich, um ihn zu streicheln.
– Hör zu, Nicky, wir sind Freunde, oder?
– Sicher! Und wenn du mich aus diesem Friedhof befreist, sind wir noch mehr Freunde!
– Hör mal, hast du den Ukrainer gesehen?
– Wen? Ach den, der aussieht wie Lex Luthor ...
– Ja, genau den ... Er und Großvater haben sich unterhalten, oder?

– Sicher.
– Und wo?
Er führte mich in ein Arbeitszimmer, das ich noch nie gesehen hatte. Kleiner als das, in dem der Alte mich empfangen hatte. Das sagenhafte Dossier lag nachlässig auf einem weißen Sofa.
– Nicky, flüsterte ich und unterdrückte die Aufregung. – Du gehst jetzt auf den Gang und hältst Wache, bis ich dir sage, dass du zurückkommen sollst. Und wenn du jemanden siehst …
– Singe ich!
– Sehr gut. Rekrutiert. Und jetzt verschwinde.
– Zu Befehl, Captain Harlock!
Das Dossier war in meinen Händen. Aber jetzt, wo ich absolute Macht hatte, zögerte ich angesichts der verbotenen Tür. Was auch immer es zu wissen gab, stand da drin. Die Wahrheit war zum Greifen nah. Wenn ich hingegen beschlossen hätte, es nicht wissen zu wollen … Unbewusst ahnte ich, dass sich auf diesen Seiten etwas Schmerzvolles verbarg, das die Macht hatte, mich zu vernichten.
Ich kramte in meinen Taschen. Ich hatte keine Zigarren mehr. Ich hatte vergessen, mir welche zu besorgen. Doch ein Zündholz war da. Eine kleine Flamme. Ein schönes Feuer. Und ich hätte nicht erfahren, wovor ich so große Angst hatte …
Mit einer wütenden Geste öffnete ich das Dossier und las.

30.

Die Dokumente waren peinlich genau in chronologischer Reihenfolge geordnet. Schweizer Präzision, dachte ich beim ersten Blick auf die aseptische Genauigkeit des Ganzen. Professor Poggi hätte das Ganze auf einem USB-Stick speichern können. Doch offensichtlich hielt er eine Dokumentation auf Papier für schicker.

13. März
Einweisung in die Clinica della Salute. Name des Patienten: Alga-Croce Nicolò. Alter: 7. Normale Konstitution. Regelmäßige Exantheme. Begleiter: Alga-Croce Giovanna. Beschwerden: Gewichtsverlust, Asthenie, unnatürliche Müdigkeit, Verstopfung. Aufgrund von Voruntersuchungen kann eine Allergie ausgeschlossen werden.

Es folgte ein klinisches Tagebuch. Drei Tage lang wurde das Kind einer Vielzahl von Tests unterzogen. Am 16. März erfolgte eine erste vorsichtige Diagnose: Kardiomyopathie, noch nicht abgeklärt. Am 20. März eine genauere Diagnose: angeborene Kardiomyopathie. Keine therapeutische Indikation. Einzige Möglichkeit: ein chirurgischer Eingriff. Sonst war die Prognose *quoad vitam* ungünstig. Nicky war dem Tode geweiht. Noch am selben Tag begann der Mailverkehr mit der Swiss Bank for Life.

from: villa.direct@husspluss.com
to: sbl.4289@husspluss.com
re: hum heart request

Human heart needed with absolute necessity. Age from 6 to 8.
Needs perfect integrity. In answer refer to re. Rip off.
The director

---

from: sbl.4289@husspluss.com
to: villa. direct@husspluss.com
re to re: hum heart request

no available object. sorry. retry. rip off done

Das war die Geschichte. Die Villa della Salute suchte dringend ein menschliches Herz, das von einem Individuum zwischen sechs und acht Jahren stammte. Ein intaktes Herz. Die Bank antwortete: Tut uns leid, im Augenblick haben wir keines. Versuchen Sie es später noch mal. Jetzt verstand ich, warum Poggi und die Schweizer die verschlüsselte Seite für die Kommunikation benutzten, die nur von Zaphods diabolischen Fähigkeiten dechiffriert werden konnte. Jetzt wusste ich, worum es ging: Organhandel.

Drei Tage hintereinander wurde die Anfrage immer wieder aufs Neue gestellt. Die Antwort war immer negativ. Am 25. März teilte Poggi, der diesmal selbst unterschrieb, mit, dass Nicky nur noch fünf bis sechs Tage zu leben hatte. Doch die Antwort der Bank war nach wie vor negativ.

Noch am selben Tag wurde eine Erklärung verfasst. Signor Anawaspoto Ray erklärte sich damit einverstanden, dass die

Organe seines Sohnes Barney im Falle eines Unfalltodes oder eines anderen Todes der Schweizer Bank zur Verfügung gestellt wurden, um „zum Zwecke der wissenschaftlichen Forschung, einschließlich der Transplantation" benutzt zu werden. Erst wenn er volljährig war, erlosch die Gültigkeit dieser Einwilligung. Ebenfalls am 25. März stimmte der südafrikanische Staatsbürger Anawaspoto Ray in einer weiteren beigefügten Erklärung zu, dass sein Sohn Barney im Zürcher Internat Zollinger aufgenommen werden sollte. Frist: der 26. März dieses Jahres. Selbst auf dem gescannten Dokument war auf den ersten Blick zu erkennen, dass die unsichere und zittrige Schrift dieselbe war wie die, die der Entnahme der Organe zugestimmt hatte. In diesem Augenblick wurde mir schwarz vor den Augen. Die Wahrheit. Die Wahrheit war schlimmer als der ärgste Albtraum. Wie hatte Del Colle gesagt? *Onkel Toms Hütte?* Wozu waren sie fähig? Mit zusammengepresstem Kiefer las ich weiter.

27. März
    Experimentelles Biotechnologisches Forschungszentrum Kraft-Ebbing, Zürich, Reanimationszentrum. Aufnahme des Patienten Anawaspoto Barney. Begleiter: Mr. Sidi al-Brueh Latif. Herkunft: Ausland. Alter: 7. Normale Konstitution. Negroide Rasse. Insulinkoma, noch nicht abgeklärt, Intensivstation.

28. März
    19 Uhr: Einberufung der kantonalen Ärztekommission im Kraft-Ebbing-Forschungszentrum, um den Tod des Patienten Anawaspoto Barney aufgrund eines irreversiblen zerebralen Komas festzustellen. Überprüfung der Rechtmäßigkeit der Organentnahme im Falle des *obitus*. Organe entnommen und sbl übergeben.

from: villa.direct@husspluss.com
to: sbl.4289@husspluss.com
re: hum. org.

Bestätige Bereitschaft für den Empfang von Organen in autorisiertem Operationssaal, Rom, Team Professor Poggi M. Transport der Spenderorgane mittels Privatflugzeug von Dr. Noè Alga-Croce, Empfänger in CC

29. März
   8.45 Eingriff durchgeführt. Spenderherz von Anawaspoto Barney Alga-Croce Nicolò transplantiert. Wahrscheinlichkeit einer Abstoßung: weniger als 3% in den ersten 48 Stunden. Später: keine Wahrscheinlichkeit einer Krise.

---

from: villa.direct@husspluss.com
to: sbl.4289@husspluss.com
re: hum. org.

code 44

---

from: sbl.4289@husspluss.com
to: villa.direct@husspluss.com
re: code 44

code confirmed

Die letzten beiden Nachrichten enthielten die Aufforderung zur Vernichtung des Mailverkehrs, in dem Poggi eine Anfrage gestellt hatte und die Schweizer die Durchführung des Auftrags bestätigten. Doch Poggi hatte ein schmutziges Spiel gespielt, er hatte das Corpus Delicti aufbewahrt. Latif war dahintergekommen. Dafür hatte er sterben müssen. Doch auf gewisse Weise hatte er mich informiert. Gut, jetzt wusste ich alles. Alle Illusionen, die ich mir über meine Mitmenschen gemacht hatte, waren auf elende Weise und endgültig zerstört worden. Das war die Geschichte. Darin bestand der Dank, den die Alga-Croce Professor Poggi schuldeten. Barneys Leben für Nickys Leben. Lebendiges Kind, totes Kind. Ein Unschuldiger weniger. Wer hätte es je bemerkt? Ein Kind, das sich in Luft aufgelöst hatte. Ein schwarzes Kind, das sich in Luft aufgelöst hatte. Erklärungen, Anlagen, Organentnahmen, Transplantationen. Das Leben der Auserwählten und das Leben derer, die im Schatten stehen. Nicky war dem Tode geweiht.

Jetzt verstand ich die Worte Großvater Noès über die göttliche Ungerechtigkeit. Barney, der seinem Vater unter dem Vorwand entrissen wurde, in einem Schweizer Internat „erzogen" zu werden. Mit einem Trick ermordet, der so alt wie die Menschheit war: Insulinkoma. Und sein schwarzes Herz wird dem weißen Kind eingepflanzt. Auf durch und durch legale Weise. Der Vater hatte die Organentnahme genehmigt. Ein Unfall, vorzeitiger Tod, ein Unglück, da kann man doch nichts machen, oder? Aber was glaubten sie? Dass Al ein Tier war? Dass er seinen Sohn vergessen würde, nachdem man ihn ihm weggenommen hatte? Wie hatten sie ihn so lange zum Schweigen gebracht? Hatte es Versprechen gegeben? Oder Drohungen?

Dann hatte dieser Schwarze, der sich hemmungslos gehen ließ, zu viele Fragen gestellt. Hatte er etwas geahnt? War das Gesicht des Weißen wieder zum Vorschein gekommen, der mit Fackel und Gewehr bewaffnet nachts in den Vorstädten von Johannesburg Jagd auf die Schwarzen gemacht hatte? Al vergisst nicht, also ist Al eine Gefahr. Al wird umgebracht. Aber da ist auch noch Latif. Noch ein Schwarzer. Ganz anders als der verzweifelte Vater. Latif ist gierig. Er verlangt zu viel. Man könnte vielleicht noch verhandeln, doch da taucht ein Anwalt auf, der rumschnüffelt. Was ist mit dem? Was sollen wir mit dem machen? Wir wollen nicht, dass er Latif einen Floh ins Ohr setzt. Und Latif wird getötet. Doch mit dem Anwalt kann man nicht kurzen Prozess machen: Das geht nur bei Schwarzen. Der Anwalt verdient eine Sonderbehandlung. Welche? Vielleicht ein Abenteuer mit der schönsten Frau der Welt?

Eine kalte Wut kochte in mir. Ich riss die Tür auf. Nicky stand noch auf dem Gang, erfüllte brav seine Aufgabe als Wache.

– Alles ruhig, Captain.

Wer war dieses Kind? Nicky? Barney? War er deshalb weniger unschuldig? Wer auch immer er war ... wer auch immer er war ... seine Augen glänzten. Lebendig.

– Komm mit, schrie ich und zerrte ihn am Arm weg. Seine Augen füllten sich mit Tränen.

Doch nicht ich drang in das Arbeitszimmer des alten Noè ein. Nicht ich schleuderte das Tablett mit Bacon and Eggs und die berühmte Flasche Angus McGregor mit dem scheußlichen Blend darin gegen die Wand. Nicht ich, denn an meine Stelle war ein wildes Tier getreten, das schon zu lange in den Tiefen meines Selbst existiert hatte. Ein Tier, das den absoluten Horror gesehen hatte und es der Welt mit der einzigen Währung vergelten wollte, die dort Gültigkeit hatte: Aug um Aug, Tod um Tod. Ich wollte meine Hände um den welken Hals legen. Ihm die Adern herausreißen. Die Nervenstränge. Ihn foltern. Langsam töten. Den blasierten alten weißen Mann vernichten, der mit einem Augenzwinkern auf die Zerstörung seines edlen Frühstücks reagierte, der sich stilvoll einen Butterfleck von seiner violetten Hausjacke wischte, auf der das widerliche Motto stand: *Nulla maiestas sine turpitudine.* Und gleichzeitig verspürte ich den überwältigenden Drang zu weinen. Den Rest von Menschlichkeit in einem heißen Ozean von Tränen zu begraben und dann auf immer zu verschwinden ...

Ich ließ mich auf einen Stuhl fallen. Nicky tröstete seinen Großvater, warf mir vorwurfsvolle und enttäuschte Blicke zu.

– Aufgrund der Umstände glaube ich zu verstehen, sagte der Alte leise und blickte sich um, – dass die Situation endlich geklärt ist.

Ich musste nicht antworten. Der Alte wich meinem Blick aus.

– Nicky, lass uns allein. Und denk daran, dass ich dich um einen Gefallen gebeten habe ...

– Ja, Großvater.

Der Kleine entzog sich der Liebkosung des Alten und baute sich vor mir auf.

– Du bist kein Freund. Du bist ein elender Spion.

– Ich bitte dich, Nicky. Der Anwalt und ich müssen uns über Erwachsenenangelegenheiten unterhalten.

Nicky lief davon, voller Groll. Nie hätte er sich gedacht ...

– Petrovic ist auf seine Weise ein Ehrenmann, sagte der Alte ruhig. – Als er mir berichtete, dass ihr euch ... aus den Augen verloren habt, konnte er kaum meinem Blick standhalten. Doch die Dinge haben sich erledigt. Ich wollte das Dossier, und ich wollte, dass Sie es lesen. Wieder einmal habe ich das Ziel erreicht, das ich mir gesetzt habe.

– Sie sind ein Ungeheuer.

Einen Augenblick lang schien Alga-Croce die Kontrolle zu verlieren. Er ballte die Fäuste und seine Augen wurden zu zwei dünnen, beunruhigenden Schlitzen. Doch das Lächeln und der freundliche Ton kehrten bald zurück.

– Der intelligente, loyale, impulsive Anwalt Bruio … Das sind die richtigen Eigenschaften für eine Welt, die schon bald ihre Lust an leerem Getue verlieren und die Lust am Kampf wiederfinden wird. Sie haben das alles natürlich mit meiner Hilfe herausgefunden, aber auch dank Ihrer Gerissenheit und Hartnäckigkeit. Sie sind ein Enthusiast, doch wie ich Ihnen schon einmal sagte, Sie sind ein Rohdiamant. Man müsste Sie noch schleifen.

Ich sprang auf, packte die Whiskyflasche und nahm einen großen Schluck. Ich nahm sogar die Montecristo, die der Kindsmörder mir reichte.

– Ihr habt ihn umgebracht, um ihm das Herz zu stehlen, flüsterte ich. – Er war noch ein Kind! Ihr habt dem Vater vorgemacht, ihm eine Ausbildung zu bezahlen, und als er ihn sehen wollte, habt ihr auch ihn umgebracht!

– Er wollte sich nicht damit abfinden, rechtfertigte sich der Alte. – Wir haben tausendmal versucht, ihm zu erklären, dass es besser war zu vergessen … Es liege an den Gesetzen, den Regeln, dem internationalen Recht. Aber er ließ nicht locker. Er ahnte etwas. Die Typen sind immer in Alarmbereitschaft. Sie sind wie Trüffelschweine. Da haben wir ihm erzählt, es habe einen Unfall gegeben. Ein Verkehrsunfall kann immer passieren. Doch auch das akzeptierte er nicht. Er glaubte uns nicht. Er glaubte nichts von dem, was wir ihm erzählten, dann haben wir ihm noch mehr Geld angeboten … Ich sage noch mehr Geld, denn natürlich war auch die erste … Transaktion nicht gratis gewesen. So viel, wie er nicht einmal in zehn Leben verdient hätte. Umsonst. Alles war sinnlos bei diesem sturköpfigen Schwarzen. Ich muss zugeben, dass Petrovic ziemlich grob zu ihm war, doch die Idee, zu einem Anwalt zu gehen ...

– Dabei hatte er mir gar nichts gesagt ...

– Das konnten wir natürlich nicht wissen. Und Petrovic ist auch bei Latif grob geworden. Dem Schwarzen war es gelungen, das Dossier zu finden, nur aufgrund eines unglücklichen Zufalls konnten wir es nicht zurückerlangen. Leider ließ Latif sich von Skrupeln übermannen ...

– Das ist offenbar eine Eigenschaft der Schwarzen, knurrte ich. Ich wollte ihn verletzten. Um jeden Preis. Auf jede erdenkliche Weise ... Der Alte hob kaum die Augenbraue. Und redete weiter, als ob es keine Unterbrechung gegeben hätte.

– Außerdem werden Sie verstehen ... die Möglichkeit einer Erpressung, solange Nicky noch rekonvaleszent war ...

– Aber ich weiß jetzt alles!

– Sicher, sicher. Ich hielt es nur für fair, Sie über das Ganze zu informieren. Doch Ihr Wissen kann uns nicht schaden. Es wird Ihnen nichts zustoßen: Sie haben mein Ehrenwort!

– Ach ja? Und warum? Weil ich weiß bin und studiert habe? Weil ich der menschlichen Rasse angehöre?

Ich wollte nur raus aus diesem Milieu. Reine Luft atmen. Aber ich blieb wie angeklebt auf dem Sessel sitzen. Trotz allem übte der Alte einen hypnotischen Zauber auf mich aus.

– Glauben Sie mir, ich habe keine Skrupel, stellte er eiskalt fest. Ein Mord ist mir in moralischer Hinsicht völlig egal. Könige, Päpste, Kaiser und Helden haben im Lauf der Jahrhunderte immer wieder Morde begangen, um die zu beseitigen, die ihnen im Weg waren. Ich persönlich unterscheide nur im Hinblick auf die Opfer. Schauen Sie, Anwalt, ich habe Sie beobachtet, analysiert.

– Wirklich? Was für eine Ehre!

– Bevor Sie noch einen Fuß in mein Haus gesetzt haben, wusste ich bereits, was für ein Mann Sie sind. Eine gute Freundin hat mir dabei sehr geholfen.
– Die nigerianische Hure, nehme ich an.
– Vergreifen Sie sich bitte nicht im Ton. Cheryl ist ein großartiger Mensch und eine hervorragende Liebhaberin. Auch wenn Sie ihr nicht die geringste Aufmerksamkeit geschenkt haben ... doch die Operation erforderte eine aufmerksame Untersuchung. Ich konnte ja nicht zulassen, dass das Ganze wegen eines Unbekannten scheiterte. Cheryl zurückzuweisen war ein instinktiver und absolut genialer Zug. Ich erkannte, dass das Spiel spannend werden könnte. Ich beschloss, Ihnen eine Chance zu geben.
– Eine was?
– Eine Chance. Ich wollte Ihre Grenzen ausloten. Sie persönlich kennenlernen. Sie hatten sich der Gefahr ausgesetzt. Gut. Ein Gefühl ist entstanden, das Sie gefangen genommen und fast übermannt hat. Gut. Sie waren schon drauf und dran, sich aus dem Spiel zurückzuziehen. Gut. Poggis Eingreifen war in Hinblick auf das strategische Gebäude, das ich geduldig entworfen hatte, eine Katastrophe. Sie haben sich versteift. Dennoch haben wir Ihnen noch eine Chance gegeben, sich zurückzuziehen. Die unangenehme Wahrheit wäre Ihnen so erspart geblieben. Doch Sie haben weitergemacht. Bis zum Schluss. So haben Sie meine Ahnung bestätigt.
– Aber wovon sprechen Sie in Gottes Namen?
– Ich sage Ihnen, dass eine alte müde Rasse frisches Blut braucht. Ich sage Ihnen, dass Sie Giovanna heiraten werden.

Das war es also, was der kultivierte Okzident für mich bereithielt. Ich seufzte, dann brach das berühmte Lachen-das-euch-alle-begraben-wird aus mir heraus. Er wollte mich kaufen ... und ein Teil von mir war überaus bereit dazu. Die Welt gehörte den Mittelmäßigen, weil die Talentierten sie ihnen Tag für Tag überließen. Der Skandal würde begraben werden. Die Beweise vertuscht. Alles würde auf eine Fehde unter Schwarzen zurückgeführt werden. Barney war einem Unfall zum Opfer gefallen. Giovanna liebte mich wirklich. Ich konnte das Ruder der Alga-Croce übernehmen. Ich musste nur einmal ganz kurz die Augen schließen und wegschauen. Ein einziges Mal. Ausnahmsweise. Aus Liebe zur weißen Frau. Für ein Kind, das ein wunderbares unschuldiges Leben vor sich hatte. Für einen Alten, der so liebenswürdig, verführerisch, menschlich war …

– Nicht alle können gewisse Entscheidungen verstehen, fuhr Noè fort, mit einem warmen, väterlichen Ton in der Stimme. – Meine Tochter hat von gewissen Details keine Ahnung. Sie weiß nicht … Sie darf nie erfahren, aufgrund welcher schmerzhaften Entscheidung Nicky am Leben ist. Es handelt sich um Geheimnisse, die so schwer wie Mühlsteine sind, Anwalt. Sie sollten nur unter Männern geteilt werden. Männern wie uns.

– Was reden Sie da!, schrie ich und stieß wütend den Zigarrenrauch aus, endlich aus dem Bann befreit. – Männer wie wir! … Sie sind verrückt!

– Ich habe die Pflicht, dafür zu sorgen, dass das Geschlecht der Alga-Croce fortbesteht und gedeiht.

– Mit Poggi?

– Mit Ihnen! Poggi hat keine Ahnung, was wahre Klasse ist. Er hasst Zigarren, um nur einen Grund zu nennen. Dann sein Versuch, mit geheimen Mächten zu spielen … Er wollte mich mit seinem lächerlichen Dossier erpressen … Als ob ich etwas von ihm zu befürchten hätte. Nein, gegen einen wie Poggi kann ich nicht verlieren, Valentino. Ich darf dich doch Valentino nennen, oder? Ich kann nicht verlieren. Ich bin das Endprodukt einer rücksichtslosen natürlichen Auslese. Poggi ist vielleicht reich zur Welt gekommen, ich bin es geworden. Ich weiß, was es heißt, hart zu spielen. Poggi – ein Fiesling, der glaubt, die Welt würde wegen einer Organtransplantation untergehen. Ach was! Die Swiss Bank bedient Hunderte von Ländern, und Techniker wie Poggi kenne ich mindestens ein Dutzend. Ich gestehe Ihnen ein gewisses Staunen zu, Anwalt, aber glauben Sie mir: Es ist bestimmt nicht zum ersten Mal passiert, dass Organe auftauchen, kurz bevor der Patient stirbt. Glauben Sie ja nicht, dass hinter jedem glanzvollen Fortschritt der Wissenschaft nur Schweiß, intellektuelle Mühe und Wunder stecken. Ich bin nicht der Erste, der einen todgeweihten kleinen Schwarzen in ein Flugzeug gesetzt hat. Ich bin nicht der Erste und ich werde auch nicht der Letzte sein. Ich kann Ihnen mindestens zehn Fälle aufzählen ... Schauen wir mal ... Da gibt es jemanden, der Hoden gekauft hat, um einer gewissen Dynastie einen Erben zu verschaffen, und einen, der eine Hornhaut gekauft hat, um sich im Fernsehen besser sehen zu können, und einen, der eine Zunge angefordert und bekommen hat, um Shakespeare zu rezitieren, oder eine Niere, um wieder eine klare Pisse zu haben. Eine unglaubliche Zahl von Organen ist im Umlauf. Der arme Barney hatte bloß Pech. Hätten wir Nickys Missbildung ein paar Jahre früher erkannt, hätten wir im Kosovo oder in einer anderen Region viel einfacher ein Herz bekommen, dort, wo die Menschen sich aus Glaubensgründen umbringen oder wo die Mafia oder sonst wer mordet. Doch wir hatten den Spender bei uns zu Hause, sehr bequem, und da ... Auf jeden Fall sind die Organe von Schwarzen überaus gefragt: Wenn sie die frühe Kindheit überleben, sind sie sehr robust, fast unzerstörbar.

Ich hätte diese widerwärtige Stimme vielleicht zum Schweigen bringen können. Doch konnte ich auch die Gespenster vertreiben, die sie heraufbeschworen hatte? Die Montecristo war ausgegangen. Ich hing an seinen Lippen.

– Überlegen Sie doch mal, Anwalt, fuhr er fort. – Was für ein elendes Schicksal hatte der kleine Schwarze vor sich, der in einer großen Stadt herumirrte, die für Menschen gemacht ist, die ganz anders sind als er? Fern seines Dschungels, mit einem Vater, der als Säufer oder Räuber enden würde oder, noch schlimmer, in einer Blutlache mit durchgeschnittener Kehle in einer Straße hinter dem Bahnhof, ermordet von einem anderen verzweifelten Schwarzen ... Sie wissen doch, wovon ich spreche, oder? Sie kennen sie gut, Sie haben viel Zeit mit ihnen verbracht. Aber denken Sie darüber nach. Etwas Hausverstand! Nicky und dieser Junge sind fürs Erste wie Milchbrüder. Sie wachsen gemeinsam auf, doch irgendwann machen sich die Unterschiede bemerkbar. Das Blut, die Vernunft, die Klasse: Alles fordert sein Recht. Rechte, die viel schwerer wiegen als die fiktive Gleichheit, die Menschen wie Sie predigen. Nicky wird einmal eine große Verantwortung übernehmen müssen. Hunderte Familien werden ihr Glück oder ihren Ruin seinen Entscheidungen verdanken. In seinem Leben wird es keinen Platz mehr für den alten Spielkameraden geben. Barney wird verlassen. Und in seiner kleinen schwarzen Seele regen sich Neid, Groll, Bitterkeit. ... „Wir waren doch Freunde, Nicky", deklamierte der alte Mann theatralisch, und in seiner Grimasse lag etwas Weibisches und Nachäffendes. – „Und jetzt hast du nicht einmal mehr eine Minute für deinen alten Barney? Gehen wir nicht mehr gemeinsam zu den Weibern? Du hast gesagt, dass dir die Schwarzen so gut gefallen ... Ich will kein Angestellter in dieser abgelegenen Filiale in Tunesien sein, das ist ja mitten in der Wüste. Mein Gott, wie konntest du mich nur so abschütteln, nach allem, was zwischen uns gewesen ist?" Und Nicky wird darauf scheißen, Anwalt. Er wird darauf scheißen, weil Barney das bleibt, was er immer gewesen ist: ein Schwarzer in einer Welt der Weißen, ein Armer in der Welt der Reichen, ein Loser in einer Welt, die den Gewinnern gehört.

Noè lehnte sich gemütlich zurück, legte die Zigarre in einen Aschenbecher aus Elfenbein, führte ein Brötchen mit Sesamsamen zum Mund und machte einen kleinen Bissen.

– Schauen Sie, fuhr er fort, in gewisser Hinsicht können wir sagen, dass Barneys bescheidenes Dasein aufgrund einer Transplantation eine Krönung erfahren hat, in viel stärkerer Weise, als wenn er zwischen den Ruinen dieses Anscheins von Westen hätte herumirren dürfen, an dem wir ihn gerade mal ein wenig hatten schnuppern lassen ... Denn jetzt lebt er gewissermaßen in meinem Enkel weiter. Glauben Sie mir: Der kleine Schwarze hätte nie wieder so eine Chance bekommen, sich nützlich zu machen.

– Und Sie wagen es noch immer, sich als Mensch zu bezeichnen!

Er schüttelte den Kopf. Dann reichte er mir mit zitternder Hand, wie ein ganz gewöhnlicher harmloser alter Mann, der sich unter der Last der Jahre beugte, ein Tetrapak mit tropischen Säften.

– Die Bitterkeit wird schnell verfliegen. Los, trinken Sie. Der Saft passt sehr gut zum Whisky. Trinken Sie und denken wir an die Zukunft.

In diesem Augenblick befreite ich mich endlich aus seinem Bann.

– Ich glaube wirklich, dass es nichts mehr zu sagen gibt, sagte ich und sprang auf. – Jetzt verlasse ich dieses Zimmer und rufe die Polizei an. Ich werde alles erzählen. Vom ersten bis zum letzten Wort. Dann komme ich in dieses Zimmer zurück und setze mich auf diesen Stuhl. Und warte gemeinsam mit Ihnen auf die, die Sie festnehmen werden. Und Sie werden mich nicht aufhalten.

Der Alte lächelte, wie amüsiert aufgrund meiner Heftigkeit.

– Ich Sie aufhalten? Ich habe Sie doch vom ersten Augenblick an beschützt! Andere haben sich für viel radikalere Lösungen ausgesprochen. Wenn Sie es wissen wollen, Sie verdanken mir unter anderem Ihr Leben. Ich Sie aufhalten? Gehen Sie, wohin Sie wollen. Sie enttäuschen mich. Sind Sie sicher, dass man Ihnen Gehör schenken wird?

Ich schwankte. Meine Gewissheit schwankte. Die Grundprinzipien meines moralischen Kodexes schwankten.

– Ich werde ihnen das Dossier geben!, schrie ich. Der Alte zuckte mit den Schultern und nahm einen Schluck tropischen Saft.

Dann riss jemand die Tür auf.

31.

Offenbar waren sie gerade gekommen. Keuchend, perplex, fast ängstlich. Beide in Hemdsärmeln. Beide mit einer Dienstwaffe, einer Beretta.

– Kommen Sie, kommen Sie ruhig, forderte der alte Alga-Croce sie auf.

Ich trat zur Seite, um Castello vorbeizulassen, der wie immer höchst aufgeregt war. Kommissar Del Colle schloss vorsichtig die Tür hinter sich.

Castello blickte sich um, nickte rasch, seufzte und hielt mir schließlich die Pistole an die Schläfe, zwang mich, mich zu setzen.

– Castello, mahnte ihn Del Colle.

– Verdammt, Chef. Ist klar. Das Arschloch führt etwas im Schilde!

– Ich bitte Sie, sich zu mäßigen, mischte Alga-Croce sich ein.

– Und stecken Sie die Pistole weg, der Anblick von Waffen in meinem Alter, Sie verstehen ...

Castello wich verblüfft zurück. Vielleicht hatte auch er bemerkt, dass in der Stimme des Alten ein Hauch von Sarkasmus lag.

– Der Anwalt ist ein Freund der Familie, wir haben gerade die Einzelheiten eines äußerst wichtigen Geschäfts besprochen. Ich verstehe nicht, was Sie hierherführt.

– Nun, wenn Sie meinen …, flüsterte Castello und steckte mechanisch die Waffe weg.

Del Colle sah mich fragend an.

– Nun, fuhr der Alte, selbstsicher und freundlich wie immer, fort, – wenn ich erfahren dürfte, wie ich mich nützlich machen kann …

Castello wusste nicht, wohin er die Hände stecken sollte. Del Colle fragte sich nach wie vor, was los war, und warf mir stumme, ratlose Blicke zu.

– Vielleicht sollten wir gehen, flüsterte Castello.

Da sprang ich auf und begann wie ein Irrer zu schreien. Ich schrie ihnen die Wahrheit ins Gesicht. Die Toten. Die kleinen und großen Toten. Der Verrat. Der Betrug. Das Ungeheuer, das sich hinter der Maske des alten Herrn verbarg.

– Anwalt, seufzte Noè, als ich kurz nach Luft schnappte. – Anwalt, Sie machen alles sehr, sehr schwierig.

– Haben Sie Beweise für das, was Sie sagen? Das sind sehr schwerwiegende Anschuldigungen!

Del Colles Blick war bitter. Er glaubte mir. Dessen war ich mir sicher. Doch er wusste auch, wie die Dinge auf dieser Welt laufen.

Ich schleppte ihn in das Zimmer, wo ich das Dossier gelesen hatte. Der kleine Nicky spielte mit einem Häufchen Asche. Den Resten meiner Beweise. Ich brüllte. Das wurde zu einer schlechten Gewohnheit. Ich versetzte den Möbeln Fußtritte. Castello verpasste mir zwei therapeutische Ohrfeigen, stieß einen unverständlichen Fluch aus. Der alte Noè verteidigte mich mit einer Miene, die vor Bedauern triefte.

– Sie müssen verstehen … Der Anwalt hat ein paar Gründe, um durcheinander zu sein. Ich habe ihm eben mitgeteilt, dass meine Tochter einen anderen Mann heiraten wird. Ich glaube, er war in sie verliebt.

Nicky war derweil aufgestanden und zu mir gekommen.

– Schließen wir Frieden, ja?, bot er mir an und ergriff meine Hand, – ich bin nicht mehr auf dich wütend.

Ich beugte mich zu ihm.

– Nicky, eines möchte ich dir noch sagen. Erinnerst du dich an Barney, deinen kleinen schwarzen Freund? Erinnerst du dich an ihn?

– Anwalt Bruio, schrie der alte Noè.

Nickys Augen begannen hoffnungsvoll zu leuchten. Der Alte hatte plötzlich seine ganze Selbstsicherheit verloren. Es gab doch etwas, das ihn verletzen konnte. Etwas, das die Macht hatte, ihm das Herz zu brechen: Das Einzige, was er auf der Welt fürchtete, war, dass jemand Nicky verletzte. Ich blickte das Kind an. Seine hellen, unschuldigen Augen ...

– Herr Anwalt! Valentino ... ich flehe dich an ...

Wie viel Schmerz lag in diesem Flehen! Ein Schmerz, den ich ihm nie zugetraut hätte.

– Nicky, stammelte ich. – Nicky ... Ich liebe dich, Nicky ...

Der Kommissar legte mir eine Hand auf die Schulter.

– Komm. Es ist sinnlos.

Später versicherte mir Del Colle, dass man der Sache nachgehen würde. Es lag eine Beschwerde vor, also musste die Maschinerie angeworfen werden.

– Er wird freigesprochen werden, murmelte ich düster.

– Er wird nicht einmal vor Gericht gestellt werden, erwiderte der Polizist.

32.

Gerechtigkeit. Die südafrikanische Regierung, die nicht mehr in der Lage war, die Kosten für die Aids-Medikamente zu tragen, stellte sie den Kranken kostenlos zur Verfügung, nachdem sie die Formeln zu deren Herstellung unter dem Tisch von Koreanern und anderen Händlern gekauft hatte. Die Anwälte der multinationalen Unternehmen forderten eine Entschädigung. Gerechtigkeit. SS-Hauptmann Erich Priebke, der wegen des Massakers in den Fosse Ardeatine zu lebenslanger Haft verurteilt worden war, hatte die Angehörigen der Opfer wegen Verleumdung verklagt, weil er sich durch die Bezeichnung als Nazi beleidigt fühlte. Gerechtigkeit. Der Anwalt Ponce del Canavè hatte innerhalb von zwei Tagen bewirkt, dass die Anklage gegen Noè Alga-Croce fallen gelassen wurde. Auf der Grundlage eines ordnungsgemäßen, gesetzlichen Verfahrens. Das Dossier über die Swiss Bank for Life war vernichtet worden. Die einzigen Zeugen waren tot.

Ponce hatte der Staatsanwaltschaft eine interessante Studie der Universität von Columbus, Ohio, vorgelegt. Thema: Urbane Legenden. Die in Amerika am weitesten verbreitete Legende: Nach einer Liebesnacht mit einer Fremden, die er in einer Bar getroffen hat, wacht ein Mann in einer Badewanne voller Eis auf. In der Hand hält er ein Münztelefon und zwei Jetons (in anderen Varianten ein Kartenhandy und eine Karte). An der Wand steht eine Nachricht: WENN DU ÜBERLEBEN WILLST, RUF DIE POLIZEI. Der Mann ruft an. Die Polizei kommt. Sie stellt fest, dass der Mann eine lange Narbe am Rücken hat. Später im Krankenhaus stellen sie fest, dass ihn jemand betäubt und eine seiner Nieren entfernt hat.

Urbane Legende. Eine kleine Geschichte: wie die (was für ein Heidenspaß!) vom schwarzen Kind, das getötet wurde, um seinem kleinen weißen Freund sein Herz zu spenden. Gerechtigkeit, Rod wollte die Gerechtigkeit in die Hände nehmen. Ich war derjenige, der ihn von seinem blutigen Vorhaben abbrachte. Ich erklärte ihm, dass er und die anderen Jungs tausendmal besser waren als diese Mörder im Smoking. Dass sie in einer unglaublich schmutzigen Welt rein waren. Sie mussten diese Reinheit bewahren. Um sich auf den nicht allzu fernen Moment vorzubereiten, in dem sich die Dinge ändern würden.

Sie haben mir zugehört, weil sie mich mochten, sie haben sich überreden lassen, weil ich einer von ihnen war. Aber ich kam mir vor wie Tex Willer, als er Häuptling Rote Wolke überredete, das Kriegsbeil zu begraben, denn „der große weiße Vater hat viele lange Läufe und die blauen Jacken sind so zahlreich wie Heuschrecken". Und wie Tex Willer verriet auch ich sie, auch ich führte sie, die sich nicht wehrten, zur Schlachtbank. Gerechtigkeit.

Die Anwaltskammer sprach mich frei, nachdem Ponce höchstpersönlich die Klage gegen mich zurückgezogen hatte. Ein Geschenk, wie man mir zu verstehen gab, das auf das Drängen von Noè Alga-Croce zustande gekommen war. Rechtsanwalt Mauro Arnese gab mir meine Verteidigungsschrift zurück, die zum Glück nicht gelesen worden war, er war heilfroh, dass er Chiamata di Correo behalten durfte, das dreijährige Rennpferd, das er auf mein

Schicksal verwettet hatte. Gerechtigkeit. Kommissar Del Colle wurde nach Friaul-Julisch Venetien, an die Grenze zu Slowenien, versetzt. Sein Bericht über die Swiss Bank for Life war in hohen Kreisen nicht goutiert worden. Gerechtigkeit.

Von Schuldgefühlen geplagt, bereitete meine Mutter üppige Mittagessen zu, mit dem einzigen Ziel, ein Treffen zwischen mir und ihrem Verehrer, dem Buchhalter Vignanelli, einzufädeln. Der Verwalter des Prattico-Wohnblocks war zu seiner Schande entlassen worden, weil man ihn verdächtigte, sich Gelder angeeignet, die Bilanz gefälscht und mehrere Diebstähle begangen zu haben. Im Verlauf einer hitzigen Eigentümerversammlung hatte ein Wohnungseigentümer, der dem ehemaligen, nunmehr verhafteten Verwalter sehr nahestand, vorgeschlagen, einen Antrag zu verfassen, in dem wieder einmal ein Komplott der kommunistischen Richter gegen einen ehrlichen Geschäftsmann angeprangert wurde.

Nachdem Donna Vincenza erfahren hatte, dass sie die sechsfache Summe für die Renovierung eines Solarpaneels bezahlt hatte, hatte sie ihm gedroht, ihn aus dem Fenster des siebten Stocks zu werfen. Diese Dinge erfuhr ich aus Erzählungen, als man mich bat, mich um die Verwaltung zu kümmern. Ich lehnte natürlich ab und fügte damit dem Mosaik von Vincenzas Enttäuschungen ein weiteres Steinchen hinzu. Tatsache ist, dass ich Eigentümerversammlungen hasse. Ich hasse sie mindestens so sehr wie Beerdigungen und Hochzeiten. Apropos Hochzeit: Am 27. August erhielt ich einen schönen Umschlag mit Giovannas und Poggis Unterschrift. Die Trauung sollte am 14. Oktober in der Kirche von Gonfalone stattfinden. Am Rand befand sich eine handschriftliche Notiz des alten Noè: „Sogar an diesem Tag sage ich mir noch: Wie schade!" Was noch?

Ah ja, natürlich. Vittorias Rückkehr. Das Abenteuer mit dem Mediaset-Manager war aufgrund einer beiderseitigen Alkoholkrise gescheitert, auch der Versuch, den Film *9 ½ Wochen* in einer Mansarde in Trastevere nachzuspielen, war danebengegangen, worauf meine ehemalige Sekretärin sich veranlasst fühlte, sich wieder als meine Freundin-Liebhaberin-Begleiterin zu bewerben. Ich bezweifelte, dass es jemals eine andere Frau an meiner Seite geben würde. Ich bezweifelte aber auch, dass ich jemals wieder ich sein würde.

Was noch? Ah ja. Die multinationalen Pharmakonzerne verzichteten auf eine Klage gegen die südafrikanische Regierung. Zu unpopulär. Sie würden bald wieder einen Weg finden, sich schadlos zu halten, dachte ich mir.

Ein September so mild wie das Jahr, das in D'Annunzios Roman *Il Piacere* zu Ende geht, wehte eine sanfte und verführerische Musik heran, während ich mir auf der Piazza Trinità dei Monti eine echte Toscano mit dem Bildnis von Großherzog Leopold II. anzündete. Giovanna befand sich im Kreis eleganter Damen, aber als sie mich sah, ließ sie ihre Freundinnen sitzen und kam auf mich zugelaufen. Sie küsste mich sanft auf die Wangen: Ihre Augen sagten mehr als alle Worte der Welt.

Ich drehte mich um, steckte die Hände in die Taschen und ging in Richtung U-Bahn-Station Piazza di Spagna davon. Am Boden zerstört ging ich durch das schwarze Loch des Tunnels, die Rolltreppen hinauf und hinunter, das Laufband hinauf und hinunter, ich weiß nicht, wie viele Male in beide Richtungen. In einem Vorort stieß ich auf zwei Straßenmusiker. Der weiße Junge spielte Saxofon, das schwarze Mädchen tanzte. Ich erkannte das alte nubische Lied und klatschte instinktiv im Rhythmus mit.

Der Junge nickte und blies kräftiger in sein Instrument. Das Mädchen nahm mich bei der Hand und gemeinsam sangen wir *Aggià salamè aggià salamè* ...

Die Drucklegung erfolgte mit freundlicher Unterstützung durch die
Abteilung für deutsche Kultur in der Südtiroler Landesregierung.

Die italienische Erstausgabe ist 1989 in der Reihe Interno giallo bei Mondadori editore, Mailand, unter dem Titel *Nero come il cuore* erschienen.
Für die Ausgaben von 2006 und 2016 bei Giulio Einaudi editore, Turin, hat der Autor einige inhaltliche Anpassungen an die 2000er-Jahre vorgenommen.
Die Übersetzung folgt der Ausgabe von 2016.
© 2002 by Giancarlo De Cataldo

Erste Auflage
© der deutschsprachigen Ausgabe
FOLIO Verlag Wien · Bozen 2024
Alle Rechte vorbehalten

Karte: shutterstock.com
Korrektorat: Joe Rabl, Lorena Pircher
Grafische Gestaltung: Cover: Hauptmann & Kompanie Werbeagentur, Zürich, unter Verwendung von Motiven von © shutterstock.com
Innen: Dall'O & Freunde, Lana
Druckvorbereitung: Typoplus, Frangart
Printed in Europe

ISBN 978-3-85256-902-4

www.folioverlag.com

E-Book ISBN 978-3-99037-158-9

Bologna 1944: Commissario De Luca muss Mordfälle für rivalisierende Auftraggeber lösen. Ein schier aussichtsloses Unterfangen.

Die besetzte Stadt im Klammergriff der Eiseskälte und ausgeblutet von den Bombenangriffen. Wehrmacht, SS und Mussolinis „Schwarze Brigaden" reagieren äußerst grausam auf Partisanenaktionen. Als in der Sperrzone im Zentrum drei Leichen gefunden werden, soll De Luca für drei Auftraggeber ermitteln: für die Faschisten, die Nazis und die Kollegen des geheimen „antifaschistischen Polizeipräsidiums".

„Vielleicht das Beste, was man zurzeit als Krimi lesen kann."
Bayerischer Rundfunk

„Tolles Stück über Macht und Wahrheit."
Krimibestenliste

WIEN · BOZEN

Aus dem Italienischen von
Karin Fleischanderl

Gebunden: ISBN 978-3-85256-836-2
E-Book: ISBN 978-3-99037-115-2

WWW.FOLIOVERLAG.COM

Kommissarin Alba jagt ein Monster, das ihr stets einen Schritt voraus zu sein scheint.

In einer heruntergekommenen Villa an der Via Nettunense, südlich von Rom, wird ein halbtotes Mädchen gefunden, gefesselt nach der japanischen Shibari-Tradition, systematisch und brutal misshandelt. Das Werk eines Verrückten. Das weiß Alba Doria, die in ihrer Persönlichkeit gestörte, brillante Hauptkommissarin. Es erinnert sie an die sadistischen Praktiken eines Serienkillers, doch der ist seit zehn Jahren tot.

„Ein komplexer und düsterer Thriller, in dem niemand unversehrt ist – erst recht nicht die Gesetzeshüter."
Peter Twiehaus, ZDF

GIANCARLO DE CATALDO
ALBA NERA
THRILLER

WIEN · BOZEN

Aus dem Italienischen von
Karin Fleischanderl

Gebunden: ISBN 978-3-85256-828-7
E-Book: ISBN 978-3-99037-120-6

WWW.FOLIOVERLAG.COM

Carofiglio, der Meister feinster psychologischer Nuancen, entwickelt eine Geschichte von Schuld und einem tiefen, menschlichen Groll.

Ein einflussreicher Mailänder Chirurg und Universitätsprofessor stirbt unerwartet an einem Herzinfarkt, der Arzt bescheinigt den natürlichen Tod, die Leiche wird eingeäschert. Doch die Tochter geht von einem Verbrechen aus und wendet sich an Penelope Spada.

Penelope Spada – diese Ermittlerin vergisst man nicht.

„Poetisch, rätselhaft, überraschend."
Krimibestenliste

WIEN · BOZEN

Aus dem Italienischen von
Verena von Koskull

Gebunden: ISBN 978-3-85256-886-7
E-Book: ISBN 978-3-99037-149-7

WWW.FOLIOVERLAG.COM